OETINGER TASCHENBUCH

Jason Segel hatte früher selbst schreckliche Albträume – genau wie Charlie. Und genau wie Charlie hat er irgendwann begriffen, dass uns unsere Ängste stark machen können, wenn wir uns ihnen stellen. Jason macht viele Sachen gerne, zum Beispiel: schauspielern, schreiben, musizieren oder Zeit mit Freunden verbringen. Deine Eltern kennen ihn bestimmt aus einem seiner Filme oder der Serie How I Met Your Mother. Nightmares! Die Schrecken der Nacht ist sein erstes Kinderbuch.

Kirsten Miller ist in einer kleinen Stadt aufgewachsen – eine gruselige lila Villa gab es dort aber nicht. Heute lebt Kirsten in New York. Sie schreibt Bücher für Kinder und Jugendliche.

Jason Segel
Kirsten Miller

Nightmares!

Die Stadt der Schlafwandler

Aus dem Amerikanischen
von Simone Wiemken

Oetinger Taschenbuch

Bereits bei Oetinger Taschenbuch erschienen :

Nightmares! Die Schrecken der Nacht

MIX
Papier aus verantwortungsvollen Quellen
FSC® C083411

1. Auflage 2018

Oetinger Taschenbuch in der Verlag Friedrich Oetinger GmbH,
Poppenbütteler Chaussee 53, 22397 Hamburg
Juli 2018

Originalausgabe: Delacorte Press, an imprint of Random House
Children´s Books, a division of Random House LLC,
a Penguin Random House Company, New York 2015
Originaltitel: Nightmares! The Sleepwalker Tonic

Aus dem Amerikanischen von Simone Wiemken
Umschlaggestaltung: Zero Werbeagentur, München, unter Verwendung von Motiven von: © GettyImages/iStockVectors/mattjeacock;
© FinePic®, München
Vignetten: © GettyImages/iStockVectors/mattjeacock; © FinePic®,
München
Satz: Dörlemann Satz, Lemförde
Druck: CPI books GmbH, Birkstraße 10,
25917 Leck, Deutschland
ISBN 978-3-8415-0518-7

www.oetinger-taschenbuch.de
www.nightmares-trilogie.de

Gewidmet:

Ms. Patricia Berne

Prolog

Es war schon fast halb elf Uhr abends, und das einzige Licht, das in der Innenstadt von Orville Falls noch brannte, kam aus den Fenstern der örtlichen Zeitungsredaktion. Dort war eine junge Frau namens Josephine trotz der späten Stunde in ihre Arbeit vertieft.

Alle paar Sekunden musste sie gähnen. Die Augen drohten ihr zuzufallen, aber Josephine kämpfte dagegen an. Sie hatte viel zu viel Angst, einzuschlafen. Tagelang hatte sie angenommen, dass es nur ihr so erging. Doch inzwischen wusste sie, dass sie nicht die Einzige war.

Im kleinen Orville Falls war eine wahre Albtraum-Seuche ausgebrochen. Die Bewohner berichteten, dass sie morgens vollkommen verstört aufwachten und dieses beklemmende Gefühl den ganzen Tag nicht mehr loswurden. Einer der Zeitungsreporter hatte sogar eine Story darüber geschrieben. Das Bild, das Josephine zeichnete, sollte den Artikel illustrieren. Es zeigte nur ein Paar Augen, die den Betrachter aus der Dunkelheit anstarrten. Es waren die gleichen kalten und herzlosen Augen, die Josephine verfolgten, sobald sie einschlief.

Sie war gerade dabei, die Schatten noch schwärzer zu machen, als ihr die Türglocke verriet, dass jemand das Büro betreten hatte. Erschrocken sprang sie auf und stieß dabei ihren Kaffee um. Sie war sicher, dass sie die Tür abgeschlossen hatte. Doch obwohl ihr Herz furchtbar laut hämmerte, hörte sie eindeutig Schritte auf den Bodendielen.

Josephine schnappte sich den schärfsten Gegenstand auf ihrem Schreibtisch – einen Brieföffner – und ging nachsehen, wer da gekommen war. Am Empfangstresen stand ein merkwürdiger kleiner Mann.

»Guten Abend, Miss«, sagte er mit einem Akzent, den sie nicht einordnen konnte. »Habe ich Sie erschreckt? Das tut mir leid.«

Sie fand nicht, dass er aussah, als täte es ihm leid. Er wirkte irgendwie herablassend. Die dünnen Lippen hatte er zu einem schiefen Grinsen verzogen und man konnte seine schlechten Zähne sehen.

»Das Büro ist geschlossen«, sagte Josephine energisch. »Sie müssen morgen wiederkommen.«

»Natürlich«, sagte der Mann und deutete eine Verbeugung an. Als er sich zum Gehen wandte, sah Josephine, dass hinter ihm jemand stand. Es war ein kleines Mädchen. Josephine musste an ihre Nichte denken, die ungefähr im selben Alter war, und sie bedauerte sofort, dass sie so unhöflich gewesen war.

»Sir?«, rief sie ihm nach. »Entschuldigen Sie. Wie kann ich Ihnen helfen?«

Als der Mann sich zu ihr umdrehte, bemerkte Josephine, dass er noch immer so merkwürdig grinste. »Ich wollte eine Anzeige in Ihrer Zeitung aufgeben. Ich eröffne diese Woche ein Geschäft in der Hauptstraße.«

Dem kleinen Mädchen zuliebe zwang sich Josephine zu etwas Freundlichkeit. »Da sind Sie hier an der richtigen Adresse. Ich arbeite als Zeichnerin und mache die Ratgeber-Kolumnen – und mal ganz abgesehen davon, bin ich auch noch die gesamte Anzeigenabteilung dieser Zeitung.«

»Wundervoll«, sagte der Mann. »Sie habe ich gesucht.«

Er holte ein Blatt Papier aus der Tasche und schob es ihr hin. »Das soll in der Anzeige stehen.«

Nehmen Sie unser Schlaf-Gut-Elixier und verabschieden Sie sich von Ihren Albträumen
Erhältlich bei Goldener Schlaf
Hauptstraße, Orville Falls

»Nun, das ist … ziemlich schlicht«, merkte Josephine an, die sich alle Mühe gab, nicht zu ablehnend zu klingen. »Aber vielleicht kann ich Ihnen helfen, es noch etwas packender zu formulieren.«

Der Mann schaffte es tatsächlich, noch breiter zu grinsen. »Oh, ich versichere Ihnen, dass es durchaus … *packend* ist.« Er stieß ein merkwürdiges Lachen aus, das ein wenig zu lange dauerte. Doch dann sah sich der Mann zu dem Mädchen um und hörte abrupt auf zu lachen. Einen Moment später beendete Josephine die peinliche Stille.

»Wirkt dieses Elixier?«

»Natürlich«, versicherte der Mann. »Volle Zufriedenheit ist garantiert.«

»Dann sollte ich es vielleicht mal selbst ausprobieren«, sagte Josephine und gähnte. Sie hätte fast alles getan, um ihre Albträume loszuwerden.

»Nun, da Sie so freundlich waren …« Der Mann griff in seine Manteltasche und holte eine kleine blaue Flasche heraus. »… möchte ich Ihnen hiermit eine Gratisprobe überreichen.«

Der Zombie von Orville Falls

»He, Charlie, ich hatte letzte Nacht einen total irren Traum«, sagte Alfie Bluenthal. »Soll ich dir davon erzählen?«

Normalerweise hätte Charlie Laird auf diese Frage mit einem entschiedenen *Nein!* geantwortet. In den letzten Monaten hatte er sich mindestens hundert von Alfies Träumen anhören müssen. Meistens kamen Albert Einstein, Neil deGrasse Tyson oder die Wetterfee aus dem Fernsehen darin vor, und fast immer nahmen sie kein Ende. Wenn es Albträume gewesen wären, hätte Charlie sie nur zu gern gehört. Albträume waren seine Spezialität und er betrachtete sich als Experten auf diesem Gebiet. Aber soweit es ihn betraf, gab es nichts Langweiligeres als die *schönen* Träume von jemand anderem. Vielleicht noch Grünkohl. Schöne Träume und Grünkohl.

Doch Charlie hatte einen großzügigen Moment. Es war der erste richtig heiße Tag der Sommerferien und er und Alfie saßen auf einer Bank vor der Eisdiele. Eine Dreifach-

Eiswaffel mit Rum-Rosine, Minz-Schoko und Kaugummi-Eis wanderte langsam in Charlies Magen. Er hatte noch eine Stunde Zeit, bis er wieder bei seinem Sommerjob sein musste, und er war rundum zufrieden.

»Wieso nicht«, sagte er also zu Alfie. »Erzähl.«

Als Alfie loslegte, lehnte sich Charlie auf der Bank zurück und ließ den Blick über das Dach des Baumarkts auf der anderen Straßenseite hinweg zu der Villa auf dem Hügel wandern. Arbeiter auf Leitern waren gerade damit fertig geworden, das Haus zu streichen. Sie hatten das verblichene Dunkellila mit einem frischen Fliederton übermalt. Oben auf dem Haus thronte ein achteckiger Turm. Eines der Turmfenster stand offen und ein Drachen in Form eines Flugsauriers flatterte im Wind. Die Hand an der Schnur gehörte Charlies kleinem Bruder Jack. Das merkwürdige lila Haus war ihr Zuhause.

Alfie redete immer noch. Charlie konzentrierte sich darauf, jeden Tropfen Eis abzulecken, bevor dieser über den Rand der Waffel laufen konnte, und hörte Alfies Traum bloß mit halbem Ohr zu. Nur ein paar Worte drangen zu ihm durch: *Haufenwolken, El Niño, Hitzewelle, Hochdruckgebiet.*

Als Charlie sich den letzten Rest der Eiswaffel in den Mund steckte, war Alfies Bericht endlich vorbei.

»Was meinst du, was das zu bedeuten hat?«, fragte Alfie.

»Dasselbe wie jeder andere Traum, den du in den letzten

drei Monaten hattest«, antwortete Charlie, der immer noch auf seiner Waffel herumkaute. »Es bedeutet, dass du in die Wetterfee von Kanal Vier verknallt bist.«

»Die *Meteorologin*«, verbesserte ihn Alfie, dem es gar nicht passte, dass sich sein langer Traum in einem einzigen Satz zusammenfassen ließ. »Außerdem hat sie einen Namen.«

»Stormy Skies ist *kein* richtiger Name«, informierte Charlie seinen Freund.

»Wie kannst du so was sagen?«, empörte sich Alfie. Die Liebe hatte sein normalerweise so geniales Gehirn in Püree verwandelt. »Willst du etwa behaupten, dass Stormy den Namen erfunden hat? Erzähl das mal Mr und Mrs Skies.«

Noch während Charlie überlegte, wie er Alfie schonend die Wahrheit beibringen konnte, lenkte ihn ein lauter Knall ab. Auf der anderen Straßenseite war eine Autotür zugeschlagen worden. Ein merkwürdig aussehender Mann stieg aus einem schäbigen alten Geländewagen. Die Scheiben des Wagens waren kaputt und unter der Motorhaube quoll Rauch hervor. Der Fahrer war groß und hatte zerzauste Haare. Mit seinem Polohemd und der Jeans hätte er ein ganz normaler Vorstadtvater sein können. Aber etwas stimmte nicht mit ihm. Er schlurfte den Bürgersteig entlang und hatte dabei den Kopf so weit zur Seite geneigt, dass der fast die Schulter berührte. Er schob langsam einen Fuß vor den anderen, sodass sich die Schuhsohlen kaum vom Pflaster lösten. Und obwohl Charlie zu weit weg war, um ganz sicher zu sein, hätte er doch schwören können, dass die Augen des Mannes fest geschlossen waren.

Charlie stieß Alfie an. »Guck mal. Was hältst du von dem Typen?«

Alfie rückte seine schwarze Hornbrille zurecht und betrachtete den Mann auf der anderen Straßenseite. »Hmm. Mal sehen. Steife Arme und Beine. Schlurfender Gang. Erschreckend ungepflegtes Äußeres. Und ein ziemlich schmerzhaft aussehender Knick im Hals. Wenn man das alles zusammennimmt, würde ich vermuten, dass es sich um einen lebenden Toten handelt.«

Charlie rutschte an die Kante der Bank. So aufgeregt war er seit Monaten nicht mehr gewesen. »Du glaubst, der Typ könnte ein *Zombie* sein?«

Alfie kicherte und leckte an seinem Eis. »Das war ein *Witz.* Wie könnte er ein Zombie sein? Das Portal zur Anderwelt ist geschlossen.« Alfie hatte es kaum ausgesprochen, da verschwand sein Lächeln und er drehte sich langsam zu Charlie um. »Es *ist* doch noch geschlossen, oder?«, flüsterte er.

»Natürlich ist es das«, versicherte ihm Charlie. »Wieso sollte es offen sein?«

Diese Antwort stellte keinen von beiden zufrieden. Die

Jungen schauten schweigend hoch zum Haus auf dem Hügel.

Die lila Villa, in der Charlie wohnte, war ganz anders als die übrigen Häuser in Cypress Creek. Während diese so niedlich waren wie ein Wurf Welpen, wirkte das lila Haus eher wie ein Drache, der auf einem Felsen hockt. Es hatte schon auf seinem Hügel gestanden, bevor Cypress Creek gegründet worden war, und seine Bewohner hatten von Beginn an über die Stadt gewacht.

Erbaut hatte das Haus ein Mann namens Silas DeChant. Charlies Stiefmutter Charlotte war die Ur-Ur-Urenkelin von Silas. In den letzten hundertfünfzig Jahren hatte immer ein Mitglied der DeChant-Familie in dem Haus gewohnt. Es war ihre Pflicht, die Außenwelt vor dem schrecklichen Geheimnis des Hauses zu schützen.

Das Geheimnis lag in dem kleinen, achteckigen Raum im Turm des Hauses verborgen. Die wenigen, die von dem Geheimnis wussten, nannten es das Portal. Es war eine Art Tür, die die wache Welt von der Albtraumwelt trennte. Zum Glück wusste davon kaum jemand. Die meisten Leute besuchten die Anderwelt nur im Schlaf, und die gruseligen Wesen, die dort lebten, hatten auf der anderen Seite des Portals zu bleiben.

Aber in der Vergangenheit war das Portal schon zweimal versehentlich geöffnet worden. Nachtmahre waren in Cypress Creek eingefallen und es wären beinahe furchtbare Dinge geschehen. Falls das Portal noch einmal geöffnet wurde und die Nachtmahre erneut entkamen, war es die Aufgabe der Torhüter, die Wesen zusammenzutreiben und auf die andere Seite zurückzujagen. Fast zwei Jahrhunderte lang hatte immer nur eine Person allein diesen Job gemacht. Doch jetzt lebten zum ersten Mal drei Torwächter auf einmal in dem lila Haus. Charlie Laird war einer von ihnen.

Von ihrer Bank aus beobachteten Charlie und Alfie, wie der Zombie-Typ den Baumarkt auf der anderen Straßenseite betrat.

»Ich sollte herausfinden, was da los ist«, sagte Charlie, dessen Herz schon jetzt wesentlich schneller schlug.

»Ich komme mit.« Alfie stopfte sich den Rest der Eiswaffel in den Mund und warf die Serviette in den Mülleimer.

Sie kamen gerade rechtzeitig am Schaufenster an, um zu beobachten, wie der Mann einen Geldschein auf den Tresen klatschte und dann mit den Armen voller Farbdosen zur Tür schlurfte.

»He, Mister, vergessen Sie Ihr Wechselgeld nicht!«, rief der Verkäufer.

Doch der Mann stieß die Tür auf, taumelte hinaus und tat so, als hätte er nichts gehört. Er kam direkt auf die beiden

Jungen zu. Aus der Nähe konnte Charlie sehen, dass seine Augen doch offen waren – wenn auch nur ein kleines bisschen. Sie wirkten allerdings vollkommen leblos. Ein dünner Spuckefaden rann aus dem Mundwinkel des Mannes. Die Spucke lief in den riesigen nassen Fleck auf seinem Shirt, in dessen linke Tasche ein Logo eingestickt war. Es sah aus wie ein brennender Fußball.

Charlie und Alfie gingen hinter einem geparkten Auto in Deckung, als der Mann vorbeischlurfte. Er zog eine fürchterliche Stinkwolke hinter sich her. Charlie hielt sich die Hand vors Gesicht. Tot oder lebendig – der Typ hatte sich schon eine ganze Weile nicht mehr gewaschen.

Als er vorüber war, atmete Charlie auf. »Hast du das Logo auf seinem Shirt gesehen?«, flüsterte er Alfie zu. »Ich bin ziemlich sicher, dass ich es von irgendwoher kenne.«

Alfie kniff die Augen zusammen. »Ich kann praktisch gar nichts sehen. Meine Augen tränen immer noch von diesem Gestank und jetzt ist auch noch meine Brille beschlagen. Der Typ hat echt *gemieft*. Hast du eine Idee, woher du das Logo kennst?«

»Keine Ahnung«, musste Charlie zugeben. Er trat hinter dem Auto hervor. »Wir werden den Typen also fragen müssen, wo er herkommt.«

»Bist du verrückt?«, japste Alfie und wischte über seine Brillengläser. »Ich rede auf keinen Fall mit ihm!«

Charlie hob eine Braue. »Was ist los, Bluenthal?«, fragte er. »Hast du etwa Angst?«

Das Wort *Angst* hatte nahezu magische Wirkung auf Alfie. Er richtete sich zu seiner vollen Größe auf. »Allerdings«, gab er kein bisschen verlegen zu. »Du nicht?«

»Und ob. Panische Angst«, gestand Charlie. »Und gerade deswegen müssen wir ihn fragen.«

»Ich schätze, du hast recht«, seufzte Alfie und sank wieder in sich zusammen. Auf ihren Reisen in die Albtraumwelt hatten sie viel gelernt. Die wichtigste Lektion war jedoch gewesen, dass man niemals vor einem Wesen aus der Anderwelt davonlaufen durfte. Damit so ein Nachtmahr verschwand, musste man sich dem stellen, was einem Angst machte. Versuchte man zu fliehen, stärkte sich das Albtraumwesen an der Angst seines Opfers. Und dann tauchte es schon bald jede Nacht in dessen Träumen auf.

»Gut«, sagte Charlie. »Ich will nämlich nicht riskieren, dass uns *dieser Kerl* nachts besucht. Und jetzt beeil dich, sonst ist er weg.« Der Mann war schon fast bei seinem Auto angekommen.

»Entschuldigen Sie!«, rief Alfie. »Sir?«

»He, Sie da mit der Farbe!«, brüllte Charlie. Jetzt war keine Zeit mehr für Höflichkeiten. Der Mann grunzte lautstark, drehte sich aber nicht um.

Charlie warf Alfie einen besorgten Blick zu. Das war kein

gutes Zeichen. Neben Schlurfen und Sabbern war auch Grunzen typisch für Zombies.

»Möchten Sie vielleicht ein leckeres, saftiges Gehirn?«, brüllte Alfie.

»*Grrrummmpf?*« Der Kopf des Mannes fuhr herum zu den Jungen, doch seine Beine liefen weiter. Plötzlich kam er abrupt zum Stehen und ließ die Farbdosen fallen. Blaue Farbe spritzte durch die Gegend. Die Knie des Mannes gaben nach und er stürzte zu Boden wie ein gefällter Baum. Auf der Stirn hatte er eine blutende Wunde. Er war direkt gegen einen Laternenpfahl gelaufen.

»Schnell, ruf einen Krankenwagen!«, sagte Charlie zu Alfie und rannte zu dem Mann hinüber. Als er bei ihm ankam, fiel er auf die Knie, zog das Sweatshirt aus, das er über seinem Arbeits-T-Shirt mit dem Kräuterladen-Logo trug, und wollte es auf die Wunde des Mannes drücken. Doch der Gesichtsausdruck des Verletzten ließ Charlie zögern. Trotz der Wunde wirkte der Mann erstaunlich friedvoll. Er lag mit geschlossenen Augen da und lächelte so zufrieden, als läge er tief schlafend im eigenen Bett.

Alfie hockte sich neben Charlie. »Der Krankenwagen ist unterwegs«, berichtete er. Dann fiel auch ihm der merkwürdige Ausdruck des Mannes auf. »Der scheint wirklich ein Nickerchen zu brauchen.« Alfie nahm seinen Rucksack ab und begann, darin herumzukramen. »Und da er gerade so schön schläft, können wir uns das Exemplar genauer ansehen.«

»Der Typ ist vielleicht ein Zombie, aber kein Bio-Projekt«, warnte Charlie seinen Freund und drückte das Sweatshirt auf die blutende Wunde. »Du darfst ihn nicht sezieren, Alfie.«

»*Sezieren* kann man nur Tote.« Alfie hatte eine kleine Taschenlampe aus seinem Rucksack geholt. »Ich bin ziemlich sicher, dass dieser Typ noch lebt, und deshalb wäre es technisch gesehen eine *Vivisektion*. Aber keine Angst, ich werde ihn bestimmt nicht aufschneiden.« Er hob ein Lid des Mannes an und leuchtete ihm mit der Taschenlampe ins Auge. »Ja, der Pupillenreflex ist in Ordnung. Der Hirnstamm hat nichts abbekommen.«

Mit der freien Hand nahm Charlie die Brieftasche des Mannes an sich und reichte sie seinem Freund. »Vielen Dank, Dr. Bluenthal. Sieh mal nach, ob du einen Ausweis findest, während ich den Rest von ihm durchsuche.«

Alfie durchstöberte die vollgestopfte Brieftasche des Mannes und zog eine blau-gelbe Karte heraus. »Der Kerl muss mal wieder ausmisten. Was zum Teufel ist eine Videothek?« Nach längerem Suchen fand er endlich den Führerschein des Mannes. »Hier steht, dass er Winston Lindsay heißt. Er ist vierundvierzig. Organspender. Er wohnt in der Newcomb Street 27 in Orville Falls.«

»Orville Falls?«, wiederholte Charlie ungläubig. Orville Falls war ein netter kleiner Ort in den Bergen, ungefähr eine halbe Stunde Autofahrt von Cypress Creek entfernt. »Er ist den ganzen Weg hierhergefahren, nur um Farbe zu kaufen? Haben die in Orville Falls keinen Baumarkt?«

»Doch, sogar zwei«, antwortete Alfie.

Charlie sah ihn verblüfft an. Manchmal fragte er sich, ob Alfie wirklich alles wusste.

Alfie seufzte. »Erinnerst du dich an den Sommer, in dem mich meine Eltern in dieses grauenhafte Sommercamp in Orville Falls geschickt haben? Die Betreuer haben mich eingesperrt und zum Basteln gezwungen. Ich musste mich wegschleichen, um mir Bücher aus der Bücherei zu holen.«

»Wie könnte ich das vergessen?«, sagte Charlie, den die Erinnerung an die Geschenke, die Alfies Freunde nach diesem qualvollen Aufenthalt bekommen hatten, zum Grinsen brachte. »Ich habe immer noch die Makramee-Eule, die du für mich gemacht hast.«

In der Ferne ertönte die Sirene eines Rettungswagens. Sekunden später war das Heulen bereits ohrenbetäubend. Der Wagen kam auf der Hauptstraße zum Stehen und zwei Sanitäter in makellosen, blauen Uniformen sprangen heraus.

»Hallo«, sagte einer von ihnen mit auffällig tiefer Stimme. Er klang wie ein Superheld. »Seid ihr die Kinder, die angerufen haben?«

»Äh-hä«, grunzte Alfie. Einen Moment lang blickte er nur ehrfürchtig zu dem Sanitäter auf. Doch als Charlie ihm einen Rippenstoß verpasste, war er sofort wieder in seinem Element. »Der Patient ist bewusstlos, aber seine Pupillenreflexe deuten darauf hin, dass …«

Eine Sanitäterin schob Alfie zur Seite und hockte sich neben Winston Lindsay. »Gute Arbeit, wie du die Blutung gestillt hast«, lobte sie Charlie und untersuchte die Wunde des Mannes. »Seid ihr beide Pfadfinder oder so was?«

»Nein, Ma'am«, antwortete Charlie. Er sprach Erwachsene nicht allzu oft mit *Ma'am* an, aber die Sanitäterin war eine der wenigen Erwachsenen, bei denen es ihm richtig vorkam.

Charlie sah, wie Alfie die Schultern straffte. »Ich bin kein Pfadfinder, aber ich betrachte mich als eine Art Amateur-Doktor«, verkündete er stolz. »Ich habe alle wichtigen Abhandlungen studiert und …«

»Das ist toll, Kleiner«, unterbrach ihn der erste Sanitäter. Dann begann er, eine Trage auszuladen, während seine Kollegin den Mann weiter untersuchte.

»Der Pupillenreflex ist in Ordnung«, informierte sie ihren Kollegen. »Aber es sieht aus, als würde der Kerl nicht so bald wieder aufwachen. Wir sollten ihn so schnell wie möglich ins Krankenhaus schaffen.«

Alfie sah Charlie an und verdrehte die Augen. Charlie

konnte gut verstehen, dass sein Freund genervt war. Zwölf zu sein, war schon schlimm genug, denn die meisten Erwachsenen hörten einem nicht zu. Aber ein zwölfjähriges Genie zu sein, war bestimmt noch viel schlimmer.

Die Sanitäter hoben Winston Lindsay auf die Trage, zurrten ihn fest und luden ihn in den Krankenwagen. Charlie und Alfie wollten ebenfalls einsteigen.

»Das geht nicht, Jungs«, sagte der Sanitäter und schob sie zurück. »Nur Familienmitglieder dürfen mitfahren.«

»Aber wir haben den Mann gefunden!«, protestierte Alfie. »Wahrscheinlich haben wir ihm das Leben gerettet!« Vorsichtshalber erwähnte er nicht, dass sie auch diejenigen waren, die den Mann in Gefahr gebracht hatten. Immerhin war er ihretwegen gegen den Laternenpfahl gelaufen.

Am liebsten hätte Charlie den Sanitäter angebrüllt, aber es gelang ihm, die Ruhe zu bewahren. »Sir, wir müssen wissen, was mit dem Mann nicht stimmt«, sagte er. »Die Lage könnte viel ernster sein, als Sie glauben.«

Der Sanitäter tippte auf seine Dienstmarke mit dem Logo des Westbridge Krankenhauses. »Besuchszeit ist von neun bis zwölf.« Dann schlug er die Türen zu und der Rettungswagen raste davon.

Alfie und Charlie rannten zurück zur Eisdiele und sprangen auf ihre Räder. Charlie durfte den Mann nicht einfach entkommen lassen. Aber der Krankenwagen war bereits nicht mehr zu sehen, als er und Alfie losfuhren, und das Heulen der Sirene wurde immer leiser. Charlie strampelte, so schnell er konnte. Seltsamerweise wurde das Sirenengeheul plötzlich wieder lauter. Er warf einen staunenden Blick auf seine Füße und sah, dass Alfie dasselbe tat. Offenbar holten sie auf.

Die Jungen schossen um eine Kurve und mussten scharf bremsen. Vor ihnen stand der Krankenwagen an einer Ampel. Die hinteren Türen waren weit offen und die beiden Sanitäter starrten in das Wäldchen neben der Straße. Sie wirkten geschockt und einer von ihnen hatte ein beeindruckend blaues Auge.

Charlie warf einen Blick auf den Boden. Eine schmale, nasse Spur, vermutlich von einem Tropf, führte von den Hecktüren des Krankenwagens über die Straße und in den Wald.

»Was ist passiert?«, fragte Alfie den Sanitäter.

»Das Verrückteste, was ich je erlebt habe.« Der Sanitäter antwortete wie in Trance. Dann sah er seine Kollegin an. »Das sollten wir melden.«

Sie holte ein Funkgerät heraus. »Zentrale, hier ist RTW Drei. Bitte kommen.«

Eine Stimme drang durch das Funkrauschen. »Zentrale hört, RTW Drei.«

»Das werdet ihr nicht glauben. Ihr habt uns doch zu dem Kerl mit der Kopfverletzung geschickt? Der an der Hauptstraße lag?«

»Was ist mit ihm?«

»Er ist uns aus dem Wagen gesprungen.«

Charlie und Alfie tauschten einen besorgten Blick.

»Was? Ich dachte, der wäre bewusstlos gewesen, mit Verdacht auf Gehirnerschütterung …«

»Ganz genau. Er war nicht ansprechbar, als wir dort eintrafen. Aber wir mussten an einer Ampel halten. Der Typ hat die Gurte gesprengt, sich den Tropf rausgerissen und den Weg nach draußen freigekämpft. Dabei hat er meinem Partner auch noch ein blaues Auge verpasst. Dann ist er im Wald verschwunden.«

»Wie soll denn so was möglich sein?«, fragte die Stimme am anderen Ende ungläubig.

»Warte mal, das Beste hast du noch gar nicht gehört«, sagte die Sanitäterin. »Die ganze Zeit über, während sich der Kerl gewehrt hat wie verrückt, hat er kaum die Augen aufgemacht. Ich bin nicht sicher, ob er wirklich wach war.«

»Was meinst du damit, ob er wach war?«

Charlie sah, wie die Sanitäterin zögerte, um nach den richtigen Worten zu suchen. Dann drückte sie den Knopf und hielt sich das Funkgerät wieder vor den Mund. »Vielleicht bin ich irre, aber ich glaube, er schlafwandelt.«

Das Monsterbuch

Das Portal war geschlossen – so viel war sicher. Während Alfie noch mit den Sanitätern sprach, war Charlie nach Hause gerast. Dort angekommen, hatte er sein Fahrrad in der Einfahrt fallen lassen und war die Stufen zum Turmzimmer hochgerannt. Er hatte das Portal überprüft, nicht nur einmal, sondern zweimal. Und dann gleich noch ein drittes Mal, um ganz sicher zu sein, dass die Tür zur Anderwelt fest verschlossen war.

Doch Charlie wurde das Gefühl nicht los, dass etwas ganz und gar nicht stimmte. Selbst wenn Winston Lindsay kein Zombie war, so hatte er doch nicht *menschlich* gewirkt. In der Anderwelt gab es Millionen von Kreaturen und jede war anders. Sie waren so einzigartig wie die Ängste der Menschen. Manche wanden sich am Boden, andere flogen – und einige schlurften. Auch wenn es so aussah, als wäre das Portal geschlossen, musste Charlie sichergehen, dass Winston Lindsay kein Wesen aus einem Albtraum war.

Hastig sprintete er wieder nach unten und zur Haustür hinaus. Er musste sofort mit seiner Stiefmutter sprechen. Charlotte DeChant hatte nicht nur eine medizinische Ausbildung, sie war auch die einzige Erwachsene in der Stadt, die einen Nachtmahr sofort als solchen erkannte.

Als Charlie den Kräuterladen erreichte, versuchte er, einen Blick auf seine Stiefmutter zu erhaschen. Aber im Fenster des Ladens kämpften so viele Pflanzen um jeden Sonnenstrahl, dass man unmöglich hineinsehen konnte. Das Mutterkraut blühte und das Labkraut war mit großen, roten Kletten übersät. Charlie fiel außerdem auf, dass die Stinkende Zehrwurz ein wenig vertrocknet wirkte. Und die Tollkirsche brauchte dringend etwas von dem Spezialdünger, den er auf den Kuhweiden am Ortsrand gesammelt hatte. Charlies Sommerjob war es, sich um die Pflanzen im Laden seiner Stiefmutter zu kümmern, und obwohl es stinkig und anstrengend war – und manchmal sogar richtig gefährlich –, hatte es vom ersten Tag an großen Spaß gemacht.

Die Türglocke läutete, als Charlie den Laden betrat. »Charlie, bist du das?«, rief Charlotte aus dem Untersuchungszimmer hinter dem Verkaufsraum.

»Ja«, antwortete er.

»Perfekt! Holst du mir bitte die Beifußsalbe, die ich heute Morgen gemacht habe?«

»Klar, gern.« Charlie nahm die Salbe vom Regal und wollte sie Charlotte bringen. Doch er hatte kaum den Fuß ins Behandlungszimmer gesetzt, als er auch schon rückwärts wieder hinaussprang.

»Du meine Güte!«, keuchte Charlie. »Was ist denn *das*?« Er hatte schon viel Abstoßendes gesehen, aber noch nie so etwas wie das schauderhafte Wesen, das jetzt auf Charlottes Untersuchungstisch lag und nur eine weiße Unterhose trug. Seine Haut war rot und fleckig und es kratzte sich wie wild mit beiden Händen. Und doch schien das Ding ihn anzulachen.

»*Das?*«, sagte eine sehr verärgerte Frau, die von Kopf bis Fuß in Weiß gekleidet war. Charlie hatte gar nicht gemerkt, dass sie steif auf einem Stuhl in der Ecke hockte. »*Das* ist mein kleiner Junge.« Sie funkelte Charlotte böse an. »Wollen Sie Ihren Mitarbeiter nicht zur Ordnung rufen, Mrs Laird? Eine solche Frechheit können Sie doch sicher nicht durchgehen lassen!«

Charlie sah, dass sich Charlotte eine Sekunde lang auf die Lippe biss, wie immer, wenn sie nichts sagen wollte, was sie hinterher bereuen würde. »Es tut mir leid, Mrs Tobias, aber Sie müssen zugeben, dass Ihr Sohn zurzeit wirklich nicht sehr menschlich aussieht. Das ist der schlimmste Fall von Giftsumach, den ich jemals gesehen habe. Und Oliver ist nun schon zum dritten Mal in diesem Sommer hier. Wo kommt er bloß immer wieder in Kontakt mit dieser Giftpflanze?«

»Ich habe keine Ahnung«, sagte Mrs Tobias ein wenig kleinlauter.

»Warte mal, ist das *Ollie Tobias*?«, fragte Charlie und kam näher, um sich das Wesen genauer anzusehen.

»Hey, Charlie.« Der Junge kicherte. Obwohl er am ganzen Körper diesen schlimmen Ausschlag hatte und nur eine Unterhose trug, konnte Ollie Tobias über die Situation lachen. »Ich habe mich schon gefragt, wann es bei dir Klick macht.«

»Du kennst meinen Sohn?«, fragte Mrs Tobias hochnäsig.

»Wir gehen auf dieselbe Schule«, antwortete Charlie. Er kannte die meisten jüngeren Schüler von Cypress Creek. Schließlich war es noch nicht lange her, dass er ihnen geholfen hatte, ihren Albträumen zu entkommen.

Doch ganz abgesehen davon, wusste eh jeder in der Schule, wer Ollie Tobias war. Ollie hatte nämlich eine besondere Begabung. Er spielte zwar kein Instrument und war auch kein Supersportler. Aber man konnte diesen Jungen in einen Raum sperren, mit nichts außer einer Büroklammer und einer Schüssel Wackelpudding, und er würde es trotzdem schaffen, sich in ernste Schwierigkeiten zu bringen.

Ollies Mutter war ebenso berüchtigt. Die Kinder behaupteten, dass sie sich immer wieder besonders gemeine und ungewöhnliche Strafen für ihren frechen Sohn ausdachte. Gerüchten zufolge hatte sie Ollie einmal gezwungen, sich in der Stadt an eine Straßenecke zu stellen und ein Schild hochzuhalten, auf dem stand ICH ESSE DIE BUNTSTIFTE VON ANDEREN KINDERN. (Ollie hatte es jedoch mit Humor genommen und DESHALB KACKE ICH REGENBOGEN auf die Rückseite des Schildes geschrieben.)

Ein andermal hatte Mrs Tobias ihren Sohn angeblich dazu verdonnert, sämtliche Autos auf dem Lehrerparkplatz zu waschen, nachdem er dabei erwischt worden war, wie er mit dem Finger DU SAU auf das schmutzige Auto seines Klassenlehrers geschrieben hatte.

Charlie war immer davon ausgegangen, dass die Gerüchte um Ollie und seine Mutter ziemlich übertrieben waren. Doch am ersten Tag der Sommerferien war er zufällig an Ollies Haus vorbeigeradelt. Vier Damen in weißen Kleidern hatten im Vorgarten Krocket gespielt. Eine von ihnen hatte den Ball unter die Hecke zum Nachbargrundstück geschlagen.

»Ollie!«, hatte sie geschrien, und der Junge war sofort zur ihr gelaufen. Er war angezogen gewesen wie eine altmodische Puppe – kurze Hose, ein gestreiftes Shirt, Hosenträger und als Krönung noch ein Strohhut. Etwas, das aussah wie eine große haarlose Ratte, war hinter ihm hergeflitzt.

Charlie hatte beobachtet, wie Ollie die Hecke erreichte, dann zögerte und sich zu den Damen umsah.

»Komm schon, Mom. Muss ich den Ball wirklich holen?«, hatte er gesagt. »Unter der Hecke wächst echt fieses Zeug.«

Seine Mutter hatte den Krocketschläger geschwungen wie eine tödliche Waffe. Sie gehörte zu den Leuten, von denen Kinder Albträume bekamen. »Wenn du nicht unser Balljunge sein willst, überleg es dir in Zukunft zweimal, bevor du den Hund rasierst.«

Ollie hatte nur geseufzt und den Ball auf allen vieren unter der Hecke herausgefischt.

Jetzt, nachdem er Ollies Tobias Ausschlag gesehen hatte, war Charlie sich ziemlich sicher, dass er wusste, *was* unter der Hecke wuchs. »Haben Sie diesen Sommer häufig Krocket gespielt, Mrs Tobias?«, fragte er unschuldig.

Ollie fuhr auf dem Untersuchungstisch hoch, als hätte er einen Geistesblitz. Er zeigte mit dem rot verschwollenen Finger auf seine Mutter. »Die Hecke! Ich habe dir gesagt, dass da fieses Zeug wächst, und du hast mich trotzdem drunterkriechen lassen!«

Mrs Tobias war leichenblass geworden. »Ich … ich … ich …«, stammelte sie. Dann verengten sich ihre Augen zu Schlitzen und sie starrte Charlie an. »Woher weißt *du* …«

»Ich fahre manchmal mit dem Fahrrad an Ihrem Haus vorbei. Ich habe Sie und Ihre Freundinnen gesehen …«

Mrs Tobias sah aus, als würde sie gleich explodieren, und Charlotte mischte sich ein. »Hey, Charlie«, sagte sie, nahm ihn am Arm und schob ihn sanft zur Tür. »Bist du so nett, den Verkaufstresen zu übernehmen, während ich Olivers Behandlung beende?«

»Ja, klar.« Charlie verließ das Zimmer mit einem Seufzen. Er wollte Charlotte unbedingt von dem Mann aus Orville Falls erzählen, aber das würde warten müssen. Er hatte keine Ahnung, wie lange seine Stiefmutter noch brauchen würde, um Ollies Haut mit der Beifuß-Salbe einzureiben. Also musste er selbst ein paar Monster-Nachforschungen anstellen.

Er holte ein großes schwarzes Ringbuch aus der untersten Schublade von Charlottes Verkaufstresen und setzte sich auf den Stuhl dahinter. Mit einem Finger fuhr er über den Titel, den Charlotte in Goldbuchstaben auf den Einband gemalt hatte. Dann fing er an, im Buch zu blättern. Beim Kapitel über Zombies staunte er wieder einmal über die tollen Illustrationen. Charlottes Zombies sahen genauso aus wie die, denen er in der Anderwelt begegnet war: blicklose Augen. Dunkelrotes Fleisch. Fehlende Arme oder Beine. Doch dem Mann aus Orville Falls ähnelten Charlottes Zeichnungen kein bisschen. Charlie durchsuchte das Buch von der ersten bis zur letzten Seite. Er fand jedoch keinen Nachtmahr, der auch nur entfernt so aussah wie Winston Lindsay.

Charlie öffnete im Computer neben der Kasse ein neues Fenster und tippte *ungeschickt, schlurfen, sabbern, grunzen* ein. Er klickte auf *Suchen*, ohne zu wissen, mit was für Ergebnissen er rechnen sollte.

Das erste war ein Foto des Football-Teams »The New York Jets« von 1996. Das zweite Suchergebnis stammte von der Webseite eines Krankenhauses, das so berühmt war, dass sogar Charlie schon davon gehört hatte. Ihm blieb beinahe die Luft weg, als er die Überschrift las: SCHLAFWANDELN: ANZEICHEN UND SYMPTOME. Das hatte doch auch die Rettungssanitäterin gesagt – dass der Mann wirkte, als würde er schlafwandeln.

Die Türglocke ertönte, und Charlie setzte schnell ein Lächeln auf, bevor er vom Computer aufblickte. Im Eingangsbereich stand eine Frau, die ziemlich verwirrt schien und deren Kopf sich hin und her drehte wie einer von diesen altmodischen Ventilatoren. »Haben Sie Lilien da?«, fragte sie.

»Es tut mir leid, aber wir sind kein Blumenladen«, informierte Charlie die Kundin.

»Ach so, okay«, sagte die Frau mit einem Seufzer. Sie zeigte auf eine Vase mit Blumen aus dem Garten der Lairds. »Dann nehme ich die Gänseblümchen.«

Charlie machte sich nicht die Mühe, ihr zu erklären, dass die Blumen nur als Dekoration gedacht waren. Er wickelte sie ein, nahm der Frau fünf Dollar ab und verstaute den einsamen Schein in der leeren Kasse.

Das geschah in letzter Zeit immer häufiger. Anfangs hatte der Kräuterladen Kunden aus dem ganzen Bundesstaat angelockt. Sie waren wegen Charlottes Kuren gegen Nagelpilz gekommen, wegen dem pflanzlichen Zahnweiß, dem Lockenglätter und dem Atemfrisch für Hunde. Am besten hatte sich jedoch Charlottes spezielle Baldriantinktur verkauft, ein so wirksames Schlafmittel, dass man mit wenigen Tropfen davon sogar einen aufgebrachten Elefanten ins Land der Träume befördern konnte. Aber mittlerweile standen Dutzende der Baldrianfläschchen in den Regalen und setzten Staub an. Und die Leute, die zur Tür hereinkamen, hatten sich gewöhnlich nur verlaufen.

Charlotte hatte wirklich versucht, neue Kunden in ihr Geschäft zu locken. Sie hatte Rabatte und Sonderaktionen angeboten und sogar einen Brau-deinen-eigenen-Liebestrank-Abend. Aber es war niemand gekommen. Bis vor Kurzem hatte sich Charlie nie Gedanken um die Finanzen seiner Familie gemacht. Doch eines Abends auf dem Weg zur Toilette hatte er seine Eltern halblaut miteinander reden gehört. Das Lehrergehalt seines Vaters reichte nicht mehr aus, um alle Rechnungen zu bezahlen. Die Lairds brauch-

ten Geld, wenn der Kräuterladen weiterbestehen sollte. Das Buch, in dem er gerade blätterte, war die einzige Chance, an Geld zu kommen. Davon war Charlie überzeugt.

Charlotte hatte jahrelang daran gearbeitet und in den letzten paar Monaten hatte Charlie ihr dabei geholfen. In dem Buch stand alles, was sie über die Anderwelt wussten. Charlotte war durch das Portal in der lila Villa gegangen, als sie ungefähr in Charlies Alter gewesen war, und der erste Teil des Buchs berichtete von ihren Abenteuern. Im zweiten Teil gab es Tipps und Ratschläge für alle, die in der Anderwelt gelandet waren – ob nun leibhaftig oder nur in ihren Träumen.

Charlie hatte Charlottes Meisterwerk schon mindestens zehnmal gelesen, und jedes Mal, wenn er es aufschlug, war er von Neuem fasziniert. Es gab zum Beispiel eine Seite zum Thema »Richtiger Umgang mit Gnomen« und ein ganzes Kapitel über »Freude an Fantasiegestalten«. Charlie kannte kein anderes Buch, das so lehrreich und spannend zugleich war. Und das Beste waren Charlottes Zeichnungen. Die Bilder von Monstern, Geistern und allem anderen, das nachts herumspukt, waren so naturgetreu, dass die Wesen fast aussahen, als würden sie jeden Moment zum Leben erwachen. Charlie konnte stundenlang in dem Buch blättern. Er hielt es für einen wahren Geniestreich. Leider sahen die Verleger das anders.

Charlotte hatte Kopien ihres Werks an ein Dutzend Verlage im ganzen Land geschickt. Nur zwei hatten sich die Mühe gemacht, ihr zu antworten. Beide saßen in New York und wollten Charlotte kennenlernen – Anfang der kommenden Woche würde sie hinfliegen. Charlie hoffte nur, dass einer von ihnen anbiss.

Die Tür des Behandlungsraums wurde aufgestoßen und ein durchdringender Geruch erfüllte den Laden. Es roch wie eine Mischung aus faulen Eiern, Babypuder und Koriander. Charlie musste würgen.

»Reiben Sie ihn dreimal täglich mit der Salbe ein«, sagte Charlotte. »Der Geruch lässt sich leider nicht vermeiden. Aber bis Dienstag sollte der Ausschlag abgeklungen sein.«

»Danke, Mrs Laird«, sagte Ollies Mutter, die sich kein bisschen dankbar anhörte.

»Gern geschehen. Achten Sie nur darauf, dass Ollie nicht mehr in irgendwelchen Hecken herumkriecht.«

Der Blick, mit dem die Frau Charlies Stiefmutter bedachte, hätte töten können. Charlotte reagierte darauf mit ihrem unschuldigsten Lächeln.

»Du hast was gut bei mir, Charlie«, flüsterte Ollie, der sich immer noch wie wild kratzte, im Vorbeigehen.

»Kein Problem«, sagte Charlie. Dank ihm musste Ollie zwar nicht mehr im Gestrüpp herumkriechen, aber wirklich zufrieden war Charlie nicht. Ollies Mutter war nämlich nicht nur stocksauer, sondern auch ziemlich wohlhabend.

»Ich fürchte, wir haben gerade einen weiteren Kunden verloren«, sagte Charlotte und sah zufrieden zu, wie Mrs Tobias davonstürmte. »Aber in ihrem Fall stört mich das kein bisschen.« Sie legte Charlie eine Hand auf die Schulter. »Das hast du gut gemacht. Wer weiß, wie oft Ollie noch hier aufgetaucht wäre, wenn du den Zusammenhang nicht erkannt hättest.«

Charlie runzelte die Stirn. Mrs Tobias würde sicher nie wieder einen Fuß in den Kräuterladen setzen, und das war seine Schuld. Er schadete dem Geschäft mehr, als ihm zu nützen.

Aber Charlotte bemerkte sein Stirnrunzeln nicht. Sie war eifrig dabei, Regale aufzuräumen, die sie am Morgen schon einmal aufgeräumt hatte. »Wie war deine Mittagspause mit Alfie?«, fragte sie. »Gab es heute Donuts oder Eis?«

Charlie war sofort wieder hellwach. Das hatte er fast vergessen. »Wir waren in der Eisdiele und dann ist etwas echt Merkwürdiges passiert.« Mehr brauchte er nicht zu sagen. Charlotte zog sich einen Stuhl heran und hörte schweigend zu, während Charlie ihr die ganze Geschichte erzählte.

»Ich denke, du kannst dich entspannen. Was immer der Mann war, ein Nachtmahr bestimmt nicht«, verkündete Charlotte, nachdem Charlie ihr alles berichtet hatte.

»Woher willst du das wissen?«, fragte er. Er war zwar zu demselben Schluss gekommen, aber er brauchte eine Begründung.

»Nun, erstens hast du gesagt, dass der Mann blutete, als er sich den Kopf angeschlagen hat. Ich bin ziemlich sicher, dass Nachtmahre nicht bluten. Und zweitens hast du gesagt, dass ihn die Sanitäter an ihre Maschinen angeschlossen haben. Sie hätten es sofort gemerkt, wenn er kein Mensch gewesen wäre.«

Ihre Beweisführung war einwandfrei, das musste Charlie zugeben. »Und was glaubst du, was mit ihm los war?«

»Das kann ich dir nicht genau sagen«, antwortete Charlotte und klopfte beim Nachdenken auf den Tresen. »Vielleicht stand er unter dem Einfluss irgendwelcher Medikamente. Oder er war schon immer ein bisschen seltsam. Wer weiß?« Sie verstummte. »Du hast doch nachgesehen, ob das Portal noch geschlossen ist, oder?«

»Ja, natürlich«, versicherte Charlie.

»Dann hör auf, dir solche Sorgen zu machen!« Seine Stiefmutter beugte sich über den Tresen und kniff ihn in die Wange. »In Cypress Creek gibt es keine Monster.«

»Da wäre ich nicht so sicher«, sagte eine Stimme hinter ihr. Charlies Vater stand mit Charlies kleinem Bruder Jack im Eingang des Ladens.

Niemand wäre je auf die Idee gekommen, dass gerade Andrew Laird mit seiner Gelehrtenbrille und dem gepflegten Bart der Außenseiter in der Familie war. Aber im Gegensatz zu seiner Frau und seinen Söhnen konnte er das Portal nicht sehen. Soweit es ihn betraf, waren die Geschichten in Charlottes Buch reine Erfindung. Er hatte keine Ahnung, dass es die Wesen, die dort beschrieben wurden, wirklich gab.

Charlotte hatte Charlie und Jack eingeschärft, ihrem Vater auf keinen Fall die Wahrheit über das Haus zu sagen. Das Portal entschied selbst, wer es sehen durfte, hatte sie erklärt. Einige der Auserwählten betrachteten ihre Fähigkeit als Geschenk. Andere bezeichneten sie als Fluch. Eines jedoch war sicher – es war eine lebenslange Verpflichtung. Und Charlotte wollte ihren Mann mit dieser Verantwortung nicht belasten.

Sie sprang auf und drückte Charlies Vater einen Kuss auf die Wange. »Ihr habt ein Monster in Cypress Creek gesehen?«, fragte sie scherzhaft, doch Charlie merkte genau, wie beunruhigt sie war.

Andrew Laird schüttelte den Kopf. »Ich weiß nicht, ob es ein Monster war, aber da schleicht etwas Unheimliches herum. Ihr werdet nicht glauben, was Jack und ich vor etwa einer Stunde durch den Wald humpeln gesehen haben.«

»Einen Werwolf?« Charlotte zwang sich zum Lachen.

Charlie wollte einstimmen, aber er brachte keinen Ton heraus. Sein Herz raste so sehr, dass ihm fast schwindelig wurde.

»Nein«, sagte Jack. »Ich fand eher, dass es aussah wie ein Zombie.«

Das Traumreich

Sobald Charlie eingeschlafen war, kamen die Zombies. Er hätte damit rechnen müssen. Immerhin hatte er den ganzen Tag an Untote gedacht. Da war es nur logisch, dass sie auch in seinen Träumen auftauchten.

Sie waren zu dritt und unterschiedlich stark verwest. Die ältere Dame hieß Maude, und der Teenager mit dem geschorenen Kopf bestand darauf, dass Charlie ihn Buzz nannte. Beim dritten Zombie war nicht zu erkennen, ob er männlich oder weiblich war. Auf dem Supermarkt-Namensschild, das noch immer an seinem Hemd steckte, stand MORGAN. Es dauerte nur Sekunden, bis die drei Charlie umzingelt hatten. Er nahm sich vor, ihnen bei Gelegenheit ein paar Tipps zum Thema Privatsphäre zu geben.

»Hi, Kumpel.« Buzz streckte ihm die Hand hin. Charlie schüttelte sie und tat so, als würde er nicht merken, dass dabei drei Finger des Zombies abbrachen. »Wird auch Zeit, dass du mal vorbeikommst und deine alten Freunde besuchst.«

»Wir haben schon gedacht, du hättest uns vergessen«, sagte Maude. Charlie spürte, dass sie ihn gern umarmen wollte – und sie hätte es sicher auch getan, wenn sie noch Arme gehabt hätte.

»Oh, da braucht ihr euch keine Sorgen zu machen«, versicherte ihr Charlie. »Ihr seid ziemlich unvergesslich. Es ist nur so, dass ich die meiste Zeit im Traumreich mit meiner Mom verbringe. Wie gefällt es euch eigentlich hier?«

Charlie hatte die Zombies bei seinen Abenteuern in der Anderwelt kennengelernt. Danach hatten sie sich aus der Albtraumwelt zurückgezogen und sich im Traumreich zur Ruhe gesetzt. In die Anderwelt mussten Menschen gehen, um sich ihren Ängsten zu stellen, aber im Traumreich konnten sie ihre schönen Erlebnisse noch einmal durchleben und sich an ihren Hoffnungen und Wünschen erfreuen. Charlie hätte nie gedacht, dass es auch für Zombies eine Nische im Traumreich gab, aber sie hatten sich als erstaunlich beliebt erwiesen. Morgan und Maude waren auf Halloween-Erinnerungen spezialisiert, und das Fachgebiet von Buzz waren Videospiel-Rekorde.

»Mir würde das Traumreich viel besser gefallen, wenn hier nicht ständig diese verrückten Karnickel herumhängen würden«, bemerkte Morgan mit unbestreitbar männlicher Stimme. Er deutete auf eine Gruppe weißer Kaninchen, die Klee fraßen. Eines von ihnen drehte sich um, als hätte es die Bemerkung gehört. Sein ganzes Gesicht bestand nur aus einem Maul voller rasiermesserscharfer Zähne. »Also, bei den Viechern läuft es mir jedes Mal eiskalt über den Rücken. Wer hat denn bitte einen *schönen* Traum, in dem *so was* vorkommt?«

Charlie biss sich auf die Lippe und fragte sich, ob der Zombie wohl schon einmal einen Blick in den Spiegel geworfen hatte. Wenn man ihn nicht kannte, war Morgan mindestens so Furcht einflößend wie diese Kaninchen.

»Hör nicht auf den alten Knatterkopf«, empfahl Maude. »Er findet immer etwas zu meckern, wenn er sich langweilt.«

»Er langweilt sich?«, fragte Charlie.

»Ja, in letzter Zeit ist hier nicht viel los«, bestätigte Buzz. »Wir hatten letzten Sonntag einen kurzen Gastauftritt im Traum von deinem Freund Rocco, aber davon abgesehen ...« Er zuckte deprimiert mit den Schultern. »Ich schätze, ich habe auf dieser Seite etwas mehr Action erwartet.«

»Aber *ich* bin doch gekommen, um euch zu besuchen!«, wollte Charlie seine Freunde aufheitern. »Und da ich schon mal hier bin, wäre ich für einen Rat dankbar.«

»Von uns?« Maude war entzückt.

»Wir sind ganz Ohr«, beteuerte Morgan, der gar keine Ohren mehr hatte.

Charlie erzählte ihnen von dem Mann, den er und Alfie gesehen hatten. Er imitierte sogar das Schlurfen und Grunzen, doch die Zombies schüttelten nur den Kopf.

»Deine Stiefmutter hat recht. Der Herr war kein Nachtmahr«, verkündete Maude. Sie zeigte Charlie eine ziemlich eklige Wunde an ihrer Schulter. »Wesen wie wir bluten nicht. All das rote Zeug, das Menschen in ihren Albträumen sehen, ist grundsätzlich Kunstblut.«

»Und wir haben auch keine Pupillenreflexe«, sagte Morgan und beugte sich so dicht über Charlie, dass der ihm tief in sein blutunterlaufenes Auge sehen konnte.

»Stimmt, und das Letzte, was ein vernünftiger Nachtmahr tun würde, wenn er es auf die andere Seite geschafft hat, ist *Farbe kaufen.*« Buzz' Lachen klang ein bisschen irre und der Ausdruck in seinen Augen hätte die meisten Leute nervös gemacht. Aber Charlie störte das nicht. Er wusste genau, dass er nicht in Gefahr war. Im Traumreich konnte ihm nichts passieren.

»Was meint ihr, was stimmte nicht mit dem Mann?«, fragte Charlie. »Und wieso fährt jemand den ganzen Weg von Orville Falls nach Cypress Creek, nur um Farbe zu kaufen?«

Buzz hörte auf zu lachen und alle drei Zombies erstarrten. Sie waren offensichtlich geschockt.

»Was habe ich gesagt?«, wollte Charlie wissen.

»Der Mann stammt aus Orville Falls?«, fragte Maude zögernd.

»Ja«, bestätigte Charlie, der allmählich nervös wurde. »Kennt ihr den Ort?«

»Komm mit«, sagte Morgan. »Wir müssen dir etwas zeigen.«

Charlie folgte den Zombies, die sich schwerfällig durch das strahlende Traumreich bewegten. Hier war es heller als an einem schönen Sommertag und alles leuchtete und funkelte im Schein von einer Million wundervollen Erinnerungen. Auch wenn Charlie sich auf einer ernsten Mission befand, hob sich seine Stimmung, als sie am alljährlichen Radieschenfest vorbeiliefen, er den Weihnachtsschmuck an der riesigen Tanne vor der Leihbücherei entdeckte und Kindern zusah, die einen gigantischen Schneemann bauten, während am Himmel ein imposantes Feuerwerk zum Unabhängigkeitstag explodierte.

»Ist dir aufgefallen, wie viele Leute hier sind?«, fragte Morgan. »Ich würde sagen, mindestens halb Cypress Creek treibt sich im Traumreich herum.«

Charlie sah sich um und entdeckte eine Menge bekannter Gesichter. »He, ist das unsere Schule?« Er zeigte auf ein kastenförmige Gebäude in einiger Entfernung. Der Schulhof war voller kleiner Gestalten, die an den Spielgeräten herumturnten. »Was ist da los?«

»So geht das jede Nacht«, berichtete Buzz. »Seit der vorige Schulleiter verschwunden ist, geht an dieser Schule die Post ab.«

»Sieh mal nach links«, sagte Maude.

Charlie erkannte, dass er durch das Schaufenster der Eisdiele blickte. Drinnen saß Alfie auf einem Barhocker, vor sich das größte Bananensplit aller Zeiten.

»Wie schön, deinen Freund Alfie mal wiederzusehen«, sagte Morgan. »Das war immer sein Lieblingsplatz, aber er war schon eine ganze Weile nicht mehr hier.«

»Sagen wir einfach, dass er in letzter Zeit öfter vom Wetter geträumt hat«, sagte Charlie mit einem Lachen, aber es schien keinen der Zombies zu interessieren. Charlie klappte den Mund wieder zu und folgte ihnen schweigend aus Cypress Creek hinaus. Sie liefen noch eine ganze Weile weiter, bis Maude plötzlich stehen blieb.

»Das ist es«, verkündete sie.

»Ja, hier sind wir richtig«, bestätigte Morgan und stellte sich neben sie.

Buzz schauderte. »Ich bin total mit den Nerven runter«, sagte er.

Charlie schaute sich um, weil er wissen wollte, was Buzz so nervös machte. Sie befanden sich am Rand eines kleinen Parks mit gepflegten Blumenbeeten, der in einer Kleinstadt lag. An seinem einen Ende stand ein hübsches Gerichtsgebäude und ein Springbrunnen schoss eine Wasserfontäne in die Luft. Es war einer dieser Orte, die wie geschaffen dafür sind, dass Menschen sich dort treffen. Charlie konnte sich vorstellen, wie Kinder barfuß auf dem Rasen herumrannten und Erwachsene auf Picknickdecken saßen. Aber so hübsch der Park auch war, er hatte etwas Gruseliges an sich. Plötzlich begriff Charlie, wieso ihm eine Gänsehaut die Arme hochkroch. Abgesehen von dem Springbrunnen regte sich rein gar nichts in diesem Park. Kein Vogelzwitschern, keine Eichhörnchen, die in den Bäumen herumflitzten, keine Hunde, die die Blumenbeete bewässerten. Und es war auch kein einziger Träumer zu sehen.

»Das hier war mal ein echt beliebter Ort im Traumreich«, sagte Buzz. »Ich meine, sieh dich doch um. Hier ist es so niedlich, dass man kotzen könnte. Kannst du dir vorstellen, wie viele gute Erinnerungen hier gesammelt wurden? Und doch sieht es jetzt aus wie ein Ort aus der Anderwelt.«

»Das Traumreich kann ohne Träumer nicht existieren«, sagte Maud und sah Charlie an. »Und hier war schon eine Woche lang niemand mehr. Siehst du, wie die Stadt zu verblassen beginnt?«

Jetzt, wo sie es erwähnte, fiel auch Charlie auf, dass die Kanten der Gebäude etwas verschwommen wirkten. Das Wasser des Springbrunnens schien sich mitten in der Luft in nichts aufzulösen. Auch die Blumen leuchteten nicht mehr so bunt, wie sie eigentlich sollten.

»Ich verstehe das nicht«, sagte Charlie und drehte sich zu den Zombies um. »Was ist das für ein Ort? Wieso habt ihr mich hergebracht?«

»Das ist das Traumreich von Orville Falls«, sagte Morgan.

»Was ist damit passiert?«, fragte Charlie, der daran denken musste, welcher Hochbetrieb im Traumreich von Cypress Creek geherrscht hatte. »Wo sind die alle?«

»Das wissen wir nicht«, sagte Maude. »So etwas ist noch nie passiert.«

»Aber eines ist wohl klar«, fügte Morgan hinzu. »In Orville Falls stimmt irgendetwas ganz und gar nicht.«

Der Absturz der Kometen

Es war Sonntagmorgen, und Charlie war schon wach, als die Bestie auf sein Bett sprang. Langsam, Schritt für Schritt, schlich sie über die Bettdecke und steuerte auf seinen Kopf zu. Charlie schloss die Augen und lag ganz still. Er wartete geduldig, bis das fette, pelzige Monster sich gerade auf seinem Lieblingsplatz mitten auf Charlies schlafendem Gesicht niederlassen wollte. Dann fuhr er im entscheidenden Augenblick hoch.

»Ha!«, schrie er die Bestie an. »Erwischt!«

Charlottes biestige Katze Aggie heulte wütend auf, sprang vom Bett und flitzte zur Tür hinaus.

Charlie ließ sich wieder ins Kissen fallen. Er hatte bisher nicht herausgefunden, wie es die Katze schaffte, seine Zimmertür aufzumachen. Aber an diesem Morgen hatte er entschieden wichtigere Sorgen als eine Ninja-Katze. Er musste einen Weg finden, nach Orville Falls zu kommen. Der Ort war zwar nur dreißig Kilometer von Cypress Creek entfernt, aber Charlies einziges Transportmittel war sein Fahrrad, und der Weg nach Orville Falls führte steil bergauf.

Charlotte würde ihn bestimmt hinfahren, wenn er sie fragte. Aber er hatte mit eigenen Augen die leere Kasse des Kräuterladens gesehen und sonntagnachmittags kamen die meisten Kunden. Am nächsten Morgen würde seine Stiefmutter nach New York aufbrechen – am Montag und Dienstag blieb der Laden daher ohnehin geschlossen. Einen dritten Tag ohne Einnahmen konnten sie sich nicht leisten, und so überlegte Charlie den ganzen Morgen, wie er seinen Vater dazu bringen konnte, ihn hinzufahren. Er konnte wohl schlecht sagen, dass die ganze Stadt in schrecklicher Gefahr schwebte. Aber ein anderer Grund, wieso sein Dad die schwierige Bergfahrt auf sich nehmen sollte, war ihm nicht eingefallen.

Gegen zehn hatte Charlie sich angezogen und war dem Duft des Frühstücks nach unten gefolgt. Er hatte sich gerade an den Küchentisch gesetzt, als das Telefon klingelte.

»Tut mir leid«, hörte er seinen Vater sagen, »aber wir sind gerade beim Sonntagsfrühstück. Charlie wird dich anrufen, sobald wir fertig sind.«

Doch sein Vater legte nicht auf. Mit gerunzelter Stirn lauschte Andrew Laird, was der Anrufer zu sagen hatte. Sogar von seinem Platz am Küchentisch aus konnte Charlie die aufgeregte Stimme am anderen Ende der Leitung hören.

»Ja, ich *verstehe*«, sagte Andrew Laird. »Ja, doch, das klingt wirklich *wichtig*. Ja, allerdings. Schon klar.« Er reichte den Hörer an Charlie weiter. »Ich glaube, dein Freund dreht durch«, sagte er. »Aber mach's kurz.«

Welcher Freund es auch immer sein mochte, Charlie hatte nicht vor, lange zu telefonieren. Denn obwohl er einen Kloß im Magen hatte, duftete das Brokkoli-Käseomelett, das Charlotte gerade auf den Tisch gestellt hatte, sehr verführerisch.

»Charlie!« Die Stimme am anderen Ende gehörte Rocco Marquez, einem von Charlies drei besten Freunden. Er klang verstört. »Du musst sofort herkommen!«

»Wohin soll ich kommen?«, fragte Charlie erschrocken. So gestresst wie jetzt hatte Rocco wirklich selten geklungen. Im Hintergrund konnte Charlie den Wind hören. Rocco war also nicht zu Hause.

»Auf den Fußballplatz!«, brüllte Rocco, als wäre das ganz logisch. »Mit der anderen Mannschaft ist irgendetwas Merkwürdiges los.«

»Wieso merkwürdig?« Charlie schob seinen Stuhl zurück und stand auf. Er hatte plötzlich keinen Appetit mehr.

»Die meisten ihrer Spieler wandern auf dem Platz herum, als wüssten sie nicht, wo sie sind. Selbst wenn der Ball direkt an ihnen vorbeirollt, laufen sie nicht hinterher. Ich telefoniere während des Spiels mit dem Handy und meine Mannschaft liegt *trotzdem* noch in Führung. Auch die Eltern auf der Tribüne wirken total weggetreten und verwirrt. Aber richtig gruselig ist der Trainer der anderen Mannschaft. Er hat eine Riesenwunde auf der Stirn und nicht einmal ein Pflaster drauf, und …«

Sofort musste Charlie an den Mann mit der Farbe denken, Winston Lindsay. Das Logo auf seinem Shirt hatte ausgesehen wie ein Fußball, der in Flammen steht. Es hörte sich so an, als könnte der Trainer der gegnerischen Mannschaft der geheimnisvolle Fremde aus Orville Falls sein. Der Kloß in Charlies Magen wurde noch ein bisschen größer. »Gegen welche Mannschaft spielt ihr?«, fragte er.

»Die Kometen«, sagte Rocco. »Sie waren die Besten der Liga, aber …«

»Aus welcher *Stadt* kommen sie?«, fiel Charlie ihm ins Wort.

»Orville Falls«, antwortete Rocco.

Charlies Nackenhaare stellten sich auf. »Ruf Alfie und Paige an«, trug er Rocco auf. »Ich ziehe meine Schuhe an und bin in zehn Minuten da.«

Als Charlie ankam, stand das Spiel 35 : 0 und es waren nur noch dreißig Sekunden zu spielen. Zwei der Kometen hetzten wie wild hinter dem Ball her, während der Rest ihrer Mannschaft auf dem Spielfeld herumtaumelte wie eine

Horde Zombies. Charlie ließ den Blick über die Tribüne schweifen. Es waren nicht viele Zuschauer gekommen, und die wenigen Eltern, die dort saßen, sabberten und murmelten vor sich hin. Nicht gerade ein schöner Anblick.

»Was soll denn das für ein Notfall sein?«, fragte jemand hinter Charlie.

Er fuhr erschrocken herum. Paige Bretter, ein zierliches und sehr energisches blondes Mädchen blickte ihn verärgert an. »Habt ihr mich aus dem Bett gescheucht, damit ich mir ansehe, wie Roccos Mannschaft ihren Gegner plattmacht? Was soll daran besonders sein? Ich schwöre, die sind so gut, dass es todlangweilig ist.«

»Rocco hat dir nichts erzählt?«, fragte Charlie.

»Mir was erzählt? Alles, was er gesagt hat, war ›Bring Alfie mit‹. Aber Alfies Mutter wollte ihn nicht gehen lassen. Anscheinend ist er mitten in der Nacht aufgewacht und hat das gesamte Eis aus dem Gefrierschrank weggefuttert. Seine Mutter fand das gar nicht witzig.«

Bei dem Gedanken an Alfie, wie er in der Eisdiele des Traumreichs vor seinem riesigen Bananensplit saß, hätte Charlie beinahe gegrinst. Aber dann ertönte ein Pfiff und er war wieder ganz beim Fußballspiel. Es war vorbei. Der Endstand war 37 : 0.

Charlie und Paige beobachteten, wie einer der Kometen-Spieler auf die Knie fiel, offenbar vollkommen erschöpft. Er verharrte einen Moment in dieser Haltung, die Stirn auf dem Boden. Der dürre Junge mit den schmutzig blonden Haaren und Sommersprossen war einer der beiden Spieler, die sich bemüht hatten, die Niederlage zu verhindern. Charlie beobachtete, wie Rocco über das Spielfeld ging und dem Jungen die Hand entgegenstreckte. Als der wieder auf den Beinen war, redeten die beiden miteinander. Kurz darauf brachte Rocco den Kometen-Spieler zu Charlie herüber.

»Das ist Kyle«, stellte Rocco den Jungen vor. Dann gab er ihm einen aufmunternden Schubs. »Los, erzähl ihnen, was du mir gesagt hast.«

Der Junge sah sich nervös zum Trainer seiner Mannschaft um. Aus der Entfernung war er nicht gut zu erkennen, aber Charlie vermutete immer noch, dass der Trainer Winston Lindsay war.

»Komm schon«, drängte Rocco. »Du kannst uns vertrauen. Vielleicht können wir helfen.«

Der Junge zitterte förmlich vor Angst. Er brauchte ein paar Minuten, doch dann beugte er sich vor und flüsterte: »Etwas Seltsames geschieht in meiner Stadt.«

»Dann ist es nicht nur die Fußballmannschaft?«, fragte Charlie. »Es betrifft ganz Orville Falls?«

»Allerdings«, bestätigte Kyle. »Die meisten meiner

Freunde sind genauso wie die Jungs aus der Mannschaft. Meine Eltern auch. Das da vorn sind sie.« Er zeigte auf ein Paar, das auf der Tribüne saß. Die Augen seiner Mutter waren nach oben verdreht und seinem Vater hing die Zunge aus dem Mund. »So sind sie nun schon seit einer Woche. Es ist, als hätte ihr Gehirn aufgehört zu arbeiten oder so.«

Paige runzelte die Stirn. »Deine Eltern können nicht hirntot sein. Ich meine, sie sind *hier*, oder nicht?«, sagte sie. »Sie sehen sich das Spiel an und sitzen auf der Tribüne. Wie sind sie nach Cypress Creek gekommen, wenn ihre Gehirne nicht funktionieren? Wie konnten sie *Auto fahren*?«

Der Junge zuckte hilflos mit den Schultern. »Also, sehr *gut* ist Dad nicht gefahren«, gestand er. »Immerhin hat er einen Baum gestreift und eine ganze Reihe Briefkästen umgemäht. Ich habe mir die meiste Zeit die Augen zugehalten.«

»Aber er ist trotzdem *gefahren*«, bemerkte Paige skeptisch.

Wieder zuckte Kyle mit den Schultern. »Die Wandler machen alle möglichen Sachen«, sagte er. »Ich weiß nicht, wie, aber irgendwie kriegen sie es hin.«

»Die *Wandler*?«, fragte Rocco.

»So nenne ich sie«, sagte Kyle. »Weil es aussieht, als würden sie schlafwandeln, obwohl sie wach sind.«

»Hast du eine Ahnung, was mit ihnen passiert ist?«, wollte Paige wissen.

Alle Farbe wich aus Kyles Gesicht. »Ich glaube schon.«

»Du weißt es? Was denn?«, fragte Charlie, der immer aufgeregter wurde.

»Es gibt da so ein Getränk, das sie alle probiert haben.« Der Junge beugte sich näher heran. Er flüsterte nur noch, als hätte er Angst, belauscht zu werden. »Sie nennen es das Elixier. Die Leute haben angefangen, es zu trinken, weil sie nicht mehr schlafen konnten.«

»Hatten sie Albträume?«, fragte Rocco.

»Ja«, bestätigte Kyle. »Aber bei diesen Albträumen geht es nicht um Monster oder so. Jedenfalls bei meinen nicht. In meinen Träumen beobachtet mich jemand. Und dann habe ich immer das Gefühl ...« Er schauderte. »... als wäre ich ganz allein und niemand würde mir jemals zu Hilfe kommen.«

»Das klingt grauenvoll«, stellte Paige fest.

»Das ist es. Meine ganze Familie hatte diesen Traum und deshalb hat mein Dad vor ein paar Tagen etwas von diesem Elixier mitgebracht. Jetzt gibt meine Mom mir das Zeug jeden Abend. Sie hat gesagt, wenn ich es trinke, gehen die Albträume weg. Und wenn man einen Monat lang jeden Tag eine ganze Flasche trinkt, soll man anschließend Bäume ausreißen können.«

»Aber du trinkst es nicht«, vermutete Rocco.

»Nein. Lieber habe ich schlimme Träume und fühle mich

wie ein Verlierer. Ich kippe das Zeug immer aus dem Fenster, wenn sie nicht hinsieht«, sagte der Junge. »Aber mein Bruder hat davon getrunken. Und das ist aus ihm geworden.« Er zeigte über das Spielfeld auf einen Jungen, der kurz davor war, mit dem Gesicht gegen einen der Torpfosten zu laufen.

»Woher hat dein Dad das Zeug?«, fragte Charlie.

»Gekauft.« Der Junge schien nicht mehr sagen zu wollen.

»Das dachten wir uns«, sagte Paige. »*Wo* hat er es gekauft?«

Der Junge warf erneut einen Blick über seine Schulter und schnappte nach Luft. Winston Lindsay schlurfte über den Fußballplatz auf sie zu. Mit der großen Wunde auf der Stirn sah der Trainer ziemlich gruselig aus. »Ich muss jetzt *wirklich* gehen«, flehte der Junge und wand sich wie ein Aal. »Der Trainer wird nicht wollen, dass ich darüber rede. Das will keiner von ihnen. Es ist gefährlich, etwas Schlechtes über das Elixier zu sagen.«

Rocco packte den Jungen am Arm, bevor er wegrennen konnte. »Aber du *musst* uns erzählen, wo die Leute das Zeug kaufen.«

»Es gibt in Orville Falls einen Laden mit Wolken im Schaufenster«, sagte der Junge. »Den kann man nicht verpassen. Aber wenn man nicht mit eigenen Augen gesehen hat, was da vor sich geht, glaubt man es nicht.« Dann rannte er weg.

Charlie beobachtete die Leute, die jetzt die Tribüne verließen. Eine Frau wankte mit ausgestreckten Armen auf den Ausgang zu. Als sie das Ende der Tribüne erreichte, ging sie einfach weiter und trat – ins Leere. Charlie verzog mitfühlend das Gesicht, als sie auf den Grasboden krachte, doch sie war schon wieder auf den Beinen und lief weiter, bevor ihr jemand helfen konnte. »Ich glaube, Kyle hatte recht«, sagte Charlie. »Dieses Elixier richtet schwere Schäden in den Köpfen der Leute an.«

»Bist du sicher, dass ein Elixier dafür verantwortlich ist?«, fragte Paige. »Sollten wir nicht alle Möglichkeiten betrachten, bevor wir voreilige Schlüsse ziehen? Was, wenn sie sich eine seltene Krankheit zugezogen haben? Oder wenn dort oben etwas Gefährliches im Wasser ist?« Sie holte ihr Handy heraus.

»Was machst du?«, fragte Charlie.

»Ich löse das Rätsel«, antwortete Paige. »Meine Tante Josephine lebt in Orville Falls.«

»Meinst du die Tante, die euch manchmal besucht?«, fragte Rocco. Das war eine nette Art, es zu umschreiben, fand Charlie. Josephine blieb oft bei den Bretters, wenn Paiges Mutter zu krank war, sich um ihre Tochter zu kümmern.

»Genau. Tante Josephine arbeitet für die Zeitung in Orville Falls. Wenn jemand weiß, was da los ist, dann sie.«

Paige hielt sich das Telefon ans Ohr, doch ihre Miene verdüsterte sich zusehends.

»Keine Antwort?«, fragte Charlie. »Vielleicht ist sie bei der Arbeit.«

Paige betrachtete ihr Telefon, als wäre sie überzeugt, dass das Handy kaputt sein müsse. »Da habe ich angerufen«, sagte sie. »Josephine arbeitet immer an den Wochenenden.«

»Mach dir keine Sorgen«, versuchte Rocco, sie zu beruhigen. »Bestimmt hat sie nur viel zu tun.«

»Das ist es nicht«, sagte Paige. »Ich habe die Redaktion der Zeitung angerufen. Da sollte eigentlich rund um die Uhr jemand rangehen.«

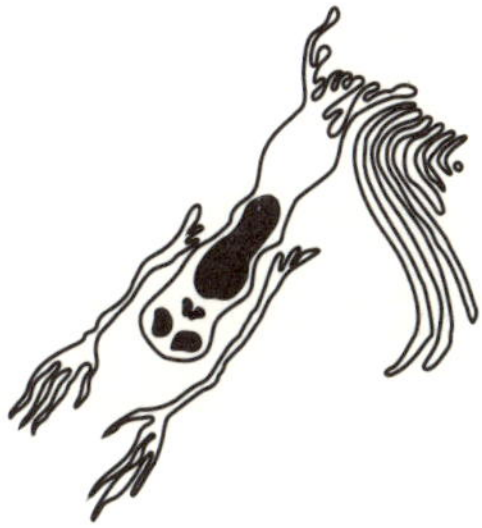

Traumloser Schlaf

Charlie war erst wenige Male in Orville Falls gewesen, aber es war ihm schon immer verdächtig vorgekommen, wie hübsch das Städtchen war. Im Stadtzentrum gab es Läden mit Dingen, die niemand wirklich brauchte – wie bedruckte Geschirrtücher und bestickte Kissenbezüge. Und die Häuser rund um den Marktplatz waren geradezu abstoßend niedlich. Sogar die Bewohner von Orville Falls schienen mehr als normale Menschen zu lächeln. Charlie hatte den ganzen Ort schon immer irgendwie gruselig gefunden.

Als er und Paige an der Bushaltestelle von Orville Falls ankamen, wirkte der Ort verlassen. Niemand wartete auf der Bank an der Haltstelle auf den Bus oder stand am Getränkeautomaten. Der Fahrkartenschalter war nicht besetzt und auch auf den Bürgersteigen war niemand unterwegs.

»So hab ich das hier noch nie gesehen«, sagte der Busfahrer zu Charlie. Der Mann war kräftig und hatte eine tiefe Stimme, aber er hörte sich nervös an. »Hier scheint niemand zu sein. Wollt ihr Kinder wirklich aussteigen? Der nächste Bus nach Cypress Creek fährt erst in ein paar Stunden.«

Charlie war sich nicht mehr so sicher. Er stand an der offenen Tür des Busses und verrenkte sich auf der Suche nach Leben fast den Hals. Aber außer einer zerknitterten braunen Papiertüte, die der Wind über die Straße trudeln ließ, bewegte sich nichts. Der Spruch auf der Tüte lautete: *Verträume nicht dein Leben!*

»Wollen wir«, antwortete Paige dem Busfahrer. Sie drängte sich an Charlie vorbei und sprang hinunter auf den Bürgersteig. »Keine Sorge, Sir. Ich habe Verwandte hier. Und ich habe immer ein Hand-Desinfektionsmittel dabei.«

Die Fahrt nach Orville Falls war Paiges geniale Idee gewesen. Ihre Mutter hatte sich nicht gut genug gefühlt, um sie hinzufahren, und ihr Vater musste zu Hause bei seiner Frau bleiben. Also hatten Charlie und Paige gleich nach Roccos Spiel den Bus genommen. Bei der Abfahrt hatte es sich noch nach einem vernünftigen Plan angehört. Paige hatte die ganze Fahrt über nach einfachen Erklärungen für die merkwürdige Erkrankung gesucht, die offenbar die ganze Stadt befallen hatte. Vielleicht war es die Grippe – oder womöglich ein exotischer Parasit. Charlie fiel auf, dass jede von Paiges »Erklärungen« heilbar war. Sie wollte wohl nicht glauben, dass Josephine etwas Schreckliches zugestoßen sein könnte.

Charlie wechselte einen Blick mit dem Busfahrer, während Paige sich eine Ladung Desinfektionsmittel in die Handfläche spritzte. Der Mann hob eine Braue und sie bemerkte seinen verblüfften Ausdruck.

»Oh, nein, ich desinfiziere meine Hände nicht wegen Ihnen!«, versicherte sie ihm. »Es ist der Bus. Es ist nur so, dass in öffentlichen Verkehrsmitteln so viele Keime sind und … Es ist wichtig, dass man …«

»Schon verstanden«, sagte der Busfahrer gnädig. Er sah Charlie an. »Ist mit dir alles okay, Junge?«

Charlie schluckte den Kloß hinunter, der sich plötzlich in seinem Hals gebildet hatte. Dann nickte er und stieg zögernd aus.

»Viel Glück«, rief der Fahrer, bevor er die Tür schloss und davonfuhr.

Auf die Abfahrt des Busses folgte eine unnatürliche Stille.

»Was jetzt?«, fragte Charlie.

»Jetzt finden wir meine Tante.« Paige zeigte auf das Straßenschild an der nächsten Kreuzung. FRANKLIN AVENUE stand darauf. »In der Straße wohnt sie. Mir fällt die Hausnummer zwar nicht ein, aber so riesig ist dieser Ort ja nicht, und wenn ich ihr Haus sehe, erkenne ich es.«

Paige marschierte los, als wäre alles in bester Ordnung.

Charlie schluckte noch einmal und rannte hinter ihr her. Orville Falls sah zwar so idyllisch aus wie einer dieser Orte, die man auf Weihnachtskarten druckt, aber jetzt war Hochsommer und trotzdem war kein Mensch zu sehen.

»Findest du das *gar nicht* unheimlich?«, fragte er.

»Was meinst du?« Paige sah ihn verständnislos an.

Charlie deutete auf die Läden und die Gebäude auf beiden Seiten der Straße. »Zum Beispiel, dass überall Licht brennt, aber niemand da ist.« Er trat auf die Fahrbahn. »Wann hast du das letzte Auto vorbeifahren sehen?«

Paige zuckte mit den Schultern. »Vielleicht sind die alle im Krankenhaus und warten auf ihre Grippeimpfung oder so.«

Charlie, der ihr unbedingt klarmachen wollte, was er meinte, ging zu einem Juwelierladen in der Mitte des Häuserblocks. Gold und Diamanten funkelten im Sonnenlicht, das durch das Schaufenster fiel. Er stieß die Tür auf. Es war niemand da. »Hallo?«, brüllte er, so laut er konnte, doch es blieb totenstill. »Ich hoffe es stört Sie nicht, wenn ich ein paar von den Sachen mitnehme?«, brüllte Charlie noch lauter. Wieder keine Reaktion. »Verstehst du, was ich meine?«, fragte er Paige. »Total unheimlich.«

Paige runzelte die Stirn, als sie sich im Laden umsah. Charlie merkte, dass sie nun begriffen hatte, worauf er hinauswollte. Doch dann fiel ihr draußen etwas auf. Sie hastete aus dem Geschäft, dicht gefolgt von Charlie.

»Sieh doch!« Sie zeigte die Straße entlang. Ein gutes Stück vor ihnen schlurften drei Mädchen im Teenageralter über die Straße. Selbst aus dieser Entfernung konnte Charlie sehen, dass keine von ihnen in letzter Zeit eine Haarbürste angefasst hatte. Sekunden später waren die drei verschwunden. »Sie sind in die Livingston Street eingebogen«, stellte Paige fest. »Lass uns nachsehen, was sie da wollen.« Charlie und Paige liefen los.

Die beiden bogen um die Ecke und blieben abrupt stehen. Sie hatten die Bewohner von Orville Falls gefunden. Hunderte und Aberhunderte standen in einer Reihe auf dem Bürgersteig. Die Schlange erstreckte sich, so weit Charlie und Paige sehen konnten, über Kreuzungen hinweg und um Hydranten herum. Und ganz an ihrem Ende standen die drei Teenager.

Charlie sah Paige an. Ihr Blick verriet ihm, dass sie mittlerweile genauso misstrauisch war wie er. Hier passierte etwas Großes – und es war eindeutig nichts Gutes.

Paige fing sich als Erste. »Worauf wartet ihr hier alle?«, fragte sie einen der Teenager.

Das Mädchen drehte sich langsam zu ihnen um. Paige reichte ein Blick. Sie schnappte nach Luft und stolperte rückwärts gegen Charlie. Er legte schützend den Arm um seine Freundin, obwohl auch er erschüttert war. Das Mädchen, das vor ihnen stand, war sicher einmal sehr hübsch gewesen, doch jetzt war ihre Haut fleckig und das Gesicht aufgedunsen. Dunkle Tränensäcke hingen unter ihren blutunterlaufenen Augen, und die Zungenspitze ragte zwischen den Lippen hervor, als wäre die Zunge zu groß, um noch in den Mund zu passen. Das Mädchen blinzelte, wankte ein wenig und drehte sich dann wieder zurück, um mit leerem Blick auf den Rücken vor ihr zu starren.

»Oh, mein …«, stammelte Paige. »Das sind alles Wandler!«

»Findest du es *jetzt* gruselig?«, flüsterte Charlie.

»*Und wie*«, bestätigte Paige. »Wir hätten auf den Busfahrer hören sollen.«

Charlie verdrehte die Augen, erwähnte aber nicht, dass *er* auf ihn gehört hätte. »Wir können nicht einfach nach Cypress Creek zurückfahren«, sagte er mit einem Seufzen. »Nachdem wir *das hier* gesehen haben, müssen wir unbedingt herausfinden, was los ist.«

Niemand beachtete Charlie und Paige, als sie außen an der Schlange vorbeigingen. Jeder starrte auf den Rücken der Person vor ihm und es war kein Laut zu vernehmen. Niemand sprach, hustete oder nieste. Die Bewohner von Orville Falls waren so still und stumm wie Statuen. Wenn Charlie es nicht besser gewusst hätte, er hätte vermutet, dass die Leute von einem Gorgonen in Stein verwandelt worden waren. Die ganze Szene hätte auch gut in die Anderwelt gepasst.

Charlie schauderte und ging schnell weiter. Er und Paige mussten fünf Blocks weit laufen, bis sie den Anfang der Schlange erreicht hatten. Der erste Wartende stand vor einem bescheiden aussehenden Laden. Drinnen war das Geschäft in einem friedlichen Hellblau gehalten und die Schaufensterdeko bestand aus flauschigen Wattewölkchen. Über der Tür hing ein Schild. Darauf standen nur zwei Wörter in verschnörkelter Schrift:

Goldener Schlaf

»Soll das ein Witz sein? *Deswegen* stehen die hier alle an?«, spottete Paige. »Ich weiß, der Junge hat gesagt, dass wir nach einem Laden suchen sollen, der Wolken im Schaufenster hat, aber ich habe etwas viel Gruseligeres erwartet. Dieser Laden sieht aus, als würden hier Kissen verkauft.«

Bevor Charlie etwas dazu sagen konnte, läutete die Türglocke und die Ladentür wurde geöffnet. Ein Mann kam heraus, in der Hand eine kleine braune Papiertüte. Die Nächste betrat den Laden und alle Wartenden machten einen Schritt nach vorn.

»Ich glaube nicht, dass der Typ ein Kissen in seiner Tüte hatte«, sagte Charlie. »Das war bestimmt das Elixier.«

»Lass uns mal in den Laden reinsehen«, schlug Paige vor. Sie drängte sich zwischen den ersten Wartenden und die Tür, doch der Mann schien es gar nicht zu merken. Paige winkte Charlie zu sich heran. Er hatte schon die Hand an der Klinke, als ihm eine kleine handgeschriebene Notiz auffiel. *Bitte hier warten*, stand darauf. *Wir bedienen immer nur einen Kunden zurzeit.*

»Wow, sieh dir die Schrift an«, staunte Paige und fuhr mit den Fingern über die altmodischen Buchstaben.

Charlie setzte gerade zu einer Antwort an, da läutete erneut die Türglocke, und eine Frau kam mit einer braunen Papiertüte in der Hand aus dem Laden. Diesmal gelang es Charlie, einen Blick ins Innere des Geschäfts zu werfen. An allen Wänden befanden sich Regale, auf denen ausschließlich blaue Fläschchen standen. Wenn darin das Elixier war, hatte der Laden nichts anderes anzubieten.

Hinter dem Verkaufstresen stand ein kleiner Mann mit einer langen, spitzen Nase und einem ziemlich hässlichen Toupet. Einen kurzen Moment lang trafen sich ihre Blicke. Der Mann hatte schwarze, unglaublich kalte Augen. In seinem Blick lag etwas, das Charlie erschauern ließ. Dann schlug die Tür zu, und bevor Charlie nach der Klinke greifen konnte, hörte er, wie sich das Schloss drehte. Gleich darauf wendete eine knorrige Hand das Schild von »Geöffnet« zu »Geschlossen«.

»Hast du das gesehen?«, fragte Charlie entgeistert.

»Sind wir gerade ausgesperrt worden?«, fragte Paige verblüfft.

»Ich glaube, dem Verkäufer hat unser Anblick nicht gepasst«, sagte Charlie, dem es eiskalt über den Rücken lief. Der Mann im Laden führte nichts Gutes im Schilde, das spürte er ganz genau. »Und nach allem, was ich gerade gesehen habe, passt mir sein Anblick genauso wenig.«

Charlie und Paige verließen die Warteschlange, doch keiner der Leute aus Orville Falls regte einen Muskel. »Er hat das Geschäft geschlossen«, sagte Paige zum ersten der vielen Wartenden. »Vielleicht sollten Sie später wiederkommen.«

Der Mann reagierte darauf mit einem Grunzen und einem erschöpften Blinzeln, doch dann starrte er weiter auf die Tür.

»Diese ganze Stadt ist total verrückt geworden«, stellte Paige beunruhigt fest. »Wir sollten zu meiner Tante gehen.«

»Ja«, bestätigte Charlie. »Halten Sie uns den Platz frei, okay?«, sagte er scherzhaft zu dem Typen, der ganz vorn stand. Aber nicht einmal Charlie selbst konnte über seinen Witz lächeln.

Charlie wurde noch nervöser, als sie das Haus erreichten, in dem Paiges Tante wohnte. Im Vorgarten hätte längst das Unkraut gejätet werden müssen. Grasbüschel, die Charlie bis zum Bauch reichten, hatten den Plattenweg zur Haustür fast überwuchert. Die Halme raschelten, als kleine Lebewesen darin herumhuschten. Eine Ratte spähte heraus, sah Charlie und Paige und lief trotzdem nicht weg. Stattdessen starrte sie die beiden an, als wollte sie sie warnen, nicht in ihr Revier einzudringen. Charlie wäre lieber auf dem Bürgersteig geblieben, aber er folgte Paige durch das hohe Gras. Etwas Dorniges krallte sich in seine Jeans, und als sie endlich die Tür erreicht hatten, war sein Shirt mit Kletten übersät.

»Anscheinend hat deine Tante in den letzten Wochen nicht viel im Garten gemacht«, stellte Charlie fest. Ihm war mulmig zumute. Eigentlich wollte er gar nicht wissen, was sie im Haus erwartete.

»Meine Tante würde ihren Garten nie so verwildern lassen.« Paige hörte sich so verängstigt an, wie Charlie sich fühlte.

Sie drückten auf die Klingel und warteten eine gefühlte Ewigkeit. Dann hämmerte Paige an die Tür. »Tante Josephine!«, brüllte sie. »Ich bin's! Bist du zu Hause?«

Sie griff nach der Klinke. Zu Charlies Überraschung ließ sich die Tür öffnen. Paige sah sich zu ihm um, und Charlie konnte erkennen, dass sie panische Angst hatte.

Nie wieder Albträume

Im Haus war es stockdunkel und so heiß wie in einem Backofen. »Was ist denn das?«, japste Charlie und zog sich das Shirt über die Nase. Der Gestank, der zur offenen Tür hinauswaberte, war kaum zu ertragen.

»Tante Josephine?«, rief Paige. Das Haus war erschreckend still. Zögernd trat Paige über die Schwelle und im nächsten Augenblick hörte Charlie Glas klirren. Paige war gegen etwas gestoßen. Charlie tastete nach dem Lichtschalter neben der Haustür, und kurz darauf beleuchtete das Flurlicht Unmengen von kleinen blauen Flaschen, die überall herumlagen. Paige bückte sich und hob eine auf. Auf dem silbern glitzernden Etikett stand:

Schlaf-Gut-Elixier
Nie wieder Albträume

»Kann ich mal sehen?«, fragte Charlie. Paige gab ihm das Fläschchen. Er zog den Korken heraus und spähte hinein. Es war leer, aber man konnte das Elixier noch riechen. Charlie fand, dass es nach Schimmel und Schmutz roch. »Ich hatte noch nie einen Traum, der so schlimm war, dass ich deswegen etwas getrunken hätte, das so stinkt wie das hier.«

»Bist du sicher?«, fragte Paige und hob zweifelnd eine Braue. Charlie wusste natürlich, dass sie recht hatte. Noch vor sechs Monaten hätte er ein Dutzend Fläschchen dieses Elixiers gekippt, in der Hoffnung, damit seine Albträume loszuwerden.

Plötzlich hörten sie irgendwo im Haus jemanden schnarchen. Paige hastete durch den Flur auf das Geräusch zu und kickte die Massen an blauen Fläschchen aus dem Weg. Im Wohnzimmer entdeckten sie auf der Couch eine Gestalt in einem schmutzigen weißen Nachthemd. Die bleiche Haut an ihren Armen und Beinen und im Gesicht war mit blauen Flecken übersät, und das blonde Haar so ungepflegt, dass es am Kopf klebte. Sie sah überhaupt nicht aus wie die Frau, der Charlie ein halbes Dutzend Mal begegnet war.

»Was ist mit ihr passiert?«, fragte Paige fassungslos. Sie ließ sich neben ihrer Tante auf die Knie fallen. Charlie sah, wie sie die Stirn runzelte und die Prellungen genauer betrachtete. Sie fuhr mit einer Fingerspitze über Josephines Haut. »Es ist nur Farbe!«, stellte sie erleichtert fest. Sie lächelte strahlend und zeigte Charlie den blau verfärbten Finger.

Aber Charlie fand, dass es keinen Grund zur Freude gab. Kostproben von Josephines Malkünsten standen überall herum. Wo Charlie auch hinsah, waren große Schilder zum Trocknen aufgestellt worden. Sie lehnten an der Wand oder hingen an einer Wäscheleine, die im Zickzack durch das Zimmer gespannt war. Auf jedes Plakat hatte Josephine einen anderen Spruch für das Schlaf-Gut-Elixier geschrieben. Charlie beobachtete, wie Paige schlagartig wieder ernst wurde, als ihr Blick von einem Plakat zum nächsten wanderte.

Tief schlafen und erfrischt aufwachen!
Jag Deine Albträume zum Teufel!
Tiefer traumloser Schlaf für alle!

»Das sieht nach Werbung aus«, stellte Charlie fest, obwohl das eigentlich offensichtlich war. Das einzige echte Kunstwerk im Raum war das Gemälde eines Mädchens in einem altmodischen Kleid. Das Mädchen stand vor einem Spiegel und ihr Spiegelbild schien Charlie direkt ins Gesicht zu starren. Die rotbraunen Haare des Mädchens waren zu einem Seitenscheitel frisiert, und in seinen dunkelbraunen Augen lag ein Schimmer, der Charlie zum Frösteln brachte.

»Meine Tante arbeitet jetzt anscheinend für diesen Laden«, sagte Paige so leise, dass es kaum zu hören war. »Aber wieso braucht der noch Werbung? Die Bewohner von Orville Falls sind doch anscheinend schon alle süchtig nach dem Elixier.«

»Gute Frage«, sagte Charlie. Er sah sich um und entdeckte in einer Ecke noch einen weiteren Stapel Werbeplakate. Alles in allem mussten es mehrere Hundert sein. Wenn Josephine wirklich für »Goldener Schlaf« arbeitete, dann ließen die sie offenbar Tag und Nacht schuften.

»Arme Tante Josephine«, murmelte Paige. »Was haben sie mit dir gemacht?«

»Grrrumpf. *Grrkünstlerin*«, schnarchte Josephine im Schlaf. Sie wälzte sich immer wieder herum, wohl um auf der Couch eine halbwegs bequeme Position zu finden.

Während ihre Tante keine Ruhe fand, lächelte Paige erneut. »Sie hat *Künstlerin* gesagt, Charlie! Sie hat gesprochen! Ob das ein gutes Zeichen ist? Was meinst du, ob sie okay ist? Vielleicht ist sie nur überarbeitet.«

Paige sah so hoffungsvoll aus, dass Charlie es nicht übers Herz brachte, ihr zu widersprechen. »Kann schon sein«, sagte er und versuchte, so zu gucken, als würde er daran glauben. Aber die Frau auf der Couch war ganz sicher nicht okay. Josephines Wangen waren eingefallen und ihre Arme und Beine so dürr wie Zweige.

Paige musste das Entsetzen in Charlies Gesicht gesehen haben. Ihr Lächeln verschwand. »Aber du glaubst nicht dran, oder?«, fragte sie. Sie beugte sich über ihre Tante. »Ich bin es, Paige. Kannst du bitte aufwachen?«

»Grrrumpf«, machte Tante Josephine.

Paige schüttelte sie heftiger. »Tante Josephine!«, brüllte sie ihr ins Ohr.

Josephine schlug die Augen auf. Das Blau ihrer Iris schwamm in einem See aus Rot. Sie starrte an die Decke und blinzelte langsam, während aus ihrem Mund ein dünner Speichelfaden lief.

»Oh, Gott sei Dank!«, hauchte Paige und umarmte ihre Tante, als die sich aufsetzte. »Ich habe mir solche Sorgen um dich gemacht. Ich habe gehört, dass das Zeug, das du trinkst, aus den Leuten …« Paige verstummte. Josephine war von der Couch aufgestanden, ohne auch nur einen Blick auf ihre Nichte zu werfen. »Tante Josephine?«, sagte Paige, aber die schien sie nicht zu hören.

Charlie und Paige sahen hilflos zu, wie Josephine lautlos den Raum durchquerte und sich an einen Tisch in der Ecke setzte. Ihr Kopf wankte vor und zurück wie der einer Stoffpuppe. Sie nahm ein großes Blatt Papier aus einem Karton und legte es vor sich auf den Tisch. Dann öffnete Josephine eine Dose blauer Farbe und begann zu arbeiten.

Vorsichtig schlich Charlie näher und sah ihr beim Malen

zu. Mit leerem Blick starrte sie aufs Papier. Ihr rechter Arm schien sich von allein zu bewegen und hinterließ eine Reihe von Wörtern.

Traumloser Schlaf
mit dem Schlaf-Gut-Elixier

»Traumloser Schlaf. Traumloser Schlaf«, murmelte Charlie vor sich hin. Bei den Worten lief ihm ein eiskalter Schauer über den Rücken. Furchtbare Angst packte ihn und drohte, ihm die Luft abzuschnüren. »Oh-oh.«

»Was ist los?«, fragte Paige panisch. »Was soll das heißen? Was weißt du? Sag schon, Charlie! *Was stimmt nicht mit meiner Tante?*«

Charlie brachte es kaum fertig, seinen Verdacht in Worte zu fassen. »Ich glaube, ich weiß, wie das Elixier die Leute zu Wandlern macht«, sagte er. »Ich glaube, es hindert sie am *Träumen*.«

»Das kapiere ich nicht«, rief Paige. »Solange die Leute jede Nacht *schlafen*, ist es doch egal, ob sie ein paar *Träume* mehr oder weniger haben, oder?«

Für Charlie lag die Antwort auf der Hand. Er konnte fühlen, dass er recht hatte, aber es zu erklären, war schwierig. »Ich weiß nicht, wie es anderen geht, aber für mich sind Träume unglaublich wichtig«, sagte er. »Wenn ich nicht träumen würde …« Er konnte nicht weitersprechen. Schon der Gedanke war zu schrecklich.

Da wusste Charlie, dass er keine Wahl mehr hatte. Er musste versuchen, Orville Falls zu retten.

Gehirn-Reiniger

Sie war genau dort, wo er sie bei seinem letzten Besuch im Traumreich zurückgelassen hatte – auf der Veranda seines alten Hauses.

»Charlie!«, rief sie glücklich, als sie ihn entdeckte.

»Hi, Mom«, sagte er. Sie sah noch genauso aus wie vor fast vier Jahren, bevor sie krank geworden war. Kurz darauf war sie gestorben.

Als er sich an seinen gewohnten Platz neben sie setzte, zog sie ihn mit einem Arm an sich und drückte ihm ein Küsschen auf den Kopf. »Wie geht es dir?«, fragte sie. »Normalerweise kommst du mich doch öfter besuchen.«

»Ich musste mit ein paar anderen Leuten hier reden«, erklärte Charlie. »Also, eigentlich keine *Leute*. Ich denke, sie waren mal Leute, aber …«

»Schon gut«, beruhigte ihn seine Mom. »Du brauchst es nicht zu erklären. Du wirst erwachsen. Ich weiß, dass ich dich nicht mehr so oft sehen werde wie früher.«

»Nein, das ist es nicht«, versicherte ihr Charlie. Er konnte sich nicht vorstellen, dass er jemals etwas Besseres zu tun haben könnte. Die Besuche bei seiner Mutter waren das Wichtigste, was er hatte. Wenn diese Besuche plötzlich nicht mehr möglich wären … Charlie dachte an Paiges Tante Josephine und schauderte.

»Was ist los, Charlie?«, fragte seine Mom.

Er ließ den Kopf hängen. »Ich habe gerade gedacht, wie schrecklich es wäre, wenn ich nicht mehr träumen könnte.«

Seine Mom lachte und drückte ihn noch einmal. »Das wird nicht passieren«, versuchte sie, ihn zu trösten. »Jede Nacht kommen die Menschen entweder ins Traumreich oder sie besuchen die Anderwelt. Manchmal erinnern sie sich daran, manchmal nicht. Aber sie träumen immer. Träumen ist genauso wichtig wie essen und atmen. Ohne Träume können Menschen nicht funktionieren.«

»Wie meinst du das?«, fragte Charlie.

Seine Mom holte tief Luft. »Mal sehen, ob ich es dir erklären kann. Man könnte sagen, dass Albträume und schöne Träume dir helfen, dein Gehirn zu reinigen. Du stopfst es jeden Tag voll mit Gedanken, Ängsten und Hoffnungen. Nachts helfen dir deine Träume, das Durcheinander zu ordnen. Auch wenn sie keinen erkennbaren Sinn haben, helfen Träume dabei, Entscheidungen zu treffen.

Deswegen wirkt die wache Welt morgens immer so viel klarer.«

Charlie wurde immer besorgter. »Und wenn jemand aufhört zu träumen, was geschieht dann mit ihm?«, fragte er.

»Ich könnte mir vorstellen, dass dann sein Gehirn verstopft.«

»Wie eine Toilette?«, fragte Charlie. Er musste daran denken, wie Jack einmal versucht hatte, seinen Teddybären hinunterzuspülen, nachdem er ihn voll Nutella geschmiert hatte.

»Das ist ein ziemlich ekliges Beispiel«, sagte seine Mom grinsend. »Aber es kommt hin. Es wäre wie eine Toilette, die nicht mehr abläuft. Wenn ein Mensch seinen Kopf nicht jede Nacht ausleeren kann, würde sich nach einiger Zeit so viel Zeug darin ansammeln, dass sein Gehirn nicht mehr funktioniert.« Sie verstummte und drückte Charlie noch einen Kuss aufs Haar. »Aber darüber brauchst du dir keine Sorgen zu machen, Charlie. Wie gesagt, es hat noch nie jemand aufgehört zu träumen.«

»Doch, jetzt schon«, sagte Charlie.

Sofort verschwand das Lächeln seiner Mom. »Wer?«, fragte sie besorgt. »Nicht Jack oder dein Dad? Oder Charlotte?«

»Nein«, versicherte ihr Charlie. »Denen geht es gut. Aber ich war gerade in Orville Falls. Dort trinken alle seit einer

Weile so ein Zeug, das Schlaf-Gut-Elixier heißt. Dadurch haben sie aufgehört zu träumen und stolpern jetzt herum wie eine Horde Schlafwandler. Und weil die Leute von Orville Falls nicht mehr träumen, fängt ihr Teil des Traumreichs an zu verblassen.«

»Und du glaubst, dass dieses Elixier dafür verantwortlich ist?«

»Ja. Es sind kleine blaue Flaschen. Auf dem Etikett steht, dass es gegen Albträume hilft. Aber ich glaube, dass es alle Träume verhindert.«

»Blaue Flaschen?« Das schien seine Mom an irgendetwas zu erinnern.

»Ja. Ist das wichtig?«

»Vielleicht. Vielleicht auch nicht. Hast du mit Charlotte darüber gesprochen?«, fragte seine Mom.

»Noch nicht«, antwortete Charlie. »Aber ich erzähle es ihr, sobald ich sie sehe.«

»Mach das«, beschwor ihn seine Mutter. »Und wenn du mit ihr sprichst, frag sie, ob es vielleicht etwas mit ick und ink zu tun haben könnte.«

»Ick und ink?«, wiederholte Charlie, doch das Traumreich verblasste, und ihm stieg plötzlich der Duft von Erdbeeren in die Nase.

»Was redest du da, Charlie?«, fragte jemand.

Charlie wollte antworten, doch er hatte auf einmal den

Mund voller Haare, die nach Erdbeeren dufteten. Er war mit dem Kopf auf Paiges Schulter eingeschlafen. Verwirrt öffnete er die Augen und sah aus dem Busfenster die Lichter der Stadt. Sie waren schon fast wieder in Cypress Creek. Er konnte die leeren Elixier-Fläschchen in Paiges Rucksack klimpern hören. Sie hatten sie mitgenommen, in der Hoffnung, dass Charlotte ein Gegenmittel zusammenbrauen konnte, das Paiges Tante und die anderen Leute in Orville Falls retten würde.

»Tut mir leid«, sagte Charlie zu seiner Freundin. »Ich bin einfach eingeschlafen.«

»Kein Problem«, antwortete sie. »Allerdings hast du im Schlaf gesprochen. War bestimmt ein aufregender Traum. Du hast die Worte *ick* und *ink* ständig wiederholt. Soll das irgendwas bedeuten?«

»Keine Ahnung«, gestand Charlie. »Aber ich glaube, Charlotte wird es wissen.«

Der Abgrund

»Wer hätte gedacht, dass unechtes Fleisch so lecker schmeckt?« Andrew Laird schob seinen Stuhl zurück und sofort landete ein dicker, orangeroter Fellbrocken neben der halb vollen Schüssel mit Tofu-Pute. Bevor jemand reagieren konnte, hatte die Bestie bereits den Kopf in das Geschnetzelte gerammt.

»Aggie!«, schimpfte Charlotte. Sie schnappte ihre eigensinnige Katze und setzte sie auf den Boden.

Charlie nahm die Schüssel und kippte alles, was vom Abendessen übrig war, in den Hundenapf. Aggie ließ ihn nicht aus den Augen, als er die Tür öffnete. Rufus, der Familienhund, kam sofort angerannt. »Braver Junge«, lobte Charlie, als der hungrige Hund das Essen verschlang.

Aggies gelbe Augen verengten sich zu Schlitzen und sie fauchte. Charlie schloss die Tür und fauchte zurück.

»Und was hast du heute gemacht?«, hörte er seinen Dad fragen. »Hattest du Spaß?«

»Und ob!«, beteuerte Jack. »Topher und ich haben in seinem Pool gebadet und sein großer Bruder Frank hat uns immer wieder untergetaucht. Deswegen sind wir aus dem Pool raus und haben Luftballons mit Rasierschaum, Gurkenwasser und anderem Zeug gefüllt. Dann sind wir aufs Dach geklettert und haben gewartet, bis seine Freundin kam, und dann haben wir die Bomben auf ihn geworfen und Frank war mit dem ganzen ekligen Zeug bekleckert und hat geschrien, dass er uns umbringen würde, aber dann kam seine Mom nach Hause und hat Frank gesagt, dass er es wahrscheinlich verdient hatte.«

Charlies Dad starrte seinen jüngsten Sohn an, als wüsste er nicht, was er dazu sagen sollte.

»Also, das hört sich ziemlich aufregend an«, bemerkte er schließlich. »Und du, Charlie? Was hast du gemacht, nachdem du heute Morgen wegen dieses ›Notfalls‹ aus dem Haus gestürmt bist?«

»Ach, nicht viel«, murmelte Charlie und begann, das Geschirr abzuräumen. »Nur mit Paige rumgehangen.«

»Ohhh.« Jack wackelte mit den Augenbrauen. *»Paige.«*

»Halt den Schnabel«, fuhr Charlie ihn ein wenig zu heftig an. »Jeder weiß, dass Paige und ich schon seit dem Kindergarten befreundet sind.«

»Charlie und Paige sind ein Liebespa…«, begann Jack zu singen.

»Okay, Jack, das reicht«, unterbrach ihn Charlotte. Sie zog Jack an den Armen vom Stuhl und schob ihn zur Tür. »Geh mit deinem Dad ins Wohnzimmer und sucht euch einen Film aus. Ich bringe euch Eiscreme.« Sie schien zu wissen, dass Charlie ihr unbedingt etwas erzählen wollte, das sie nur unter vier Augen besprechen konnten.

Jacks Blick huschte zwischen seinem Bruder und seiner Stiefmutter hin und her. »Okaaay«, sagte er. »Wird gemacht.« Der Kleine war cleverer, als gut für ihn war. Er merkte immer, wenn etwas nicht stimmte.

Sobald die beiden verschwunden waren und ihr Eis geliefert bekommen hatten, setzte sich Charlotte wieder an den Esstisch und zeigte auf den Stuhl gegenüber. »Nun erzähl mal«, sagte sie zu Charlie.

Manchmal konnte Charlie kaum fassen, wie sehr sich alles verändert hatte. Noch vor sechs Monaten wäre er jedem Gespräch mit Charlotte aus dem Weg gegangen. Und jetzt zog es ihn als Erstes zu ihrem Lieblingsplatz am Küchentisch, wenn Geheimnisse besprochen werden mussten.

»Was gibt es denn?«, fragte Charlotte, als er sich hingesetzt hatte. »Du siehst aus, als würdest du gleich platzen, wenn du nicht loswirst, was du auf dem Herzen hast.«

Charlie ließ sich nicht lange bitten. »Erinnerst du dich an den Typen, dem ich gestern begegnet bin? Den, der herumgetorkelt ist wie ein Zombie? Ich habe ihn heute Mor-

gen wiedergesehen, bei Roccos Fußballspiel.« Er erzählte Charlotte alles über Winston Lindsay und die Kometen und berichtete dann von ihrem Ausflug nach Orville Falls.

Charlotte lehnte sich über den Tisch und ihre grünen Augen funkelten. Zwei Locken ihrer knallroten Haare hatten sich aus dem Knoten befreit und wippten links und rechts um ihr Gesicht. »Charlie Laird! Du bist ganz allein nach Orville Falls gefahren?«, zischte sie empört.

»Natürlich nicht. Paige war mit«, widersprach Charlie. »Sie hat eine Tante, die dort wohnt. Außerdem war ich auch allein in der Anderwelt und deswegen hast du mir nie einen Vortrag gehalten.«

»Das ist doch etwas ganz anderes!«, fauchte Charlotte. »Ist dir klar, was dein Dad sagen würde, wenn er wüsste, dass ihr heute Morgen die Stadt verlassen habt?«

»Es gibt eine ganze Menge, was Dad nicht weiß«, konterte Charlie. »Außerdem haben wir Hand-Desinfektionsmittel mitgenommen.«

»Trotzdem!«, flüsterte Charlotte. Dann schüttelte sie den Kopf und seufzte. »Okay. Das war genug elterliche Ermahnung für einen Abend. Soll doch deine eigene Mutter dir sagen, was sie davon hält. Habt ihr etwas herausgefunden?«

»Ja, wir haben das hier entdeckt.« Charlie griff in die Bauchtasche seines Kapuzenshirts und holte eines der blauen Fläschchen mit dem silbernen Etikett heraus.

Charlotte nahm es in die Hand, betrachtete es genau und las die winzige Schrift. »*Nie wieder Albträume*? Wem wollen die denn etwas vormachen?« Sie lachte nervös. »Nichts kann Albträume verhindern.« Charlotte sah Charlie an. »Niemand weiß das besser als wir beide.«

Aber Charlie konnte darüber nicht lachen. »Ich glaube, das Zeug kann sogar noch mehr, als nur Albträume verhindern. Es wirkt gegen *alle* Träume.«

Charlottes Lippen zeigten noch Spuren ihres Lächelns, aber ihre Augen sprachen eine ganz andere Sprache. »Das ist unmöglich«, beteuerte sie. »Ich arbeite nun schon fünfzehn Jahre in der Kräuterkunde und habe noch nie von *irgendetwas* gehört, das das Träumen verhindert.« Charlotte zog den Korken aus der Flasche und hielt sich deren Rand unter die Nase. Als sie den Geruch der Flüssigkeit wahrnahm, die darin gewesen war, fuhr sie zurück.

»Wow.« Zögerlich schnupperte sie ein zweites Mal daran. »So etwas ist mir noch nie untergekommen. Es riecht wie …«

»Der Tod«, beendete Charlie ihren Satz. Er hatte Stunden damit verbracht, den Geruch zu analysieren. Neben einem Hauch von abgestandener Friedhofserde nahm er eine Spur Schimmel wahr, gemischt mit dem durchdringenden Gestank von Verrottetem.

»Ich rieche eher Traurigkeit als Tod«, meinte Charlotte.

»Aber ich kann nicht ausmachen, welche Zutaten drin sind. Ich kenne jede Pflanzenart und jeden Pilz oder Samen, die zwischen hier und der Äußeren Mongolei wachsen. Ich glaube nicht, dass dieses Zeug aus der wachen Welt stammt.«

»Du meinst, es kommt aus ...« Die Vorstellung war so gruselig, dass Charlie sie nicht laut aussprechen wollte.

Charlotte sah ihrem Stiefsohn in die Augen. »Wenn es aus der Anderwelt kommt, haben wir ein Problem. Aber bisher wissen wir nichts Genaues. Ich muss ein paar Tests machen, bevor wir irgendwelche Schlüsse ziehen können.«

»Glaubst du, dass es etwas mit ick und ink zu tun haben könnte?« Eigentlich wollte er die merkwürdigen Worte ganz beiläufig fallen lassen. Aber Charlottes Reaktion war alles andere als beiläufig. Sie ließ das Fläschchen fallen wie eine heiße Kartoffel. Charlie musste einen Hechtsprung machen, um es zu erwischen, bevor es auf dem Boden zerplatzte.

»Hat deine Mom dir von ick und ink erzählt?«, fragte Charlotte streng.

Charlie brauchte einen Moment, um sich wieder auf seinen Stuhl zu setzen. »Nicht wirklich«, gestand er. »Sie hat nur gesagt, dass ich dich fragen soll, ob dieses Elixier etwas mit ick und ink zu tun haben könnte. Ich weiß aber nicht mal, was das bedeutet.«

Charlotte musterte Charlie einen Moment lang, dann

nickte sie. »Das musst du auch nicht wissen. Jedenfalls noch nicht.« Ihr Blick wanderte wieder zu dem Fläschchen in Charlies Hand. »Um es zu untersuchen, brauche ich eine volle Flasche von dem Zeug. Meinst du, du könntest eine besorgen?«

»Vielleicht«, sagte Charlie, doch beim Gedanken an das Geschäft »Goldener Schlaf« schauderte er. »Aber bevor ich noch mal nach Orville Falls fahre, sollten wir etwas anderes erledigen. Hier im Haus.«

»Du willst das Portal öffnen, stimmt's?«, fragte Jack hinter ihm.

Charlie fuhr herum. »Hast du uns schon die ganze Zeit belauscht?«, brüllte er seinen Bruder an. »Du bist ein ganz mieser, hinterhältiger Lauscher!«

Jack schob die Unterlippe vor und zeigte Charlie seine leere Eisschale. »Ich bin nur gekommen, um mein Geschirr in die Spülmaschine zu räumen«, behauptete er und gab sich ganz unschuldig.

Charlotte verdrehte die Augen und grinste. »Wer's glaubt«, sagte sie und zwinkerte Jack zu. »Du hast noch nie irgendwas in die Maschine gestellt.«

Jetzt grinste auch Jack, doch er wurde sofort wieder ernst. »Wenn ihr das Portal öffnen wollt, komme ich mit. Ich bin einer der Wächter. Ich muss dabei sein.«

»Wieso *musst* du das?«, höhnte Charlie. »Du bist *acht*.«

»Gerade *neun* geworden«, verbesserte ihn Jack. »Und du bist auch noch ein Kind.« So stur wie jetzt guckte er sonst nur, wenn ihm jemand sagte, dass er sein geliebtes Captain-America-Kostüm ausziehen sollte. Charlie war klar, dass sein Bruder nicht nachgeben würde.

»Gut, gut, gut«, sagte Charlotte entnervt. Alle wussten, dass sie es nicht ausstehen konnte, wenn die Brüder stritten. »Ihr könnt beide mitkommen, wenn mir einer von euch erklären kann, *wieso* das Portal geöffnet werden muss.«

Charlie tippte mit einem Finger gegen die kleine blaue Flasche. »Die Leute, die das Zeug trinken, haben aufgehört zu träumen, richtig?«

»Das vermutest du«, gab Charlotte zu bedenken. »Es ist noch nicht bewiesen.«

Charlie überhörte ihre Einwände. »Das bedeutet, dass die Leute von Orville Falls nicht mehr in ihr Traumreich gehen. Ich habe gesehen, was dort geschieht. Teile des Traumreichs verblassen, weil sie nicht mehr genutzt werden.«

»Und?«, fragte Jack.

»Und wenn so etwas im Traumreich passiert, will ich mir gar nicht vorstellen, was in der Anderwelt vor sich geht«, sagte Charlie. »Ich hatte seit Monaten keinen Albtraum mehr. Es ist lange her, dass ich auf der anderen Seite war. Ist einer von euch kürzlich in der Anderwelt gewesen?« Charlotte schüttelte den Kopf, und Jack kicherte, was Charlie ignorierte. »Siehst du? Deswegen müssen wir das Portal öffnen. Wir müssen herausfinden, was dort drüben los ist.«

Charlotte verschränkte die Arme und lehnte sich an die Arbeitsplatte. Sie schwieg viel länger, als Charlie erwartet hätte.

»Okay«, sagte sie schließlich. »Aber erst, wenn euer Dad schläft. Wir treffen uns um Mitternacht im Turmzimmer.«

»Ich auch?«, fragte Jack, als würde er seinen Ohren nicht trauen.

»Wirklich, er auch?«, fragte Charlie enttäuscht. Es hatte ihm gerade noch gefehlt, dass Jack hinter ihm herzottelte und Ärger machte.

»*Wir alle*«, bestätigte Charlotte. »Wir sind eine Familie. Wir machen das gemeinsam.«

Charlie war schon eine Ewigkeit nicht mehr so lange aufgeblieben und die letzte Stunde vor Mitternacht kam ihm vor wie die längsten sechzig Minuten seines Lebens. Sobald sein Wecker zwölf Uhr anzeigte, sprang er aus dem Bett und schlich zur Tür. Er wohnte nun schon mehr als sechs Monate in dem lila Haus, aber der Flur im ersten Stock wirkte immer noch so unheimlich wie am Tag des Einzugs. Überall hingen Porträts von Charlottes rothaarigen Vorfahren. Manche der DeChants schienen den Künstler, der sie gemalt hatte, finster anzustarren. Andere wirkten, als wollten sie ihrem gerahmten Gefängnis entfliehen. Und im Hintergrund war stets die lila Villa zu sehen. Diese Mitglieder der DeChant-Familie waren ihre Wächter gewesen. Es war deutlich zu erkennen, dass nicht alle Freude an dem Job gehabt hatten. Aber es hatte keine Rolle gespielt, ob sie ihre Lebensaufgabe gemocht hatten oder nicht. Sie hatten ihre Berufung akzeptiert, weil ihnen keine andere Wahl geblieben war.

Charlotte war die letzte DeChant, die über das Portal wachte. Fast zwei Jahrhunderte lang war ihre Familie dafür zuständig gewesen, den Zugang zur Anderwelt zu bewachen. Jetzt war diese Aufgabe an eine neue Generation weitergegeben worden – und an eine neue Familie. Die jüngsten Wächter der lila Villa waren Charlie und Jack Laird.

Die Jungen waren noch dabei, herausfinden, wie sie mit ihrer Begabung umgehen sollten. Das Portal zu sehen, war schwierig, sogar für Charlie. Es befand sich in einer der acht Wände des achteckigen Turmzimmers, doch es war gut getarnt. Wenn das Portal geschlossen war, sah die Wand ganz normal aus. Sobald es jedoch entriegelt wurde, konnte Charlie etwas durch die Mauersteine schimmern sehen. Und wenn das Portal dann offen war, verschwand die Wand und Charlie stand seinem schlimmsten Albtraum gegenüber.

Charlie war der Letzte auf der Treppe zum Turm. Eine Zeit lang hatte ihm das achteckige Turmzimmer Angst gemacht.

Aber jetzt war Charlottes Büro – mit den überfüllten Regalen, dem unordentlichen Schreibtisch und dem geheimen Portal – der Teil des Hauses, den Charlie am liebsten mochte. Der Raum kam ihm so sicher und gemütlich vor, dass er oft vergaß, wie gefährlich er sein konnte.

Als Charlie oben ankam, betrachteten Charlotte und Jack die kahle Wand, hinter der sich das Portal zur Anderwelt verbarg.

»Es ist immer noch verschlossen«, verkündete Jack.

»Ehrlich?« Charlotte klang frustriert. »Woher weißt du das?«

Jack zuckte mit den Schultern. »Keine Ahnung. Irgendwie spüre ich das.«

»Er hat recht«, sagte Charlie. Er war ein bisschen verärgert, dass sie ohne ihn angefangen hatten.

Charlotte drehte sich zu ihm um. »Oh, hey, Charlie«, sagte sie. »Ich habe es noch einmal versucht, um der alten Zeiten willen. Aber ohne Erfolg.« Seit die Jungen in die Villa gezogen waren, fiel es Charlotte schwer, das Portal zu sehen. Und sie konnte es offenbar auch nicht mehr entriegeln. Der Trick war, an das zu denken, was einem am meisten Angst machte. Angst war das Einzige, was das Portal öffnen konnte. Nur ganz besondere Menschen waren in der Lage, solch starke Ängste heraufzubeschwören – und sich ihnen dann auch noch zu stellen.

»Vielleicht war das, was du dir vorgestellt hast, nicht schrecklich genug«, vermutete Charlie. »Woran hast du gedacht?«

»Nichts Besonderes«, sagte Charlotte. Doch Charlie sah, wie ihr Blick zum Schreibtisch huschte, wo ein Stapel offiziell aussehender Papiere herumlag. »Willst du es versuchen?«

Charlie durchforstete sein Gehirn nach der letzten Sache, die ihm Angst gemacht hatte. Paiges Tante Josephine fiel ihm ein. Aber es war nicht die Frau, die ihn beunruhigte. Viel schlimmer war die Vorstellung, nie wieder träumen zu können. Nicht zu träumen, würde bedeuten, dass er seine Mom niemals wiedersah. Bei dem Gedanken wurde ihm ganz kalt. Er schloss die Augen, biss die Zähne zusammen und ließ die Angst in sich wachsen. Schon jetzt fürchtete er sich vor dem, was ihn erwarten würde, sobald das Portal aufging.

Er öffnete die Augen, als er Charlotte nach Luft schnappen hörte. Die Wand war verschwunden und vor ihnen erhob sich ein steiler, dunkler Waldweg. Nur der Mond spendete ein wenig Licht. Er tauchte die Bäume in einen unheimlichen Schein. Es war gerade hell genug, um zu erkennen, dass sie die Zivilisation hinter sich gelassen hatten.

Charlie wusste sofort, dass es nicht sein Albtraum war. Sein schlimmster Traum hatte auch im Wald gespielt, aber diese Angst hatte er schon vor Monaten besiegt. Es gab nur eine andere Person, die das Portal geöffnet haben konnte, und zwar schneller, als Charlie es je geschafft hatte. »Jack?«, staunte er.

»Warst *du* das?«, fragte Charlotte und betrachtete den Kleinen verblüfft.

»Charlie hat so lange gebraucht«, beschwerte sich Jack. »Ich muss bald ins Bett. Schließlich muss ich morgen im Haushalt helfen.«

»Ach, ehrlich? Wann hast du denn das letzte Mal irgendwas im Haushalt getan?«, fragte Charlie spöttisch. »Und wie hast du bei deinem ersten Versuch das Portal so schnell geöffnet?«

Jack setzte seinen unschuldigen Hundeblick auf. Er passte perfekt zu seinen braunen Locken und den Sommersprossen. »Weiß nicht. Glück?« Jack zuckte mit den Schultern.

Mehr brauchte Charlie nicht, um zu begreifen, was los war. »Du hast es schon mal geöffnet, oder?«

»Wer, ich?«, fragte Jack und drehte sich suchend um, als könnte Charlie unmöglich ihn gemeint haben.

»Du hast es geöffnet!« Charlie sah seine Stiefmutter an. Er war stinksauer. Die Anderwelt war gefährlich. Sie war kein Ort für einen Neunjährigen. Und was noch wichtiger war – auch wenn Charlie das nie zugegeben hätte –, die Anderwelt gehörte *ihm*. »Charlotte, Jack hat das Portal vorher schon mal geöffnet!«

Charlotte wirkte besorgt. »Jack, warst du allein in der Anderwelt? Sag die Wahrheit.«

Jack starrte auf seine Schuhe und bemühte sich, sein Grinsen zu verbergen. »Okay, ich war ein paarmal da.«

»Ein *paarmal*?«, fragte Charlie empört. »Wie oft?«

»Zehnmal?«, antwortete Jack und schaute wieder auf. »Höchstens zwölfmal.«

Das waren viel mehr Ausflüge in die Anderwelt, als Charlie unternommen hatte. »Aber was hast du da gemacht …«, begann Charlie, doch er verstummte, als er sah, dass auf der anderen Seite des Portals etwas in der Luft schwebte. Es war ein silbernes Raumschiff mit bunten Lichtern. Ein gleißender Lichtstrahl schoss vom Schiff zum Boden.

»Was zum Teufel ist das?«, hörte Charlie Charlotte hinter sich murmeln.

»Ich vermute, es ist ein UFO«, sagte Charlie. Er schaute Jack an. »Ist das dein schlimmster Albtraum? Du hast Angst vor Außerirdischen?«

»Eigentlich nicht«, antwortete Jack. »Ich kann nur gut so tun, als ob. Ich habe mir vorgestellt, dass Aliens im Wald zwischen Cypress Creek und Orville Falls landen und ich ganz furchtbare Angst habe.«

»Aber du hast nicht *wirklich* Angst?«

»Nö. Wieso sollten Außerirdische den ganzen Weg zur Erde reisen, nur um uns zu töten? Die haben doch Besseres zu tun.« Jack trat durch das Portal und rief den anderen zu, dass sie ihm folgen sollten. »Kommt schon. Das wird super. Lasst uns Hallo sagen.«

Charlie starrte seinen Bruder auf der anderen Seite des Portals fassungslos an. Er selbst hatte bei seinem ersten Ausflug in die Anderwelt Todesangst gehabt. Aber sein kleiner Bruder benahm sich, als wäre das Albtraumland sein zweites Zuhause.

»Interessant«, sagte Charlotte leise.

»Der ist schon immer verrückt gewesen«, knurrte Charlie.

Die Temperatur fiel sofort, als er durch das Portal trat, und Charlie fror in Shorts und T-Shirt. Es war kalt in Jacks Albtraum. Wieso hatte dieser sich die Invasion der Außerirdischen nicht im Hochsommer herbeigeträumt? »Warte«, befahl Charlie seinem Bruder, der schon auf das Raumschiff zulief. »Charlotte ist noch nicht da.«

Aber seine Stiefmutter saß in der wachen Welt fest. Ein unsichtbares Hindernis versperrte ihr den Zugang zur Anderwelt. »Ich komme nicht durch!«, rief sie Charlie zu. »Irgendwas ist im Weg. Ihr beide müsst zurückkommen. Wir müssen den Ausflug verschieben, bis ich herausgefunden habe, was hier nicht stimmt.«

Charlie stöhnte und wollte es Jack sagen, aber der war schon zu weit weg, um ihn zu hören. Charlie sah, wie er in die Lichtsäule trat, die aus dem Raumschiff kam. Eine Sekunde später war sein Bruder an Bord gebeamt worden.

»Jack!«, schrie er.

»Oh, nein!«, rief Charlotte. Offenbar hatte auch sie alles beobachtet.

»Keine Sorge«, versuchte Charlie, sie zu beruhigen, und hoffte nur, dass dies das letzte Mal war, dass er seinen kleinen Bruder auf eine Mission in die Anderwelt mitschleppen musste. »Ich hole ihn.«

Es war kein besonders großes Raumschiff. Genau genommen, war es kaum größer als ein kleines Wohnmobil. Und der Lichtstrahl, der auf den Boden fiel, war gerade groß genug, um Charlie einzuhüllen. Als er ins Licht trat, verspürte er ein seltsames Kribbeln. Er blickte an sich herunter und merkte, dass er durch seinen Körper hindurchsehen konnte, als hätten sich alle Moleküle voneinander getrennt. Zum Glück ging es so schnell, dass er keine Zeit zum Schreien hatte. Bevor er wusste, wie ihm geschah, war er an Bord des Schiffs, hing kurz in der Luft und landete dann mit einem *Bums* auf dem Boden.

»Autsch!«

Charlie rappelte sich auf, rieb sich den schmerzenden Hintern und sah sich im Raumschiff um. Die runde Kommandozentrale war in typischem UFO-Stil gehalten –

Wände aus Edelstahl, Bildschirme in Neongrün und in der Mitte ein Untersuchungstisch. Jack hat nicht gerade viel Fantasie auf die Ausstattung verschwendet, dachte Charlie verbittert, als sich sechs kleine graue Wesen mit riesigen schwarzen Augen um ihn scharten. Der Außerirdische mit den größten Augen wandte sich an die anderen. »Bereitet die Probenentnahme vor. Wir müssen den Erdling untersuchen.« Seine Stimme war schrill und roboterhaft.

»Das kannst du knicken«, kam es von irgendwo her. »Das ist mein großer Bruder und er hat auch keine Angst vor euch.« Jack saß in einem merkwürdigen schüsselähnlichen Stuhl, der wohl dem Kommandanten des Raumschiffs gehörte.

»Soll das ein Witz sein?« Der Alien-Anführer warf seine Instrumente auf den Boden und hob entnervt die Arme. »Weißt du, wie schwierig es war, dieses ganze Zeug aufzutreiben? Die Uniformen, das Schiff und diese Typen?« Er drückte auf einen Knopf am Ärmel seines Raumanzugs und die fünf kleineren Außerirdischen fielen in sich zusammen wie platte Luftballons.

»Tut mir leid«, sagte Jack. »Aber ich musste mir jemanden herbeiträumen, der uns mitnehmen kann.«

»Euch mitnehmen?«, fauchte der Außerirdische gereizt. »Sehe ich aus wie ein Taxifahrer?«

Charlie trat vor und hielt dem Alien die Hand hin. »Ich

muss mich für meinen Bruder entschuldigen. Er ist noch neu hier.«

Nur zögernd schüttelte der Alien Charlies Hand. »Schwer zu glauben«, murrte er. Dann verengten sich seine Augen, und er schnupperte mit den zwei Löchern, die offenbar seine Nase sein sollten. »Du stinkst«, stellte er fest.

»Im Ernst?«, fragte Charlie. Er war ziemlich sicher, dass er erst am Morgen geduscht hatte.

»Eure Art sollte nach gar nichts riechen.« Der Außerirdische betrachtete ihn misstrauisch. »Es sei denn …« Er pikte Charlie mit einem seiner langen, grauen Finger. Seine Augen wurden ganz groß und er stolperte entsetzt rückwärts. »Du hast deinen Körper mitgebracht. Ich habe Gerüchte über kleine Menschen gehört, die die Anderwelt auf den Kopf stellen. Wer bist du? Was willst du hier?«

Charlie wusste, dass es jetzt darauf ankam, cool zu bleiben. Die Anderwelt im Schlaf zu besuchen, war schon unheimlich genug, doch nicht wirklich gefährlich. Aber *tatsächlich* dort zu sein, bedeutete, dass er und Jack verletzt werden konnten – oder Schlimmeres. »Mein Name ist Charlie Laird. Das ist mein Bruder Jack.« Er zeigte zu Jack hinüber, der auf dem Drehstuhl des Kommandanten fröhlich im Kreis herumwirbelte. »Tut mir leid, dass wir Sie belästigt haben. Wir gehen jetzt. Beamen Sie uns bitte wieder auf den Boden?«

»Beam *ihn* runter, wenn du willst«, rief Jack. »Ich gehe nirgendwohin!« Er hörte auf mit der Dreherei, verschränkte die Arme vor der Brust und machte ein bockiges Gesicht.

»Doch. Du. Kommst. Mit«, knurrte Charlie mit zusammengebissenen Zähnen. Und wenn er Jacks Hintern aus diesem Stuhl zerren musste … Genau genommen, gefiel ihm diese Vorstellung sogar ganz gut. »Charlotte ist nicht durchgekommen. Wir müssen zurück.«

»Aber wir sind schon im UFO!«, widersprach Jack. Dann sah er den Außerirdischen an. »Das Ding fliegt doch, oder?«

Der Alien war empört. »Natürlich fliegt es«, fauchte er. »Sonst würde es ja U-*O* heißen, oder?«

»Das stimmt. Es fliegt!«, sagte Jack zu Charlie. »Also kann er uns hinbringen, damit wir es uns angucken können.«

»Damit wir *was* angucken können?«, fragte Charlie. Der gekaperte Außerirdische war vielleicht sauer, aber Charlie stand kurz vor einem Wutanfall.

»Orville Falls!«, erklärte Jack. »Wir können drüber hinwegfliegen!«

Einen Moment lang sagte niemand etwas. Jack hatte recht, wie Charlie plötzlich klar wurde. Das UFO war nicht nur irgendeine alberne Idee. Jack hatte sich tatsächlich die perfekte Methode erträumt, die Anderwelt zu erforschen. Es war eindeutig die schnellste und sicherste Art, herauszufinden, was für Probleme dieses Schlaf-Gut-Elixier wirklich verursacht hatte.

Der Außerirdische war der Erste, der das Schweigen brach. »Was wisst ihr Menschen über Orville Falls?«, fragte er in einem merkwürdig gleichgültigen Tonfall.

»Wir kommen aus der wachen Welt«, gestand Charlie. »Unsere Stadt liegt nicht weit von Orville Falls entfernt, und dort geschieht etwas Schreckliches. Die Leute trinken ein Elixier, das sie am Träumen hindert. Das macht schlimme Dinge mit ihrem Gehirn und jetzt benehmen sich alle Bewohner wie Schlafwandler. Und da in Orville Falls niemand mehr träumt, leidet ihr Traumreich. Es löst sich bereits langsam auf. Aber das Elixier stoppt nicht nur die schönen Träume, sondern auch die Albträume. Das heißt, es schadet eurer Welt bestimmt genauso. Wir sind hergekommen, um nachzusehen, wie groß die Schäden bereits sind.«

»Ihr seid hier, um zu helfen?«, fragte der Außerirdische misstrauisch. »Wieso sollten zwei Menschen Nachtmahren helfen wollen?«

Jack sprang aus dem Stuhl und brüllte los, bevor Charlie etwas sagen konnte. »Weil Menschen Albträume brauchen! Ihr zeigt uns, wie wir uns unseren Ängsten stellen können!«

Die dünnen grauen Lippen des Aliens schienen ein Lächeln anzudeuten. Anscheinend gab es niemanden, den

Jacks Charme kaltließ. »Ihr seid vertraut mit den Lehren unserer Anführerin?«, fragte der Außerirdische erfreut.

»Lehren?« Jack war verwirrt, doch Charlie schmunzelte.

»*Ich* bin mit Medusas Lehren vertraut«, verkündete er. »Man könnte sogar sagen, dass eure Präsidentin eine alte Freundin von mir ist. Ich war an dem Tag hier in der Anderwelt, als sie euren vorigen Anführer in Stein verwandelt hat. Und ich habe gehört, wie sie den Leuten gesagt hat, dass es die wahre Aufgabe von Nachtmahren ist, den Menschen zu helfen.«

Der Außerirdische seufzte wie ein verliebter Schuljunge. »Ach, das war ein großartiger Tag. Medusa hat unser Land von diesem Tyrannen und seiner Koboldarmee befreit. Und ich bin ganz sicher, dass sie auch unser neuestes Problem lösen wird – auch wenn manche hier in der Anderwelt behaupten, dass sie daran schuld sei.«

»Daran schuld?« Charlie war entsetzt. »Woran?«

Der Außerirdische schüttelte betrübt den Kopf, und Charlie tat es fast leid, dass er gefragt hatte. »Es lässt sich nicht beschreiben, was hier geschieht. Es ist besser, wenn ich es euch zeige.« Der kleine graue Nachtmahr nahm seinen rechtmäßigen Platz im Stuhl des Kommandanten ein. Von dort aus wies er auf einen langen Streifen aus Glas. »Stellt euch ans Fenster.«

Jack und Charlie standen nebeneinander, als sich das

Raumschiff lautlos in die Luft erhob. Der Anderwelt-Wald lag unter ihnen. Über ihnen war nichts – keine Sterne am Himmel und kein Mond. Nur Schwärze, die aussehen sollte wie die Nacht.

Das UFO schwebte über die Baumwipfel hinweg, bis sie plötzlich den Waldrand erreichten.

Charlie drückte die Stirn ans Glas, um besser hinuntersehen zu können.

»Was ist das?«, flüsterte Jack überwältigt.

Jenseits des Waldes war ein Loch, das so unfassbar groß und breit war, dass Charlie es kaum fassen konnte. Plötzlich fielen Schüsse und Charlie wäre beinahe in Deckung gegangen. Doch dann begriff er, dass es keine Schüsse waren, sondern nur Baumwurzeln, die abrissen. Noch während er hinsah, stürzte eine weitere riesige Eiche in den Abgrund. Er wartete, doch er hörte nicht, wie der Baum unten auf dem Boden aufschlug. Charlie vermutete, dass der Abgrund gar keinen Boden hatte. Und er wurde immer größer.

»Wenn ihr durch die Anderwelt reist, werdet ihr merken, dass die meisten Albträume nicht in exotischen Gegenden spielen«, erklärte der Außerirdische. »Die meisten finden in den Wohnorten der Menschen statt. Deswegen hat fast jede Stadt aus eurer Welt hier ihr Gegenstück.«

Er stand von seinem Kommandostuhl auf und stellte sich zu Charlie und Jack ans Fenster.

»Und?«, fragte Jack ungeduldig.

Der Alien sah die beiden Jungen ernst an. »Und das da ist alles, was vom Anderwelt-Orville-Falls noch übrig ist.«

Charlies Knie wurden ganz weich. Der Schaden war viel größer, als er befürchtet hatte. »Soll das heißen, dass alles weg ist?«, fragte er. »Wo ist es hin?«

»Das weiß niemand so genau«, antwortete der Außerirdische. »Vor ein paar Wochen haben die Menschen aufgehört, herzukommen. Die Häuser begannen zu bröckeln und vor ein paar Tagen fing der ganze Ort an zu versinken. Wir wissen nicht, wie tief das Loch ist. Aber es wird jede Nacht größer. Schon bald wird der ganze Wald verschwunden sein.«

Ein weiterer Baum stürzte in den Abgrund und von seinen Wurzeln flog eine Ladung Erde auf.

»Ihr beide lebt in Cypress Creek?«, fragte der Außerirdische.

»Ja«, bestätigte Charlie.

Der Alien zeigte auf eine Menge Lichter am anderen Ende des Waldes. »Da liegt Cypress Creek«, sagte er. »Wenn niemand das hier aufhält, werdet ihr die Nächsten sein.«

Der Leuchtturm

Das UFO setzte Charlie und Jack neben einer bröckelnden Kopie des Kolosseums am Rand der Albtraumversion von Cypress Creek ab. Charlie ging voraus und ärgerte sich, dass Jack sich besser auszukennen schien als er. Zweimal wäre er beinahe falsch abgebogen, doch sein kleiner Bruder zeigte ihm beide Male den richtigen Weg. Als sie das Gerichtsgebäude von Cypress Creek erreichten, war es von wütenden Nachtmahren umringt, unter ihnen Riesenspinnen, Glibbermonster, eklige Tausendfüßler mit Menschenkopf und Geister ganz *ohne* Kopf. Die Gruselgestalten riefen immer wieder: »FÜLLT DAS LOCH! FÜLLT DAS LOCH!«

Charlie kämpfte gegen seine wachsende Angst an. Diese Monsterversammlung hätte wohl jeden panisch gemacht, aber er wollte seinem Bruder beweisen, welcher Laird der Mutigere war.

»Ist das nicht irre?«, fragte Jack und grinste übers ganze Gesicht. »Wie aus einem Comic.«

»Warte mal. Du hast *immer noch* keine Angst?«, fragte Charlie eher enttäuscht als schockiert.

»Wovor denn?«, wollte Jack wissen. »Diesen Typen?« Er winkte einem buckligen, einäugigen Zyklopen auf der anderen Seite des Platzes zu. Charlie stellte verblüfft fest, dass die Kreatur zurückwinkte.

»Du kennst das Ding?«, flüsterte er seinem Bruder zu.

»Bruno? Nur flüchtig«, war die Antwort. »Wir haben ein paarmal Schach gespielt, aber er war nicht sehr gut.« Jack beugte sich zu Charlie hinüber und wisperte im Verschwörerton: »Er kann nicht besonders gut *gucken.*«

Charlie fand das gar nicht witzig, und er wurde immer langsamer, bis er schließlich ganz stehen blieb. Verblüfft sah er zu, wie sein kleiner Bruder weiterging, sich durch die Nachtmahre drängte und vor sich hin plapperte, als wäre Charlie immer noch neben ihm. Charlie hasste das. Solange er sich erinnern konnte, war Jack immer der niedliche der Laird-Brüder gewesen. Der charmante. Der Junge, den zu bestrafen niemand übers Herz brachte. Der Junge, zu dem niemand jemals Nein sagte. Charlie hingegen war immer bloß vollkommen *normal* gewesen.

Er hatte gedacht, dass sich das nach seinem Abenteuer in der Anderwelt geändert hätte. Eine kurze Zeit lang war er der Besondere gewesen. Charlie hätte wissen sollen, dass das nicht so bleiben würde. Er hasste es, so selbstsüchtig zu sein, aber er konnte nicht anders. Die Anderwelt gehörte ihm und er wollte sie nicht teilen.

Charlie schüttelte diese Gedanken ab und rannte hinter seinem Bruder her. Der war bereits an der Tür des Gerichtsgebäudes angekommen, wo ihn ein offiziell aussehender Oger aufhielt. Nur ein paar Meter entfernt stand die Statue von Medusas heldenhaftem Sohn, dem Gorgonen Basil Meduso. Er war in den Ruhestand getreten, indem er sich selbst versteinert hatte.

»Niemand betritt das Gericht. Befehl der Präsidentin«, verkündete der Oger, als Charlie ankam.

Jack reagierte darauf mit seinem nettesten Lächeln. »Hey, bist du einer von den …«, begann er zu fragen.

»Wir sind hier, um mit Medusa zu sprechen«, unterbrach ihn Charlie, bevor sein Bruder sie beide in Schwierigkeiten brachte. »Es geht um Leben und Tod.«

Der Oger umklammerte seine Keule fester, als juckte es ihn in den Fingern, sie zu benutzen. Seine Haut hatte die fleckig-grüne Farbe eines algenverseuchten Tümpels und zwei gelbe Eckzähne ragten ihm aus dem Unterkiefer. »Niemand geht rein«, sagte der Oger. Dann beugte er sich vor und schnüffelte an ihnen. Seine Nase war nur Zentimeter von den beiden entfernt. »Vor allem keine stinkigen Menschen.«

Das war nicht wirklich eine Beleidigung, wenn es von jemandem kam, dessen Atem nach faulem Fleisch roch.

»Aber …«, begann Charlie, doch Jack zupfte an der Rückseite seines T-Shirts.

»Lass es mich versuchen«, bat er.

Charlie hob entnervt die Hände. »Tu, was du nicht lassen kannst«, sagte er und trat zur Seite.

»Weißt du, irgendwie kommst du mir bekannt vor.« Jack lächelte das Monster an. »Bist du einer der Nachtmahre, die unter der Allen-Street-Brücke leben?«

Der Oger sah ihn missmutig an. »Und wenn schon?«

»Ich bin ein Freund von Orog«, sagte Jack. »Wie geht's ihm so? Immer noch okay?«

Die Augen des Ogers verengten sich. »Bist du der winzige Mensch, von dem er immer spricht?«, fragte er. Als Jack nickte, warf der Oger seine Keule weg und schnappte ihn sich. Charlie war überzeugt, dass sein Bruder jetzt erledigt war – bis er kapierte, dass der Nachtmahr ihn umarmte.

Charlie betrachtete das Ganze mit einer Mischung aus Entsetzen und Verblüffung. »Wer ist Orog?«, fragte er fassungslos.

»Mein Bruder«, sagte der Oger, der mit den Tränen kämpfte. »Schon seit Jahren hatte niemand mehr Angst vor ihm. Sie haben nur gelacht und gesagt, er würde aussehen wie jemand namens Shrek. Es war so schlimm, dass Orog aufgegeben hatte und in den Ruhestand gehen wollte. Aber dann hat ihm dieser Mensch geholfen, sich daran zu erinnern, wie man gruselig ist.« Er hielt Jack auf Armeslänge von sich. »Womit kann ich das wiedergutmachen? Du kannst alles haben. Alles!«, versicherte er.

»Kannst du mich bitte absetzen?«, keuchte Jack, der kaum noch Luft bekam.

»Oh, entschuldige!«, rief der Oger und setzte ihn ganz vorsichtig auf dem Boden ab.

Jack holte tief Luft und sein blaues Gesicht nahm wieder ein gesundes Rosa an. »Danke! Kannst du uns jetzt noch sagen, wo wir Medusa finden?«

»Ja! Das kann ich!« Der Oger schien ihm wirklich jeden Wunsch erfüllen zu wollen. »Sie ist drinnen. Nimm die Treppe in den ersten Stock, dann stößt du auf eine Doppeltür. Dort findest du sie. Brauchst du Begleitung? Soll ich dich hintragen?«

»Nein, alles prima«, sagte Jack. Er hatte sich bereits den Staub abgeklopft und betrat das Gerichtsgebäude. »Danke für die Hilfe«, rief er dem Oger zu. »Und grüß deinen Bruder von mir!«

Charlie wartete, bis sie drinnen in Sicherheit und außer Hörweite waren, bevor er die Frage stellte, die ihm schon eine Weile im Kopf herumspukte.

»Wie oft warst du in der Anderwelt, Jack? Und sag diesmal die Wahrheit.«

»Ein Dutzend Mal?«, antwortete Jack.

Charlie glaubte ihm nicht. »Ehrlich?«

»Also gut, vielleicht zwei«, gab Jack zu.

»*Zwei Dutzend Mal?*«, krächzte Charlie, der die Worte kaum herausbrachte.

»Weiß nicht. Vielleicht auch drei«, sagte Jack.

Da beschloss Charlie, keine weiteren Fragen zu stellen.

Bei seinem letzten Besuch war das Gerichtsgebäude bis unter die Decke voll von Riesenraupen, sprechenden Küchenschaben und blutsaugenden Vampiren gewesen. Doch jetzt war das Gebäude fast leer. Die einzige Kreatur, die er und Jack auf den rissigen Marmorstufen trafen, war ein gehetzt wirkender Gnom. Er lief so hastig Richtung Ausgang, dass er die Jungen kaum eines Blickes würdigte. Charlie und Jack sahen sich an, zuckten mit den Schultern und gingen weiter.

Die Treppe endete vor einer Doppeltür, wie der Oger gesagt hatte. Charlie blieb stehen, doch Jack zögerte nicht. Er ging direkt auf die Tür zu und stieß sie auf. Sie führte in einen Raum, der früher einmal sehr beeindruckend gewesen sein musste, jetzt aber extrem heruntergekommen war. Die Samtvorhänge an den Fenstern hingen in Fetzen, als hätte sich etwas mit langen Krallen daran ausgetobt. Schwarze Käfer huschten über die Wandvertäfelung, und die Luft war so voller Staub, dass Charlie kaum atmen konnte.

Der Raum war dermaßen riesig, dass der Tisch in der

Mitte sehr weit entfernt zu sein schien. Aber Charlie konnte doch erkennen, dass Medusa dort saß, umgeben von ihren Beratern. Unter ihnen waren eine Frau mit einem Schweinsgesicht, ein Mann mit zwei Köpfen, eine gigantische Kröte – und eine besonders gruselige menschenähnliche Kreatur mit einer dicken weißen Farbschicht im Gesicht und einer runden Nase aus Gummi. Medusa war von der Hüfte aufwärts in nüchternes Schwarz gekleidet. Ihren langen Schwanz hatte sie unter dem Tisch zusammengerollt.

»Halt!« Der Befehl kam sofort, als Charlie und Jack durch die Tür getreten waren, und Wachen erschienen auf beiden Seiten.

Medusa sah auf, und die Schlangen auf ihrem Kopf wanden sich und zischten, als sie die beiden Jungen entdeckten.

»Ich habe doch gesagt, dass wir nicht gestört werden wollen!«, rief die Gorgonin und griff mit einer Hand nach der Sonnenbrille, hinter der sich ihre tödlichen Augen verbargen. »Entfernt die Eindringlinge!«, befahl sie den Wachen.

Der Clown an ihrer Seite begann zu kichern wie verrückt. »Einen Moment, Madam Präsident.« Er erhob sich von seinem Platz. »Ist das Charlie?«

»Charlie?«, wiederholte Medusa, als versuchte sie, den Namen unterzubringen. Dann lächelte sie plötzlich so strahlend, dass man ihre Eckzähne sah. »Charlie!« Sie sprang hastig auf, warf dabei ihren Stuhl um und glitt auf die beiden Jungen zu. Als sie bei Charlie ankam, drückte sie ihn ganz fest. »Oh, ich habe dich so vermisst!«

»Willkommen zurück!«, jubelte Dabney und schnappte sich Charlie, sobald Medusa ihn losgelassen hatte.

»Ich habe euch auch vermisst«, sagte Charlie. Er zeigte auf Jack. »Ich möchte euch meinen kleinen Bruder vorstellen.«

Medusa beugte sich über ihn und musterte Jack von Kopf bis Fuß, doch das schien ihr nicht zu reichen. »Schließ die Augen, Junge«, befahl sie. »Ich will dich genauer ansehen. Und nicht gucken, sonst wirst du versteinert.«

Jack kniff die Augen zu und Medusa nahm ihre Sonnenbrille ab.

»Ja, ich dachte gleich, dass du mir bekannt vorkommst«, bemerkte Medusa. Sie setzte die Brille wieder auf. »Dieser kleine Störenfried ist überall in der Anderwelt gesehen worden. Er spielt die Hauptrolle in unzähligen Stunden Überwachungsmaterial, das ich mir höchstpersönlich angesehen habe. Und ich kann gar nicht sagen, wie viele Anrufe ich von panischen Nachtmahren bekommen habe, die behaupteten, ein Menschenkind gesehen oder gerochen zu haben. Wir versuchen schon seit Monaten, ihn zu erwischen.«

Dabney ging in die Hocke und starrte Jack ins Gesicht. »Du hast uns ziemlich nervös gemacht, weißt du. Menschen sollten nicht auf dieser Seite herumgeistern.«

Charlie warf seinem Bruder einen gereizten Blick zu, doch Jack grinste nur. Dann lächelte Medusa und Dabney fing an zu kichern. Eine heiße Welle der Eifersucht traf Charlie. Es war nicht zu fassen – Jacks Charme wirkte bei Medusa genauso gut wie bei allen anderen.

»So gern ich etwas Zeit mit euch verbringen würde, fürchte ich doch, dass ihr wieder gehen müsst«, sagte Medusa.

»Wir haben hier so etwas wie eine Notlage«, begann Dabney zu erklären, »und deshalb …«

»Wir wissen, was los ist. Wir haben das Loch gesehen«, unterbrach Jack den Clown. »Und ich glaube, wir wissen auch, was es verursacht hat.«

»Tatsächlich?«, fragte Medusa überrascht. Sie sah Charlie fragend an. »Stimmt das, Charlie?«

Er hätte die Gorgonin dafür küssen können, dass sie *ihn* fragte und nicht seinen Bruder. »Es stimmt«, bestätigte Charlie ernst. »Deswegen sind wir hier.«

»Dann bitte.« Medusa deutete auf zwei freie Stühle am Ende des Tisches. »Setzt euch.«

Medusa und Dabney kehrten auf ihre Plätze zurück, und Charlie berichtete der Präsidentin und ihrem Rat alles, was er über das Schlaf-Gut-Elixier und die Wandler in Orville Falls wusste. Zum ersten Mal in dieser Nacht hielt Jack den Mund. Charlies Zuhörer lauschten gebannt und jedes Wort schien Medusa mehr aufzuregen.

»Deine Stiefmutter hat recht«, sagte sie, nachdem Charlie geendet hatte. »Dieses Elixier stammt nicht aus der wachen Welt. Nichts auf deiner Seite ist stark genug, um Träume oder Albträume zu verhindern. Es kann nur an einem Ort entstanden sein – der Anderwelt.« Die Gorgonin klang beinahe stolz. »Jemand muss es in die wache Welt geschmuggelt haben.«

»Aber das ist unmöglich! Wir haben das Portal die ganze Zeit bewacht!«, versicherte Charlie. »Niemand hätte das Elixier herüberbringen können!«

Die große warzige Kröte sprang auf den Tisch und räusperte sich. »Madam Präsident«, quakte sie. »Vielleicht hat es etwas mit der Prophezeiung zu tun?«

»Ganz sicher nicht!«, fuhr Medusa sie an. »Jeder weiß, dass diese Prophezeiung blanker Unsinn ist. Das sind sie *alle*! Hast du die ganzen Albträume vergessen, die die Menschen vor der Jahrtausendwende hatten? Oder am Ende des Maya-Kalenders? Alle zehn Jahre sind die Menschen davon überzeugt, dass das Ende der Welt bevorsteht, und wir sind nicht besser. Erinnerst du dich an die Prophezeiung, dass die Kobolde dieses Jahr die Anderwelt übernehmen würden? Weißt du, wer die in die Welt gesetzt hat? *Kobolde!* Und auch an dieser ist nichts Wahres dran. Das ist nur ein Haufen Lügen, verbreitet von Fanatikern, die wollen, dass wir Nachtmahre die Menschen hassen.«

»Was ist das für eine Prophezeiung?«, fragte Jack unschuldig. Charlie hatte genau das Gleiche gedacht.

Als der zweiköpfige Mann antwortete, sprachen seine beiden Münder gleichzeitig. Die Stimmen waren tief und der Ton bedrohlich. »Schon seit langer Zeit heißt es, dass eines Tages ein Menschenkind auftauchen wird, das in der Lage ist, die Anderwelt zu vernichten.«

»Oh«, machte Jack leise, und es hörte sich an, als hätte er lieber nicht gefragt. Charlie war ganz seiner Meinung. Eine Prophezeiung über ein böses Menschenkind konnten sie jetzt gar nicht brauchen.

»Ja, aber die Prophezeiung sagt auch, dass es einen anderen kleinen Menschen gibt, der uns retten kann«, fügte die Schweinedame hochnäsig hinzu.

»Alles Blödsinn«, sagte Medusa und wedelte mit ihren manikürten Fingern. »Menschen fehlt die Kraft, uns zu helfen oder zu schaden. Die einzigen Wesen, die sie vernichten können, sind andere Menschen. Ist nicht böse gemeint«, versicherte sie Charlie. »Aber jetzt zurück zum Thema. Wenn die Jungen recht haben, gibt es ein Elixier, das Träume verhindert. Es muss aus der Anderwelt kommen. Charlie, bist du sicher, dass keine Nachtmahre durch das Portal geschlüpft sind?«

»Absolut sicher«, beteuerte Charlie.

»Und *du*.« Medusa sah Jack an, und ihre Schlangen glitten herab, um dem Jungen ebenfalls in die Augen sehen zu können. »Hast du bei deinen vielen Besuchen in der Anderwelt vielleicht ein kleines Andenken mitgenommen?«

»Nein«, antwortete Jack mit einem entschiedenen Kopfschütteln. »Das ist eine der Regeln im Buch meiner Stiefmutter – bring niemals etwas mit nach Hause.«

»Als würdest du Regeln befolgen«, murmelte Charlie leise.

Jack schaute verletzt, doch die anderen hatten es nicht gehört.

»Also gut«, sagte Medusa. »Wenn dieses Elixier nicht durch das Portal in der lila Villa gekommen ist, muss es auf andere Weise in die wache Welt gelangt sein.«

Charlie runzelte die Stirn. Soweit er wusste, gab es nur eine Verbindung zwischen den beiden Welten. »Aber wie?«, fragte er.

»Ich glaube, dass es ein zweites Portal gibt, das uns von den Menschen trennt«, berichtete Medusa der Gruppe zögernd.

Charlie war wie vom Donner gerührt. Mehr als anderthalb Jahrhunderte lang hatte die Familie seiner Stiefmutter die lila Villa pflichtbewusst bewacht – und es hatte die ganze Zeit über noch ein weiteres Portal gegeben? Das war fast, als hätten sie auf die Vordertür der wachen Welt aufgepasst, während die Hintertür weit offen gestanden hatte.

»Nein!«, quiekte die Schweinefrau. Sie hatte zu schwitzen begonnen und betupfte ihre Stirn mit einem spitzenbesetzten Taschentuch. »Das kann nicht wahr sein!« Offenbar fand auch sie die Vorstellung erschreckend.

»Wo ist dieses zweite Portal?«, fragte Dabney. Er kicherte, aber das konnte nicht überdecken, dass er nicht nur überrascht, sondern auch verletzt war. Schließlich hatte Medusa ihren Verdacht vor ihm geheim gehalten.

Medusa schien es nicht zu merken. Die Gorgonin hatte sich verändert. Sie sah aus, als wäre ihr ein Geist begegnet, und als sie sprach, wirkte sie abwesend. »Es gibt einen Leuchtturm an der Grenze zwischen der Anderwelt und dem Land der Kobolde«, sagte sie.

Jack sprang auf. »Davon habe ich schon gehört!« Charlie bedachte ihn mit einem Blick, der »SETZ DICH WIEDER HIN« zu brüllen schien, und Jack ließ sich zurück auf seinen Stuhl fallen.

»Ich glaube nicht, dass du davon gehört hast«, sagte Medusa. »Er ist so abgelegen, dass vermutlich niemand davon weiß. Aber ich habe den Leuchtturm mit eigenen Augen gesehen und vermute, dass sich darin ein Portal in die wache Welt befindet.«

»Dann bist du nicht *absolut* sicher?«, wollte die Schweinefrau mit einem erleichterten Aufseufzen wissen.

»Du konntest es nie nachweisen?«, fragte Dabney.

»Nein«, gestand Medusa. »Ich konnte nie beweisen, dass es dort ein Portal gibt, weil man den Leuchtturm nicht betreten kann.«

Charlie und Dabney tauschten einen Blick. Medusas Bemerkung ergab keinen Sinn. In der Anderwelt erfüllte jedes Gebäude einen Zweck. Jedes von ihnen diente als Unterschlupf für die schlimmste Angst eines Menschen. Und sobald diese Angst besiegt war, wurde das Gebäude entweder abgerissen oder für einen anderen Albtraum genutzt. Doch Medusa zufolge stand dieser Leuchtturm leer. Das war unmöglich. In der Anderwelt gab es keine leer stehenden Gebäude. Hier ließ man nichts ungenutzt herumstehen.

»Wie lange gibt es diesen Leuchtturm schon?«, erkundigte sich die Schweinefrau.

»Ich habe ihn das erste Mal vor fast achtzig Menschenjahren gesehen«, antwortete Medusa.

»Und er steht seitdem leer?«, wollte Dabney wissen.

Medusa betrachtete den Clown mit ernster Miene. »Ich sagte, dass man den Leuchtturm nicht betreten kann. Ich habe nie behauptet, er wäre *leer*.«

emeindebücherei
el.: 04950-995-140

ntleihungen für
asmin JU Meinders
ntliehen am: 21.06.2019

---

cheiße bauen: sehr gut
uch [00025912]
ällig am: 04.07.2019

---

ielen Dank!
ır Benutzerausweis läuft am
0.06.2020 ab.

Das verrückteste Trio der Welt

Charlie war froh, dass die Fahrt zum Leuchtturm so lange dauerte. Sich durch die wütenden Nachtmahre auf dem Vorplatz zu kämpfen, war mühsam gewesen, und er brauchte Zeit zum Nachdenken. Die Nachtmahre hatten sich auf Dabney, Charlie, Jack und Medusa gestürzt, als die Gruppe zur Präsidenten-Limousine am Straßenrand gegangen war. Die Protestler hatten gebrüllt, geschubst und mit verfaultem Obst geworfen. Charlie hatte die Angst in ihren Augen gesehen und konnte ihre Wut verstehen. Das Leben und die Heimat dieser Kreaturen schwebten in ernster Gefahr und ihre Anführerin war keine Hilfe.

Während Dabney schweigend fuhr, dachte Charlie über alles nach, was er gehört hatte. Es kam ihm vor, als müsste er ein Puzzle zusammensetzen, bei dem die wichtigsten Teile fehlten.

Jack dagegen wirkte kein bisschen beunruhigt. Auf der ersten Hälfte der Fahrt drückte er die Stirn an die Seitenscheibe des Wagens und betrachtete glücklich die Anderwelt. Doch je weiter die Limousine fuhr, desto weniger gab es zu sehen, bis das Fahrzeug schließlich ganz von Dunkelheit umgeben war. Die Scheinwerfer schafften es kaum, die Schwärze zu durchdringen. Es war, als würden sie durch einen See aus schwarzer Tinte fahren. Als die Limousine schließlich anhielt, schlief Jack tief und fest.

Charlie wollte ihn wecken. »Nein«, sagte Medusa und berührte sanft Charlies Arm. »Lass ihn schlafen.«

Charlie wusste genau, dass sein Bruder den Leuchtturm hätte sehen wollen. Er würde wütend sein, wenn Charlie ihn das Abenteuer verschlafen ließ. Aber wenn er dabei war, fühlte Charlie sich gewöhnlich. Er konnte der Versuchung nicht widerstehen, sich noch eine kleine Weile länger besonders zu fühlen. Mit Jack würde er sich später befassen.

Medusa glitt aus dem Wagen und Charlie folgte ihr. Er achtete sehr darauf, die Autotür nicht laut zuzuschlagen. Dabney gesellte sich vom Fahrersitz zu ihnen. In der Ödnis draußen beleuchteten die Scheinwerfer der Limousine eine bemerkenswerte Szenerie. Vor ihnen erhob sich ein massiver Turm aus weißen Ziegelsteinen, der hoch in den sternlosen Himmel ragte. Unten im Turm befand sich eine rostige rote Tür aus dickem Metall. Gekrönt wurde das Bauwerk von einem riesigen Leuchtfeuer, das jedoch nicht brannte. Es war einer von diesen Leuchttürmen, die man sich sofort in einer schaumigen Brandung vorstellte. Aber hier gab es keinen Ozean. Hier gab es gar nichts.

Charlie entdeckte in der runden Ziegelmauer zwei kleine Fenster. Drinnen hingen weiße Netzgardinen, doch beide Fenster waren dunkel. Hinter dem Leuchtturm breitete sich vollkommene Leere aus. Sie waren am äußersten Rand der Anderwelt. In der Dunkelheit auf der anderen Seite lebten die Kobolde – grauenhafte Kreaturen, denen es Spaß machte, Menschen zu quälen. Sie waren in der Vergangenheit schon mehrfach aus der Anderwelt verbannt worden, aber nie wirklich weggezogen. Soweit Charlie wusste, lebten die Kobolde in unterirdischen Höhlen – und arbeiteten unentwegt weiter an einem Plan, wie sie wieder an die Oberfläche zurückkehren konnten.

»Woher wusstest du von diesem Leuchtturm?«, fragte Dabney. »Ich war noch nie so dicht an der Grenze.«

»Von meinem Wohnzimmer auf meinem Berg aus kann ich fast die ganze Anderwelt überblicken«, antwortete Medusa. Charlie erinnerte sich gut an die schicke Höhle, in der Medusa lebte. »Um die Gegenden zu beobachten, die ich nicht mit bloßem Auge sehen kann, nutze ich ein Teleskop. Den Leuchtturm habe ich schon vor einer Ewigkeit entdeckt. Damals habe ich mir nichts dabei gedacht. Merkwürdige Bauwerke kommen und gehen hier in der Anderwelt. Aber dieses ist nie verschwunden. Wie ich bereits sagte, steht der Leuchtturm seit mindestens achtzig Jahren an dieser Stelle.«

»Moment mal. Soll das heißen, dass jemand schon so lange denselben Albtraum hat?«, fragte Charlie. Der Gedanke war kaum zu ertragen.

»Das halte ich für möglich«, sagte Medusa.

»Armer Kerl.« Dabney kicherte.

»Genau das habe ich auch gedacht«, sagte Medusa. »Deshalb bin ich eines Abends vor etwa vierzig Jahren hergefahren, um zu helfen. Kein menschliches Wesen sollte für immer Angst haben. Schreckliche Dinge können passieren, wenn jemand jede Hoffnung verliert. Aber als ich hier ankam und hineingehen wollte, musste ich feststellen, dass es nicht geht.«

»War die Tür verschlossen?«, fragte Dabney.

»Ich weiß nicht, ob die Tür verschlossen oder offen war«, antwortete Medusa. »So weit bin ich nie gekommen. Ich kann nicht genau erklären, was mich daran gehindert hat. Aber je näher ich dem Leuchtturm kam, umso mehr fühlte es sich an, als würde mir alles Leben ausgesaugt. Ich wusste, wenn ich auch nur einen Fuß in das Gebäude setze, komme ich nie wieder heraus. Ich würde dort festsitzen – allein und verlassen. Die Menschen in diesem Leuchtturm hatten mehr Macht als ich.«

»*Menschen?*«, fragte Charlie. »War da mehr als einer drin?«

»Ja«, bestätigte Medusa. »Ein paar Tage nach meinem ersten Besuch habe ich einen Freund mitgebracht, einen Freund mit Flügeln. Er konnte nicht an die Fenster heranfliegen, ohne dasselbe beklemmende Gefühl zu verspüren, das auch ich gehabt hatte. Aber er flog um den Leuchtturm herum auf die andere Seite und entdeckte Schatten im Turm. Er sagte, die Umrisse sahen aus, als wären sie von Menschen. Er war überzeugt, dass es zwei waren. Und er konnte sie riechen.«

»Sie riechen?«, wiederholte Dabney, als könnte er es nicht glauben. »Soll das heißen …«

Medusa nickte. »Er war überzeugt, dass sie ihre Körper mitgebracht hatten.«

»Wenn diese Menschen leibhaftig in die Anderwelt gekommen sind, müssen sie durch ein Portal gegangen sein«, sagte Charlie.

»Zu diesem Schluss bin auch ich gekommen und habe nie eine andere Erklärung gefunden«, sagte Medusa. »Aber ich konnte auch keine weiteren Nachforschungen anstellen. Im Laufe der Jahre bin ich oft hierher zurückgekehrt, konnte den Leuchtturm aber nie betreten.«

»Vielleicht sollte ich es versuchen«, schlug Charlie vor und hoffte inständig, dass ihn jemand aufhalten würde.

Als niemand Anstalten machte, ihn daran zu hindern, ging Charlie durch die Ödnis auf die massive Metalltür zu. Sie war dunkelrot und rostig und hatte statt eines Türgriffs ein Rad zum Drehen. Charlie wollte danach greifen, aber bevor er es berühren konnte, zog er hastig die Hand zurück. Seine Finger fühlten sich an wie eingefroren, und obwohl er sie heftig rieb, breitete sich die Kälte aus. Zugleich überfiel ihn ein Gefühl der Hoffnungslosigkeit. Einen Moment lang kam ihm die Welt dunkel und einsam vor. Er sprang zurück und das grauenhafte Gefühl ließ ein wenig nach. Je weiter er sich vom Leuchtturm entfernte, desto besser ging es ihm.

Charlie hastete durch die leere Landschaft und rubbelte im Gehen seine Finger warm. »Das war das Schlimmste, was ich je empfunden habe«, berichtete er, als er wieder bei seinen Freunden ankam. Doch er hatte es kaum ausgesprochen, da wurde ihm klar, dass das nicht stimmte. Die Schwärze, die ihn nach dem Tod seiner Mutter umgeben hatte, war viel schlimmer gewesen.

»Ja, es ist wirklich grauenvoll«, bestätigte Medusa. »Ich habe ein recht gutes Gespür für solche Dinge und habe es schon gefühlt, als wir herfuhren. Es wird stärker. Die Wesen im Leuchtturm gewinnen an Kraft.«

»Sind Sie sicher, dass sie noch da sind?«, fragte Charlie. »Wenn es den Leuchtturm schon achtzig Jahre gibt, müssten sie doch inzwischen uralt sein.«

»Ja, die Menschen sind noch da«, sagte Medusa und zeigte auf den Turm. Charlie drehte sich um und wich erschrocken zurück. In den zwei kleinen Fenstern brannte Licht. Jemand – oder etwas – war im Leuchtturm.

Das Licht flackerte, als käme es von einer Kerze. Charlie konnte den Blick nicht von den Fenstern abwenden und überlegte, wie es wohl sein mochte, dort zu leben. Kalt, einsam und traurig, dachte er. Wer immer dort hauste – es ergab Sinn, dass es zwei Personen waren. Niemand konnte ganz allein an einem solchen Ort überleben.

»Sie glauben, dass die Leute im Leuchtturm das Schlaf-Gut-Elixier in die wache Welt schmuggeln?«, fragte Charlie.

»Soweit ich weiß, gibt es nur zwei Möglichkeiten, wie es in die wache Welt gelangt sein könnte«, sagte Medusa. »Die eine ist das Portal, das sich möglicherweise im Leuchtturm befindet.«

»Und die andere?«, fragte Charlie.

»Die andere Möglichkeit wollen wir gar nicht erst in Betracht ziehen«, sagte Dabney. »Aber unter den Nachtmahren gibt es einige, die sofort daran glauben würden – sollten sie je davon erfahren.«

Der Clown warf einen Blick zur Limousine, in der Jack schlief, und die Wahrheit traf Charlie wie ein Schlag in den Magen. Der einzige andere Weg, etwas in die wache Welt zu schmuggeln, führte durch das Portal in der lila Villa – das Portal, durch das sein Bruder viele Dutzend Mal gegangen war. Wenn Charlie nicht beweisen konnte, dass die Kreaturen im Leuchtturm die Schmuggler waren, war sein kleiner Bruder der Hauptverdächtige. Jack war überall in der Anderwelt gesehen worden und die Prophezeiung vom »bösen Kind« würde sein Schicksal besiegeln.

»Was sollen wir tun?«, fragte Charlie.

»Wer immer dort drin ist, muss daran gehindert werden, noch mehr von dem Elixier rauszuschmuggeln«, sagte Medusa. »Wir müssen in diesen Leuchtturm.«

»Wie denn?«, fragte Dabney mit einem Kichern. »Keiner von uns kann auch nur in seine Nähe gehen.«

»Den Leuchtturm hier in der Anderwelt können wir vielleicht nicht betreten«, sagte Medusa. »Aber wenn es in diesem Leuchtturm ein Portal gibt, muss er ein Gegenstück in der wachen Welt haben. Gut möglich, dass wir uns auf der anderen Seite Zugang verschaffen können. Jemand muss den Leuchtturm der wachen Welt finden.«

Jack war außer sich, dass Charlie ihn die ganze Aufregung hatte verschlafen lassen. Er war erst aufgewacht, als sie in Medusas Luxushöhle angekommen waren. Die nächste Stunde verbrachte er damit, wütend vor sich hin zu murmeln und mit verschränkten Armen herumzustampfen.

Immer wieder sah er zu Charlie hinüber und sagte: »*Ich* hätte dich geweckt!«, »Seit wann triffst du die Entscheidungen?« oder »Ich wollte Indy sagen, dass ich endlich einen Leuchtturm gesehen habe!«

Charlie saß stumm da, während Jack seinem Ärger Luft machte. An Jacks Stelle wäre er ebenfalls wütend gewesen. Aber Charlie hatte zu viel anderes im Kopf – wichtigere Dinge – und konnte keine Zeit darauf verschwenden, seinen Bruder zu beruhigen. Sie mussten einen Weg finden, die Schmuggler aufzuhalten. Denn sonst hätte Jack viel größere Probleme, als nur den Ausflug zum Leuchtturm verschlafen zu haben. Charlie war fest entschlossen, nach Antworten zu suchen, aber davon wollte Medusa nichts hören. Sie war nicht nur ein Nachtmahr, sondern auch Mutter, und würde auf keinen Fall einen zwölfjährigen Menschen auf die Suche nach dem Doppelgänger des Leuchtturms schicken. Stattdessen rief sie drei der besten Nachtmahre zusammen, die sich um die Krise kümmern sollten. Die Kreaturen hatten drei wichtige Eigenschaften gemein: Sie waren Medusa treu ergeben. Sie waren mutig. Und was noch wichtiger war: Sie konnten (beinahe) als Menschen durchgehen. Medusa nutzte ihren riesigen Bestand an Kostümen, um das Team einzukleiden. Als Besitzerin und Leiterin des beliebtesten Anderwelt-Theaters besaß sie Ständer um Ständer voll mit den gruseligsten Verkleidungen. Es war alles vorhanden, vom tollwütigen Pudel über Monster-Fledermäuse bis hin zu gemeinen Mitschülern und Physiklehrern.

Dabney der Clown war der Erste, der vor dem hell erleuchteten Schminkspiegel Platz nahm. Unter irrem Gekicher sah er zu, wie sein Gesicht mit einer dicken, fleischfarbenen Grundierung zugespachtelt wurde. Langsam, aber sicher verschwanden seine weiße Gesichtsfarbe und die roten Diamanten um seine Augen. Etwas schwarze Tönung tarnte die drei orangefarbenen Haarbüschel. Als Dabney fertig geschminkt war, bekam er eine graue Hose und ein weißes Hemd. Er war nicht wiederzuerkennen. Das Einzige, was noch von dem Clown übrig war, den Charlie kannte, waren die riesigen Füße und die schiefen, ein wenig zu spitzen, gelben Zähne.

»Was meint ihr?«, fragte er und drehte sich vor Charlie und Jack einmal um sich selbst. »Gehe ich als Mensch durch?«

»Also, eigentlich …«, begann Charlie, doch da brach der Clown in Gelächter aus. Es hörte sich an wie eine Kreuzung aus Hyäne und Esel. Und das von jemandem, der aussah wie ein Finanzbeamter – die Leute würden ihn hundertprozentig für vollkommen verrückt halten.

»Das Lachen ist ein Problem«, flüsterte Jack, und Charlie konnte ihm nur zustimmen.

»Wenn du in der echten Welt bist, versuch, an nichts Lustiges zu denken«, riet Charlie.

»Ich gebe meine Bestes«, versprach Dabney. »Aber es wird nicht leicht werden. Ihr Menschen seid alle so witzig! Worüber ihr euch Sorgen macht, ist einfach zum Brüllen!«

Ava, eine Harpyie, kam als Nächstes an die Reihe. Sie und Medusa waren schon seit einer Ewigkeit beste Freundinnen und plauderten angeregt miteinander, während Medusa an ihrer Verkleidung arbeitete. Avas Oberkörper war durchaus ansehnlich und menschlich. Den Rest ihres Körpers zu tarnen, war die Herausforderung. Ihre Beine waren die eines Raubvogels mit zwei riesigen Klauen und rasiermesserscharfen Krallen. Auf ihren Schultern wuchsen kraftvolle Flügel. Medusa schaffte es, beides mit einem großen Halstuch und einem knöchellangen Kleid zu verdecken. Aber die menschliche Kleidung hinderte Ava nicht daran, sich auf die kleinen pelzigen Wesen zu stürzen, die immer wieder über den Fußboden huschten, – und sie sich dann in den Mund zu werfen. Charlie sah mit wachsender Sorge zu, wie Ava auf einer Anderwelt-Maus herumkaute.

»Du weißt schon, dass normale Leute so etwas nicht essen?«, fragte Jack hilfsbereit.

»Natürlich tun sie das!«, widersprach Ava, und der Mäuseschwanz fiel ihr wieder aus dem Mund. »Ich habe gehört, ihr Menschen dreht es durch den Fleischwolf, bratet es und nennt es Fast Food.«

Charlie hatte keine Zeit, über Avas Bemerkung nachzudenken. Bruce, das dritte Mitglied des Teams, war vorgetreten, um sich verkleiden zu lassen. Charlies Sorge verwandelte sich augenblicklich in ausgewachsene Panik. Bruce war winzig. Er reichte Charlie kaum bis ans Knie. Immerhin hatte er zwei normale Arme und zwei normale Beine. Aber er hatte auch eine platte Nase, und aus seinem Mund ragten zwei spitze Zähne, sodass er aussah wie eine Bulldogge.

»Was bist du denn?«, fragte Jack.

»Ein Wechselbalg«, antwortete Bruce ganz selbstverständlich. Seine Stimme war so tief und kratzig wie die eines älteren Herrn mit einer Vorliebe für billige Zigarren. »Ich werde gewöhnlich gerufen, wenn ein Baby geboren wurde. Eltern haben immer Angst, dass sie ein Monster zur Welt gebracht haben. Ich spiele das Monster.«

»Cool«, sagte Jack.

»Allerdings«, bestätigte Bruce. »Auch wenn es allmählich langweilig wird, immer nur Neugeborene zu spielen.« Er stöhnte, als Medusa mit einem Strampelanzug ankam, der mit kleinen gelben Entchen bedruckt war. »Es ist wirklich grausam, was ihr eurem Nachwuchs anzieht. Kein Sinn für

Stil. Geradezu beschämend. Und du *glaubst nicht*, wie sehr diese Einteiler scheuern.«

Charlie sah fasziniert zu, wie sich die Nachtmahre in Menschen verwandelten, und lauschte den Anweisungen, die Medusa ihrer Truppe gab. Ava sollte aus der Luft nach dem Leuchtturm suchen. Dabney und Bruce würden Nachforschungen in Orville Falls anstellen.

Als Medusas Arbeit getan war, versammelten sich die drei Nachtmahre vor dem Spiegel. Dabney hielt Bruce in den Armen. Ava lächelte so freundlich, dass niemand geahnt hätte, worauf sie gerade herumkaute. Jack grinste und Charlie schluckte.

Medusa trat zurück, um ihr Werk zu bewundern. »Ich war noch nie in der wachen Welt«, gab sie zu. »Und ihr Jungs seid die einzigen Menschen, die ich jemals leibhaftig gesehen habe. Meint ihr, die Kostüme sind überzeugend?«

»Die sind genial!«, rief Jack.

Charlie betrachtete das Spiegelbild der Nachtmahre. Er war nicht so zuversichtlich wie sein Bruder, aber auch er musste zugeben, dass sie ohne das Kichern und das Mäuseessen möglicherweise als Menschen durchgehen würden. Eines war jedoch klar: Zusammen gaben die drei das verrückteste Trio der Welt ab.

»Hast du noch irgendwelche Tipps für uns?«, fragte Bruce und kratzte sich die Bartstoppeln.

Charlie wusste ehrlich gesagt nicht, womit er anfangen sollte.

»Also, wenn du ein Baby sein willst, solltest du dich vielleicht rasieren«, schlug Jack vor.

Ick und Ink

»Ihr seid wieder da!« Als sie durch das Portal ins achteckige Turmzimmer zurückkehrten, nahm die erleichterte Charlotte beide Jungen sofort in die Arme. Die Sonne ging bereits auf und tauchte das Zimmer in ein magisches goldenes Licht. »Ich hatte beinahe einen Herzinfarkt, als ihr beide in dieses Raumschiff gebeamt wurdet! Jack, du hättest wirklich nicht …« Die Vorhaltungen brachen abrupt ab, als Charlotte merkte, dass die Jungen nicht allein zurückgekommen waren. Sie starrte fassungslos über Charlies Schulter, als die Nachtmahre einer nach dem anderen durch das Portal in die wache Welt traten.

Bevor Charlie ihr alles erklären konnte, war Charlotte schon losgestürmt. »Nein, nein, nein!«, schrie sie und stemmte sich mit aller Kraft gegen Dabney, um ihn wieder durch die Öffnung zu schieben. »Nachtmahre haben hier nichts zu suchen! Das ist gegen jede Regel!«

Dabneys ausgeglichenes Wesen hinderte ihn daran, sich

zu wehren – doch seine Riesenfüße rührten sich nicht vom Fleck. »Lottie, bist *du* das?«, fragte er.

Charlotte hörte auf, ihn wegschieben zu wollen. Sie trat zurück, um sich den langweilig wirkenden Mann genauer anzusehen. »So hat mich seit fünfundzwanzig Jahren niemand mehr genannt.«

Dabney fing an zu kichern. »Lottie, ich bin es.«

»Dabney?« Charlotte blinzelte heftig, als traute sie ihren Augen nicht. Dann schlang sie die Arme um den Clown und drückte ihn ganz fest. »Was ist mit dir passiert? Du siehst so *anders* aus.«

»Alles nur Tarnung«, versicherte ihr Dabney. Er hielt seine alte Freundin an den Schultern und schüttelte den Kopf. »Sieh dich nur an! Als ich dich das letzte Mal gesehen habe, warst du elf Jahre alt. Und jetzt bist du eine erwachsene Dame.«

Charlie, der schweigend zusah, verspürte einen Anflug von Traurigkeit. Seine Mutter, Veronica, hatte Charlotte mit Dabney bekannt gemacht. Als die beiden Mädchen in Charlies Alter gewesen waren, hatten sie einen Ausflug in die Anderwelt unternommen. Dabney war Veronicas Albtraum gewesen, aber nachdem sie ihre Angst überwunden hatte, waren die beiden Freunde geworden.

»Das ist witzig. Ich fühle mich gar nicht erwachsen«, sagte Charlotte. Dann lachte sie und drückte den Clown noch einmal. »Aber das bleibt wohl keinem von uns erspart.«

»Hey, Lady, Schluss mit der Drückerei! Wollen Sie mich zerquetschen, oder was?«, beschwerte sich Bruce, der in einer Babytrage an Dabneys Brust hing.

»Oh, tut mir leid!«, sagte Charlotte. »Ich habe Sie gar nicht gesehen!« Sie beugte sich zu ihm herab, um sich zu entschuldigen. Doch als sie einen Blick in die Trage warf, fuhr sie erschrocken zurück. »Wow, Sie sind ja ein … gruseliges … kleines Ding.«

»Du bist aber auch nicht schlecht, Schätzchen«, erwiderte Bruce und wackelte mit den Augenbrauen. Offenbar betrachtete er Charlottes Abscheu als Kompliment.

»Das ist Bruce«, sagte Charlie zu seiner Stiefmutter. »Er ist ein Wechselbalg. Und das hier ist Ava.« Er deutete auf die getarnte Harpyie.

Charlotte streckte ihr die Hand hin. Als Ava sie schüttelte, sprang einer ihrer Flügel unter dem Tuch hervor. Jack lachte, aber Charlie konnte Charlotte ansehen, wie erschrocken sie war.

»Was ist los, Dabney?«, fragte Charlotte. »Wieso seid ihr drei hier?«

Dabney musste so sehr kichern, dass er kein Wort herausbrachte, also sprang Charlie ein.

»Es ist so, wie ich befürchtet hatte, Charlotte. Die Anderwelt ist in großer Gefahr, genau wie das Traumreich. Jack und ich haben es mit eigenen Augen gesehen. Wo Orville Falls war, ist jetzt nur noch ein riesiges Loch. Es hat die ganze Anderwelt-Stadt verschlungen und wird jede Nacht größer. Schon bald wird es Cypress Creek erreichen.«

»Nein!« Charlotte schlug sich entsetzt eine Hand vor den Mund.

»Doch.« Jack war an Charlies Seite aufgetaucht und schien unbedingt mitreden zu wollen.

»Das Schlaf-Gut-Elixier muss dafür verantwortlich sein. Das ist die einzige Erklärung«, fügte Charlie hastig hinzu, bevor ihm sein kleiner Bruder die Schau stehlen konnte. »Und du hattest recht, Charlotte. Das Zeug kann nicht aus der wachen Welt kommen. Medusa glaubt, dass es jemand aus der Anderwelt hier einschmuggelt. Dann geben sie es dem Mann im Laden, damit er es verkauft.«

»Aber wer könnte es einschmuggeln und wie bringen sie das Zeug hierher?«, fragte Charlotte verständnislos. »Der einzige Durchgang zwischen beiden Welten ist das Portal in diesem Zimmer. Und soweit ich weiß, sind du und Jack die einzigen Menschen, die in den letzten fünfundzwanzig Jahren hindurchgegangen sind.«

Charlottes Blick fiel auf Jack.

»Wieso sehen mich alle so an?«, beschwerte der sich. »Ich habe nie irgendwas geschmuggelt. Ich schwöre!«

»Aber wie …«, begann Charlotte.

»Medusa glaubt, dass es noch ein zweites Portal zwischen der wachen Welt und der Anderwelt gibt«, berichtete Charlie. »Es befindet sich in einem Leuchtturm an der Grenze zum Koboldland. Wir sind heute Nacht dort gewesen.«

Charlotte wurde bleich. Sie zog den Schreibtischstuhl heran und ließ sich fallen. »Du machst Witze. Ein Leuchtturm?«, fragte sie kraftlos. »Seid ihr hineingegangen?«

»Das konnten wir nicht«, sagte Charlie, der seine Stiefmutter genau beobachtete. Ihr Gesicht war weiß wie ein Laken und ihre Hände zitterten. »Aber wenn es in dem Leuchtturm ein Portal gibt, muss das Gebäude irgendwo in der wachen Welt ein Gegenstück haben. Deswegen ist Ava hier.« Charlie deutete auf die Harpyie. »Sie wird losfliegen und danach suchen, während Dabney und Bruce sich in Orville Falls umsehen.«

Ava schüttelte das Tuch von ihren Flügeln ab. »Ich würde zu gern hierbleiben und Menschengespräche mit euch führen, aber ich muss mit der Suche beginnen. Charlie hat mir gesagt, dass die wache Welt ziemlich groß ist. Ich hoffe, ich finde den Leuchtturm, bevor das schreckliche Loch auch euren Ort verschlingt.«

»Der Leuchtturm, nach dem ihr sucht, steht in Maine«, sagte Charlotte.

»Was?« Einen Moment lang fehlten Charlie die Worte.

Allen anderen schien es ebenso zu gehen. Verblüfftes Schweigen erfüllte den Raum.

»Woher weißt du …«, begann Jack zu fragen.

»Das ist schwer zu erklären«, antwortete Charlotte. Sie stand von ihrem Schreibtischstuhl auf und holte ein zerlesenes altes Buch aus dem Regal. Auf dem Rücken stand *Leuchttürme in Neuengland.* Charlotte blätterte durch die vergilbten Seiten, bis sie das Bild gefunden hatte, nach dem sie suchte. Dann drehte sie das Buch um, damit auch die anderen es sehen konnten.

Das Bild zeigte einen Leuchtturm, der ganz genauso aussah wie der in der Anderwelt, nur dass dieser direkt im Meer zu stehen schien. Eine von Wellen umtoste Landzunge aus Fels verband ihn mit dem Festland. Es war schwer vorstellbar, dass sie jemand als Brücke benutzen konnte, ohne davongespült zu werden. Die Bildunterschrift lautete: *Kessog-Rock-Leuchtturm. In Privatbesitz.*

Charlotte reichte Dabney das Buch. »Vor einigen Jahren habe ich es auf einem privaten Flohmarkt gefunden. Ich habe darin geblättert, und als ich auf dieses Bild stieß, bin ich fast in Ohnmacht gefallen.«

»Wieso?«, wollte Jack wissen.

»Weil ich bis dahin den Kessog-Rock-Leuchtturm nur aus meinen Albträumen kannte«, berichtete Charlotte.

Charlie wurde plötzlich ganz kalt. Er umklammerte

seinen Oberkörper mit den Armen, um sich zu wärmen. Auch wenn er gerade aus der Anderwelt zurückgekehrt war und neben drei gruseligen Nachtmahren stand, machte das Beben in der Stimme seiner Stiefmutter ihm mehr Angst als alles, was er in dieser Nacht gesehen oder gehört hatte. Charlotte war nicht leicht zu erschrecken – was bedeutete, dass sie etwas wirklich Schlimmes erlebt haben musste.

Am liebsten hätte Charlie gar nicht nachgefragt. Er tat es trotzdem. »Du hattest Albträume von diesem Leuchtturm?«

»Wir beide hatten sie.« Charlotte hielt Charlies Blick einen Moment lang fest. »Es war ein paar Jahre nach unserem Abenteuer in der Anderwelt. Deine Mutter und ich müssen damals vierzehn oder fünfzehn gewesen sein. Ich war zu der Zeit schon aus Cypress Creek weggezogen, aber Veronica und ich haben trotzdem noch jeden Tag telefoniert. Sie hat die erste Nachricht bekommen.«

»Eine Nachricht?«, fragte Jack, denn Charlotte schien plötzlich ihre Stimme verloren zu haben.

Sie nickte. »Veronica hat mir erzählt, dass sie einen Albtraum hatte, in dem es um die Schule ging. Ich erinnere mich nicht mehr an Einzelheiten, nur dass es typischer Teenagerkram war. Irgendwas über gemeine Mitschüler, Jungs oder Mathearbeiten. Jedenfalls saß sie in ihrem Albtraum in der Klasse, hat irgendwann zur Tafel geschaut, und dort stand etwas, das nicht das Geringste mit ihrem Albtraum zu tun hatte: *Wir sind einsam. Komm uns besuchen.* Unterschrieben war es mit *ICK und INK.*«

»Ick und ink?«, fragte Charlie. Als seine Mom diese Wörter erwähnt hatte, war er davon ausgegangen, dass es sich dabei um eine Art Code handelte. »Das sind Namen?«

»Ja«, bestätigte Charlotte. »Aber da sie immer in Großbuchstaben geschrieben waren, vermute ich, dass es Anfangsbuchstaben sind.«

»*Wessen* Anfangsbuchstaben?«, wollte Jack wissen.

Charlotte zuckte mit den Schultern. »Das haben wir nie herausgefunden, worüber ich auch ganz froh bin. Als ich die zweite Nachricht erhielt, bekam ich panische Angst. Mein Albtraum handelte von einem Hund in der Nachbarschaft, der mich immer die Straße hinuntergejagt hat. Ich weiß noch, dass ich um mein Leben gerannt bin, vorbei an einem Haus, an das jemand eine Nachricht gesprüht hatte. *Wir wissen, dass du hier warst. ICK und INK.* Wer immer das hinterlassen hatte, wusste nicht nur vom Portal, sondern auch, dass ich die Anderwelt leibhaftig besuchen konnte.«

»Aber woher?«, fragte Charlie.

»Keine Ahnung. Veronica und ich haben keiner Menschenseele je von unseren Ausflügen in die Anderwelt erzählt«, sagte Charlotte. »Wir bekamen beide noch ein paar weitere Nachrichten und hatten dann mehrfach denselben Traum. Wir schliefen ein und standen gemeinsam vor einem Leuchtturm. Dort war stets eine Nachricht, in den Sand gemalt oder aus Seetang geformt, obwohl es da gar keinen Ozean gab. Die Nachrichten lauteten: *Wir haben auf euch gewartet. ICK und INK.* Oder: *Wir wollen Freunde sein. ICK und INK.* Einmal fanden wir einen Korb mit einer kleinen blauen Flasche. Daran hing ein Zettel mit der Aufschrift: *Wir wollen, dass ihr euch besser fühlt.*«

Charlie schauderte. *Das Elixier.* Seine Mutter und Charlotte hätten die ersten Opfer von ICK und INK werden können.

»Habt ihr das Zeug in der Flasche getrunken?«, fragte Jack.

»Nein«, sagte Charlotte. »Und wir haben auch den Leuchtturm nie betreten. Das wäre auch gar nicht möglich gewesen, selbst wenn wir es gewollt hätten. Je näher wir ihm kamen, desto schrecklicher haben wir uns gefühlt. Es war fast, als wäre das ganze Ding von einer Wolke aus Dunkelheit umgeben. Was immer sich darin verbarg, es war nichts Gutes. Wir waren überzeugt, dass die Nachrichten eine Falle sein mussten. Wie sich herausstellte, hatten wir recht.«

»Woher weißt du das?«, fragte Charlie. »Was ist passiert?«

Charlotte schüttelte den Kopf. »Die Geschichte erzähle ich euch ein anderes Mal«, versprach sie traurig. »Nach ein paar Monaten bekamen eure Mom und ich keine Nachrichten mehr von ICK und INK. Ich hatte sie schon fast vergessen, bis mir dieses Buch in die Hände fiel. Da erst wurde mir klar, dass es den Leuchtturm tatsächlich gibt. Er steht in Maine an einem gefährlichen Küstenstreifen, wo schon viele Schiffe untergegangen sind.«

»Hast du ihn dir jemals in echt angesehen?«, fragte Jack.

»Das wollte ich. Aber dann starb meine Großmutter und ich musste herkommen und mich um das Haus kümmern. Ich hatte nie die Gelegenheit dazu.«

Charlie zuckte zusammen, als Dabney loskicherte. Die Nachtmahre waren so still gewesen, dass er sie ganz vergessen hatte. »Ava wird nach Maine fliegen«, verkündete der Clown. »Wo ist Maine?«

»Nördlich von hier«, sagte Jack. »Glaube ich.«

»Das stimmt«, bestätigte Charlotte.

»Wo liegt Nördlich?«, fragte Ava.

Charlie seufzte. Die Nachtmahre wussten nichts über die wache Welt. Die Mission schien von Anfang an zum Scheitern verurteilt zu sein.

»Es ist eine weite Reise«, sagte Charlotte zu Ava. »Bevor du gehst, suche ich dir eine Karte heraus.«

»Was ist mit Geld?«, fragte Jack. »Für Essen und so was?«

»Wenn sie Geld kriegt, will ich auch welches!«, verlangte Bruce, obwohl Charlie ziemlich sicher war, dass der Wechselbalg keine Ahnung hatte, wovon er redete.

Charlie sah, wie Charlottes Blick zu den Papieren huschte,

die sich auf ihrem Schreibtisch stapelten. Bevor sie antwortete, öffnete sie eine Schublade und fegte alles hinein. »Ich würde euch gerne so viel Geld geben, wie ihr wollt«, sagte sie. »Aber um ehrlich zu sein, habe ich im Moment selbst nicht viel.«

»Kein Problem«, sagte Jack ohne das geringste Zögern. »Ich schlachte mein Sparschwein.«

Charlie schüttelte den Kopf. Manchmal vergaß er, wie klein Jack noch war. »Das bisschen Kleingeld wird niemandem helfen«, sagte er bedrückt.

»Es sind überwiegend Scheine«, entgegnete Jack unschuldig. »Ich spare schon eine ganze Weile. Oder meinst du, dass sie mehr als fünfhundert Dollar brauchen werden?«

»Woher hast du fünf…«, begann Charlie zu fragen. Doch dann fiel ihm ein, dass er mit Jack sprach, seinem kleinen Bruder, der wie durch Zauberei immer ein Ass im Ärmel hatte. »Vergiss es«, grummelte er. »Hol dein Sparschwein.«

Der zweite Laden

»Heute ist der große Tag!«, verkündete Andrew Laird, als er die Treppe herunterkam. »Wo ist Amerikas nächste Bestsellerautorin? Bereit für die Reise?«

Charlie sah nervös zu, wie sein groß gewachsener Vater auf den Frühstückstisch zuging. Die Hornbrille steckte in der Brusttasche seiner Schlafanzugjacke. Andrew Laird gähnte, fuhr sich mit der Hand über den Bart und kratzte sich am Hintern. Erst als er sich an den Tisch setzen wollte, fiel ihm auf, dass bereits alle Plätze besetzt waren. Charlie schluckte. Sein Vater hatte blitzschnell die Brille auf der Nase und starrte die Fremden verblüfft an.

Charlotte sprang auf. »Andy, ich möchte dir meinen Freund Dabney und seinen kleinen Sohn Bruce vorstellen«, flötete sie wenig überzeugend. »Sie sind vorbeigekommen, um mir für meine New-York-Reise Glück zu wünschen.«

Charlie sah, wie die Verwunderung seines Vaters nach

einem Blick auf seine Armbanduhr weiter wuchs. Es war erst acht Uhr dreißig. Jack schlief noch und auch Charlie hätte jetzt normalerweise im Bett gelegen. Aber er war extra früh aufgestanden, um ein wenig herumzuschnüffeln, solange es im Haus noch still war. Er hatte sich die Papiere ansehen wollen, die Charlotte am Abend zuvor in ihre Schublade geschoben hatte, denn er war überzeugt, dass sie wichtig waren. Und er hatte recht behalten. Doch was er herausgefunden hatte, war noch viel schlimmer als ICK, INK oder das Riesenloch in der Anderwelt.

»Erfreut, Sie kennenzulernen, Mr Laird«, sagte Dabney. »Wir haben schon so viel von Ihnen gehört.«

»Und ob!«, fügte Bruce hinzu, und Dabney rammte dem Wechselbalg hastig einen Schnuller in den Mund.

»Willkommen bei uns«, sagte Andrew Laird mit einem Seitenblick auf das ungewöhnlich gesprächige Baby. »Entschuldigen Sie bitte, dass ich Sie im Pyjama empfange. Charlotte hat mir nicht gesagt, dass wir heute Morgen Gäste erwarten.«

»Oh, das ist kein Problem.« Dabney schaufelte sich eine Ladung grüne Pfannkuchen in den Mund. »Wir haben schon jeden Bewohner von Cypress Creek im Schlafanzug gesehen.«

Charlie ließ seinem Vater keine Zeit, über diese seltsame Bemerkung nachzudenken. »Hier, Dad«, sagte er, rutschte vom Stuhl und brachte seinen Teller zur Spüle. »Du kannst meinen Platz haben. Ich bin fertig.«

Andrew Laird nahm Charlies Angebot gern an. Im Sitzen konnte er das Paar auf der anderen Seite des Tisches besser betrachten.

»Ihr Baby ist so …« Offenbar gelang es ihm nicht, das richtige Wort zu finden.

»Er ist ein kleiner *Engel*, nicht wahr?«, fragte Dabney. Er beugte sich nach unten und rieb seine Nase an der Stupsnase des Wechselbalgs.

Bruce stieß ein warnendes Knurren aus und biss das Ende von seinem Schnuller ab.

»Geht es dir heute Morgen gut, Schatz?«, fragte Charlotte ihren Mann und stellte eine frische Portion Pfannkuchen auf den Tisch. »Du siehst irgendwie abgespannt aus.«

Andrew Laird schien froh zu sein, sich auf jemand anderen konzentrieren zu können als auf diesen dürren Kerl und sein missmutiges Kind. »Ich habe schlecht geschlafen«, gab er zu. »Ich hatte wohl ein bisschen zu viel Stress in letzter Zeit und habe mich die ganze Nacht herumgewälzt. Vielleicht hole ich mir etwas von diesem neuen Schlaf-Gut-Elixier.«

Er schien nicht zu merken, welche Wirkung seine Worte auf alle im Raum hatten. Charlotte war leichenblass geworden, und Dabney gab sein Bestes, nicht loszukichern.

»Schlaf-Gut-Elixier?«, fragte Charlie betroffen.

»Ja«, bestätigte Andrew Laird zwischen zwei Bissen Pfannkuchen. »Ich weiß nicht genau, was es ist, aber gestern auf dem Heimweg habe ich einen Mann gesehen, der ein großes Werbeplakat dafür aufgehängt hat. Es heißt, man schläft damit besser.«

»Du hast Werbung für ein Schlaf-Gut-Elixier in Cypress Creek gesehen?«, fragte Charlotte.

»Ja, unten an der Tankstelle«, bestätigte Andrew Laird. »Ich glaube, sie machen in ein paar Tagen einen Laden in der Hauptstraße auf. In Orville Falls soll es schon einen geben. Ich habe schon überlegt, hinzufahren und …«

»Trink das nicht!«, platzte Charlie heraus. Die Vorstellung, dass sein Dad zum Wandler werden könnte, war einfach unerträglich. »Das Zeug ist gefährlich! Es hindert die Leute am Träumen und verstopft ihr Gehirn!«

Charlies Ausbruch hatte seinen Vater sichtbar erschreckt. Andrew Laird erstarrte und sah seinen ältesten Sohn mit offenem Mund an, sodass Charlie einen guten Blick auf halb gekaute Pfannkuchen hatte.

»Außerdem ist es unsere Konkurrenz, das darfst du nicht vergessen«, fügte Charlie hastig hinzu, um seine merkwürdige Reaktion zu überspielen. »Wenn du ein Schlafmittel willst, lass dir eins von Charlotte herstellen. Du brauchst dieses Schlaf-Gut-Zeug nicht.«

»Ich habe gehört, dass der Atem nach Katzenklo riecht, wenn man dieses Elixier trinkt«, erwähnte Dabney beiläufig. Er schob sich eine neue Ladung Pfannkuchen in den Mund, um das unvermeidliche Kichern zu dämpfen.

»Ehrlich?« Andrew Laird verzog das Gesicht und kaute weiter. »Dann bleibe ich lieber bei Baldrian. Vielen Dank für die Warnung.«

Die Türglocke läutete, und Charlie nutzte die Gelegenheit, die verrückte Versammlung fluchtartig zu verlassen. Paige stand auf der Veranda neben einer Mariendistel. Charlie hatte seine Pflanzenpflege-Pflichten vernachlässigt und die Distel sah ziemlich kränklich aus. Aber Paige machte auch den Eindruck, als könnte sie ein wenig Pflege vertragen. Sie japste, als wäre sie den ganzen Weg gerannt, und umklammerte einen Fünfdollarschein. Ihr stand das blanke Entsetzen ins Gesicht geschrieben.

»Hat Charlotte das Gegengift schon fertig?« Die Worte schossen so unfassbar schnell aus Paige heraus, als ob sie sie schon ein paar Blocks lang hatte zurückhalten müssen.

Charlie schüttelte den Kopf und Paige stöhnte. »Es war nicht genug von dem Elixier in den Flaschen, die wir mitgenommen haben«, erklärte er. »Sie braucht eine volle Flasche, um herauszufinden, woraus das Zeug besteht. Wieso? Was ist los?«

»Ich wollte heute Morgen Orangensaft kaufen und …«

Paige verstummte und holte tief Luft. »Die Plakate von meiner Tante Josephine – sie hängen überall. Und in der Hauptstraße eröffnet ein Goldener-Schlaf-Laden.«

Wieso musste immer alles auf einmal passieren? Charlie hatte kaum geschlafen und jetzt geriet auch noch alles außer Kontrolle. »Mein Dad hat gerade davon gesprochen«, sagte er. »Anscheinend bleiben uns nur noch ein paar Tage, um die Eröffnung des Ladens zu verhindern.«

»Nein.« Paige schüttelte den Kopf. »Wir haben keine paar Tage mehr. Auf den Schildern steht, dass der Laden *morgen* öffnet. Wir müssen *jetzt* etwas tun. Rocco ist bei einem Auswärtsspiel, aber ich habe Alfie angerufen und ihm gesagt, dass wir ihn auf dem Weg in die Stadt abholen.«

Charlies Herz setzte einen Schlag aus. Paige hatte recht, sie mussten sofort etwas unternehmen. »Warte hier«, sagte er. »Ich hole meine Sachen.«

Er rannte zurück ins Haus, um sich seinen Rucksack zu schnappen. Charlotte führte in der Küche eine etwas gezwungene Unterhaltung. Ihr Mann konnte nicht begreifen, wieso er ihren guten Freund Dabney noch nie zuvor gesehen hatte. Charlie packte Charlotte am Arm und zog sie mit sich ins Nebenzimmer. Ein fetter, orangeroter Fellbrocken flitzte unter einem roten Stuhl hervor und verschwand auf dem Flur – nicht, ohne Charlie auf dem Weg nach draußen noch anzufauchen. Aggie hatte einen Blick auf Bruce geworfen und sich sofort verkrochen. Wenn man einen Wechselbalg im Haus brauchte, um Charlottes bösartige Katze fernzuhalten, sollte Charlie Bruce vielleicht ein Zimmer anbieten.

»Charlie!«, wisperte Charlotte hektisch. »Wir können jetzt nicht reden. Ich kann die Nachtmahre nicht mit deinem Vater in der Küche allein lassen!«

»Paige ist draußen.« Charlie musste sich bemühen, leise zu sprechen. »Sie sagt, überall in der Stadt hängen Werbeplakate für das Elixier. Der Laden in Cypress Creek macht *morgen* auf.«

»Morgen?«, wiederholte Charlotte, als ergäbe das Wort keinen Sinn. »Aber ich muss in vier Stunden nach New York fliegen! Ich bin nicht vor morgen Abend zurück!« Sie holte tief Luft. »Dann muss es eben sein«, sagte sie beim Ausatmen. »Ich werde die Reise absagen. Wenn der Verlag mein Buch wirklich will, wird er sich auch eine Weile gedulden können.«

Genau diese Reaktion hatte Charlie erwartet. »Du kannst die Reise nicht absagen«, widersprach er.

»Das muss ich!«, fuhr ihn Charlotte frustriert an. Dann warf sie einen besorgten Blick auf die Küchentür und senkte die Stimme. »Es sitzen Nachtmahre an meinem Küchentisch, jemand schmuggelt gefährliches Zeug in die wache Welt und jetzt redet mein Mann auch noch davon, ein Elixier auszuprobieren, das ihn zu einem von diesen Wandlern machen wird. Jetzt ist *kein* guter Zeitpunkt, um nach New York zu fliegen.«

Charlie sah seine Stiefmutter wortlos an.

»Was?«, fragte sie.

Charlie brauchte ein paar Sekunden, um seine Antwort abzuwägen. Er musste immerhin ein schweres Vergehen zugeben. Charlotte hielt nichts von Herumschnüffelei. »Ich habe die Briefe gelesen, die du oben in deinem Schreibtisch versteckt hattest.«

»Das ist nicht möglich«, sagte Charlotte. »Ich schließe diese Schublade immer ab.«

Charlie griff in seine Tasche und holte eine Haarnadel heraus. Charlottes Haar verstreute jeden Tag Dutzende von den Dingern. Sie lagen überall im Haus herum – eingekeilt zwischen Bodendielen, unter den Sofakissen oder sogar im Abfluss der Badewanne. »Ich habe im Internet eine Anleitung gefunden, wie man ein Schloss knackt«, gestand Charlie. »Ich habe die Schublade mit einer von diesen hier geöffnet.«

Charlotte stemmte die Hände in die Hüften. »Du hast in meinen persönlichen Akten gewühlt?«, fragte sie empört.

»Wir sind jetzt eine Familie! Das sind auch meine persönlichen Akten!«, rief Charlie. Es wunderte ihn selbst, wie wütend er plötzlich war. »Der Kräuterladen kostet jeden Monat Geld, und die Bank droht, dir das Haus wegzunehmen! Wie ist so etwas überhaupt möglich? Ich dachte, dein Ururgroßvater hätte es gebaut!«

»Ich musste eine Hypothek aufs Haus aufnehmen, um das Geschäft eröffnen zu können …«, begann Charlotte.

»Warum hast du mir das nicht gesagt?«, fragte Charlie gereizt.

Charlotte ließ den Kopf hängen und rieb sich die Augen. »Du bist noch ein Kind, Charlie. Ich wollte nicht, dass du dir Sorgen machst.«

Dass ausgerechnet Charlotte diese lahme alte Ausrede vorbringen würde, hätte Charlie nie erwartet. »Ja, stimmt. Ich bin noch ein Kind«, sagte er. »Ein Kind, dessen Aufgabe es ist, das Portal im Turm zu bewachen. Was ich nicht mehr tun kann, wenn unsere Familie das Haus verliert. Also musst du nach New York, Charlotte. Und du musst jemanden davon überzeugen, dein Buch zu kaufen. Wir brauchen das Geld. Es gibt keine andere Möglichkeit.«

»Aber die Lage spitzt sich zu …«, wollte Charlotte einwenden.

»Es spielt keine Rolle, wie schlimm es gerade aussieht«, fiel Charlie ihr ins Wort. »Wir wissen beide, dass es noch eine Million Mal schlimmer wird, wenn das Portal nicht mehr geschützt ist.«

»Ich kann dich doch nicht mit all dem allein lassen.« Charlotte hörte sich an, als wäre sie den Tränen nahe.

»Ich bin nicht allein!«, versicherte ihr Charlie. »Ich habe Dabney und Bruce und all meine Freunde.«

»Und Jack«, fügte Charlotte hinzu. Es klang fast so, als wäre gerade Jack derjenige, der das Steuer herumreißen konnte.

Charlie schwieg.

»Und *Jack*«, wiederholte seine Stiefmutter und wischte sich eine Träne weg. »Du hast gesehen, wozu er fähig ist, Charlie. Du wirst seine Hilfe brauchen.«

»Ja«, murrte Charlie. »Und ich habe Jack – an der Backe.«

Auf dem Weg zu Alfie sahen Charlie und Paige bereits vier, und allein auf der Hauptstraße waren es zwölf. Die Werbeplakate hingen überall.

Verbringen Sie Ihre Nächte ohne Albträume!
Ausgeschlafen machen Sie mehr aus Ihrem Leben!
Die einzig wirksame Methode gegen Schnarchen!

Vier Häuser hinter dem Kräuterladen renovierten Handwerker ein Geschäft, in dem es bisher Süßigkeiten und Duftkerzen gegeben hatte. Die Wände waren bereits hellblau gestrichen. Es war derselbe Farbton, den Winston Lindsay im Baumarkt von Cypress Creek gekauft hatte. Und er war tatsächlich auch da, der Wandler Nummer eins. Er hängte flauschige Wattewölkchen in die Schaufenster. An den Scheiben klebten Riesenschilder, auf denen NEUERÖFFNUNG stand.

»Als ich gestern hier vorbeikam, war der Laden noch eine totale Baustelle. Irgendwie haben die Wandler von Orville Falls es in nur einer Nacht geschafft, ihn herzurichten«, stellte Paige fest. Sie wirkte beeindruckt.

»Wenigstens wissen wir jetzt, wofür Winston Lindsay die ganze Farbe gekauft hat«, sagte Alfie, als ein Bauarbeiter mit einer gefährlich aussehenden Maschine vorbeiwankte. »Wie können die hier arbeiten, ohne sich selbst zu verletzen?«, flüsterte er. »Seht mal, der Typ da vorn hat eine Nagelpistole und kann kaum geradeaus laufen.«

Die Pistole knallte und plötzlich ragte ein großer Nagel aus dem Stiefel des Wandlers. Er schien nicht zu merken, dass er sich gerade selbst in den Fuß geschossen hatte.

»Da hast du deine Antwort«, sagte Paige. »Sie können es *nicht.*«

»Autsch.« Alfie verzog mitfühlend das Gesicht. »Hoffentlich ist der Nagel zwischen seinen Zehen durchgegangen.«

Charlie wollte auf einen Mann mit einer Kettensäge zeigen, doch da tippte ihm jemand auf die Schulter. Er fuhr herum und vor ihm stand eine hübsche Frau mit einem hellblauen Kleid und einer ausladenden blonden Perücke. Ihre großen Augen waren dezent blau geschminkt – im selben

Farbton wie ihr Kleid. Das breite rote Lächeln der Frau erinnerte Charlie an den Bösewicht in einem Comic, aber sie sah viel besser aus als die anderen Wandler. Sie roch auch besser. Am Arm der Frau baumelte ein Korb voller blauer Broschüren. Sie hielt Charlie eine hin, lächelte, blickte ihn an, ohne zu blinzeln, und nickte roboterhaft mit dem Kopf, bis er eine nahm. Dann schlurfte sie sofort davon. Auf der Vorderseite des Flyers war ein Foto von einem Schulkind in einem Klassenraum zu sehen. Das Kind streckte die Hand in die Luft, um sich zu melden. Auf der Tafel vor ihm stand eine beunruhigende Nachricht:

Verschaffen Sie Ihrem Kind die Vorteile guten Schlafs!
Geben Sie ihm Schlaf-Gut-Elixier und verabschieden
Sie sich von:
Ungezogenheit
Gemaule und Gejammer
Widerworten
Selbstständigem Denken
Nasebohren

»Wow«, hörte Charlie Paige sagen. Die Freunde hatten ihm über die Schulter geschaut. »Wer würde denn bitte seinem Kind dieses Zeug geben?«

»Hey, Charlie!«, erklang eine Stimme.

Er schaute auf und entdeckte Ollie Tobias auf der anderen Straßenseite, der ihm mit einem vollkommen ausschlagfreien Arm zuwinkte. Seine Mutter stand nicht weit entfernt und plauderte mit einer ihrer Krocketfreundinnen. Doch als sie Charlie bemerkte, packte sie ihren Sohn bei der Hand und zerrte ihn weg. In ihrer Handtasche steckte die Schlaf-Gut-Broschüre. Damit war Paiges Frage beantwortet.

»Oh nein«, murmelte Charlie.

»Trink das Elixier nicht, Ollie!«, brüllte jemand. Charlie brauchte sich nicht umzudrehen. Er wusste genau, wem diese Stimme gehörte.

»Hey, Jack«, sagte Paige.

Charlie sah sich zu seinem Bruder um.

»Wo ist dein Captain-America-Kostüm?«, fragte Alfie, als Jack bei ihnen ankam. »Cypress Creek könnte im Moment wirklich einen Superhelden gebrauchen.«

»Ich bin heute undercover unterwegs«, informierte ihn Jack. »Niemand rechnet damit, dass ein *Neunjähriger* die Welt rettet. So habe ich den Überraschungseffekt auf meiner Seite.«

Charlie verdrehte die Augen. »Was machst du hier, Jack?«, fragte er. Auch seine Geduld hatte Grenzen, und seinen Bruder zu ertragen, fiel ihm immer schwerer. »Du weißt, dass du nicht allein in der Stadt herumwandern sollst.«

»Ich wandere nicht und ich bin nicht allein«, widersprach

Jack trotzig. »Dabney und Bruce sind bei mir. Und Charlotte ist sauer auf dich, weil du einfach abgehauen bist und uns nicht mitgenommen hast.«

Genau genommen, hatte Charlie nur versprochen, Jack mitmachen zu lassen, *nachdem* Charlotte nach New York aufgebrochen war. Und sich ohne die beiden Nachtmahre im Schlepptau zu verdrücken, war ihm ziemlich vernünftig erschienen. Der Clown und der Wechselbalg waren für eine Aufklärungsmission am helllichten Tag viel zu auffällig. Charlie hatte befürchtet, dass sie Aufsehen erregen würden. Jetzt standen sie ein paar Meter entfernt und sahen zu, wie die Wandler aus Orville Falls dem neuen Laden den letzten Schliff verliehen. Zum Glück würdigte keiner der Vorübergehenden die Nachtmahre auch nur eines Blickes.

»Warte mal. Ist das Dabney aus der Anderwelt?«, fragte Alfie und starrte den Clown an. »Charlie? Du hast Nachtmahre durch das Portal gelassen? Ist das nicht gegen die Regeln? Das steht doch in dem Buch, das deine Stiefmutter geschrieben hat?«

»Und was hat er da bei sich?«, fragte Paige. »Es ist zwar angezogen wie ein Baby, sieht aber eher nach einem Warzenschwein aus.«

»Das ist Bruce«, sagte Charlie mit einem Seufzer.

»Bruce?«, fragte Alfie und hob die Brauen.

Charlie wurde klar, dass er eine Menge zu erklären hatte.

Doch er hatte kaum damit angefangen, als ein verbeulter weißer Lieferwagen auftauchte und vor dem Laden hielt. Der Motor verstummte. Ein Mann rutschte vom Fahrersitz, wankte nach hinten und öffnete die Türen. Arbeiter kamen, um den Wagen auszuladen. Sie trugen stapelweise blaue Schilder in das Geschäft. Charlie erkannte Josephines Werke sofort.

»Sind das noch mehr Plakate?«, staunte Alfie. »Die werden in Nullkommanichts ganz Cypress Creek süchtig nach dem Zeug machen.«

Plötzlich sprang der Motor des Lieferwagens wieder an. Ein langer, dünner Arm mit einer unnatürlich großen Hand tauchte am Fahrerfenster auf und winkte Charlie und seine Freunde heran.

Nur Paige schien zu begreifen, was los war. »Genial«, sagte sie.

Charlie reagierte zu spät, um sie daran zu hindern, auf die Ladefläche des Lieferwagens zu klettern. Jetzt gab es nur zwei Möglichkeiten – ebenfalls einzusteigen oder Paige allein fahren zu lassen. Charlie wusste nicht, welche ihm mehr Angst machte. Hastig vergewisserte er sich, dass keiner der Wandler sie beobachtete, dann krabbelte er in den Wagen und zog Alfie hinter sich her.

»Ich weiß nicht, ob das eine gute Idee war, Paige«, flüsterte Alfie, nachdem er die Türen zugezogen hatte.

»Wir müssen herausfinden, wer hinter all dem steckt, richtig?«, sagte Paige. »Nun, Dabney hat uns gerade eine Mitfahrgelegenheit nach Orville Falls besorgt.«

»Das war Dabney am Steuer?«, fragte Alfie. »Ich dachte, er war noch nie in der wachen Welt. Woher weiß er dann, wie man nach Orville Falls kommt?«

Charlie sah sich um. Als ihm klar wurde, dass sie nur noch zu dritt waren, stöhnte er laut auf. »Weil Jack bei ihm ist«, antwortete er. Sein Bruder hatte wieder einmal das Kommando übernommen.

Der Troll im Schrank

Charlie war erleichtert, als der Lieferwagen endlich anhielt. Er, Alfie und Paige waren eine halbe Stunde lang herumgeschleudert worden wie Popcorn in der Mikrowelle, und Charlie war kurz davor gewesen, sein Frühstück über den Boden des Lieferwagens zu verteilen. Die Hecktüren wurden aufgerissen und Charlie blinzelte ins grelle Sonnenlicht. Der Himmel war leuchtend blau und ein Schwarm Vögel flog über sie hinweg. Es wirkte wie ein ganz normaler Sommertag. Dann sprang eine winzige Kreatur in einem roten Strampler in den Wagen.

Paige machte große Augen und Alfie schnappte nach Luft.

»Hi, ich bin Bruce«, verkündete der Wechselbalg.

Zum Glück erholte sich Paige schnell. »Hi, Bruce. Ich bin Paige.« Höflich wie immer, streckte Paige ihm die Hand entgegen. Bruce ignorierte sie, griff in seinen Strampelanzug, riss sich die Windel herunter und warf sie in eine Ecke.

»Aaah«, seufzte er erleichtert auf. »Jetzt, wo es nur noch uns und die Wandler gibt, kann ich auf *diesen* Teil der Verkleidung wohl verzichten. *Mann*, die Dinger sind vielleicht unbequem! Ich meine, ich verstehe natürlich, dass sie echt praktisch sind, aber das ist es wirklich nicht wert!«

Paige zog hastig ihre Hand zurück, und auch Alfie verzichtete aufs Händeschütteln, als er sich dem Wechselbalg vorstellte. »Schön, dich kennenzulernen. Ich bin Alfie.«

»Alfie. Paige. Seid ihr bereit? Wir werden das Ding schon rocken«, sagte Bruce.

»Das habe ich ihm beigebracht«, prahlte Jack, der mit Dabney hinter dem Wagen aufgetaucht war. »Steigt aus und seht euch um«, drängte er. »Ihr glaubt nicht, was hier los ist.«

»Paige und ich waren schon *lange* vor dir hier«, sagte Charlie und sprang von der Ladefläche. Es ärgerte ihn, dass Jack jetzt so tat, als hätte er persönlich die Stadt entdeckt. »Wir beide waren nämlich schon gestern hier.«

Alfie stieg als Nächster aus. Er stellte sich neben Charlie und sah sich um. »Seid ihr sicher, dass das Orville Falls ist?«, fragte er verblüfft.

»Was sollte es sonst sein?«, erwiderte Paige. Dann zeigte sie auf ein riesiges Banner, das quer über die menschenleere Straße gespannt war.

»Und was soll *das* nun bedeuten?«, fragte Alfie.

Charlie sah sich um. In den wenigen Stunden seit ihrem letzten Besuch hatte sich Orville Falls noch mehr verändert. Die Geschäfte waren leer. Aber diesmal nicht nur *menschen*leer, sondern es war *gar nichts* mehr darin. Türen standen offen, Fenster ebenso und die Läden waren leer geräumt. Charlie warf einen Blick in eines der Geschäfte und musste feststellen, dass alles Wertvolle verschwunden war.

»Vielleicht sollten wir *die* fragen, was das Banner zu bedeuten hat.« Jack zeigte auf eine Familie, die gerade aus einem der Häuser gekommen war. Die Eltern hatten sich vollgestopfte Müllsäcke über die Schultern geworfen und jedes der Kinder schleppte einen Kissenbezug voller klobiger Gegenstände.

Die Familie ging an Charlie und seinen Freunden vorbei, als wären diese unsichtbar. Sie überquerte gerade die Straße, als der Müllsack des Vaters aufriss. Der Mann ging einfach weiter, während hinter ihm Silberbesteck, Dosensuppen und Kartoffeln auf den Asphalt prasselten.

»Wohin bringen die das Gerümpel?«, fragte Bruce.

»Folgen wir ihnen und finden es heraus!«, schlug Jack vor. »Los, kommt schon!«

Charlie weigerte sich, Befehle von einem Neunjährigen

anzunehmen. »*Gehen wir*«, sagte er grob, trat vor seinen Bruder und nickte den Freunden zu.

Am Stadtrand von Orville Falls, wo kahle Bergspitzen aus dem dichten Wald aufragten, stießen Charlie und seine Freunde auf eine hohe Felsmauer. Sie war schon rund neun Meter hoch, doch es wurde immer noch daran gebaut. Kräftige Arbeiter, denen Spucke aus den Mundwinkeln lief, stapelten Felsbrocken aufeinander und zementierten sie fest. Die Mauer schien sich kilometerweit zu erstrecken und offenbar hatte sie nur ein einziges Tor. Charlie sah, wie die Wandlerfamilie hindurchging und ihre Kissenbezüge hinter sich herzog. Dann verschwand sie im Wald auf der anderen Seite der Mauer. Charlie hatte keine Ahnung, wo sie geblieben waren, bis er eine schmale Straße entdeckte, die durch den Wald führte. Lautes Hämmern lenkte seine Aufmerksamkeit auf ein riesiges, altes Haus, das direkt in den Berghang gebaut worden war. Es bestand aus moosbewachsenen Steinen und sah aus, als stammte es aus einem ganz besonders gruseligen Märchen. An zwei Ecken ragten bröckelnde Türme empor und in die Fassade waren ein paar winzige, dunkle Fenster eingelassen.

»Wow«, bemerkte Bruce. »Was für eine Bude. So was würde man eher bei uns zu Hause erwarten.«

»Als ich in Orville Falls im Sommerlager war, haben die

Kinder von diesem Haus erzählt«, berichtete Alfie. »Sie nennen es die Burg. Irgendein verrückter reicher Kerl hat sie vor ungefähr hundert Jahren gebaut. Seit seinem Tod steht das Gebäude leer.«

Auch Charlie kannte diese Gerüchte. Die Leute sagten, der letzte Bewohner der Burg wäre ein Einsiedler gewesen, der seine Familie verlassen und sich dort verkrochen hätte. Charlie fand, dass der Kerl viel gemein hatte mit Silas DeChant, dem Erbauer der lila Villa, dessen Ängste das Portal in die Anderwelt geöffnet hatten. Der Besitzer der Burg war einsam und allein gestorben, und Silas DeChant wäre es wohl genauso ergangen, wenn seine Verlobte ihn nicht so sehr geliebt hätte.

»Es sieht aus, als würde die Burg jetzt nicht mehr leer stehen«, stellte Paige fest.

Das Gebäude war mindestens zweimal so groß wie die lila Villa und es wuchs mit jeder Minute. Wandler krochen über das Bauwerk wie Ameisen und arbeiteten daran, die ohnehin schon riesige Burg zu erweitern. Der Ort mochte verlassen sein, aber das Haus auf dem Berg war voller Leben. Alle Einwohner schienen sich hier versammelt zu haben.

»Wer da wohl einzieht?«, fragte Jack.

Charlie fand, dass die Antwort auf der Hand lag. Die Burg war ein klassischer Unterschlupf für Bösewichte. Es war das perfekte Zuhause für die Leute, die das Schlaf-Gut-

Elixier eingeschmuggelt hatten. Üble Verbrecher, die eine ganze Stadt zu Wandlern gemacht hatten und diese jetzt wie Sklaven schuften ließen. Charlie war ICK und INK nie begegnet, aber er erinnerte sich an den kurzen Blick, den er auf den Mann im Laden geworfen hatte. Bei der Vorstellung, ihm noch mal gegenübertreten zu müssen, lief es ihm eiskalt über den Rücken. Aber Charlie war klar, dass er keine andere Wahl hatte. Also ging er zum Tor und die Straße durch den Wald hinauf zu dem gruseligen Gebäude. Er winkte seiner Mini-Armee aus Siebtklässlern, Nachtmahren und Jack, ihm zu folgen. Charlie versuchte, so auszusehen, als hätte er einen Plan. Er hoffte nur, dass ihm einer einfiel, bevor sie die Burg erreichten.

Obwohl Charlie und seine Freunde den Hügel hochwanderten, ließen sich die Wandler nicht bei der Arbeit stören. Die meisten von ihnen sahen furchtbar aus. Ihre Kleidung war verdreckt und hing in Fetzen. Die Leute wirkten, als hätten sie lange nichts gegessen, und der Gestank, der sie umgab, ließ vermuten, dass sie sich auch nicht gewaschen hatten.

Eilig errichtete Lagerschuppen säumten die Straße zum Haus. Die Männer, Frauen und Kinder aus Orville Falls räumten Gegenstände in extra dafür vorgesehene Schuppen. So gab es einen Schuppen, der bis unter die Decke mit Kisten voller Kartoffeln und Säcken voll Katzentrockenfutter gefüllt war. Der daneben war für Batterien in allen Größen und Formen reserviert. Sie kamen sogar an einem Schuppen voller Glühbirnen vorbei. Der ganze Kram musste aus den Geschäften und Häusern der Stadt stammen.

»Die neuen Besitzer scheinen sammelwütig zu sein«, scherzte Alfie halbherzig.

Das war *eine* mögliche Erklärung. Aber es gab noch andere, und eine von ihnen war so beängstigend, dass Charlie am liebsten gar nicht darüber nachdenken wollte. Wie es aussah, wurden hier Vorräte angelegt. Das Haus auf dem Berg war offenbar das Hauptquartier einer gewaltigen Operation.

Als Charlie und seine Freunde die Eingangstür erreichten, stellten sie verwundert fest, dass sie nicht bewacht wurde. Sie zögerten kurz und betraten dann nacheinander die höhlenartige Eingangshalle. Schon nach wenigen Schritten wäre man nicht mehr auf die Idee gekommen, dass es ein sonniger Morgen im Juli war. Nur zwei lodernde Fackeln spendeten etwas Licht. Charlies Augen brauchten einen Moment, um sich an das Dämmerlicht zu gewöhnen. Allmählich konnte er erkennen, was die Fackeln beleuchteten. An den Wänden lagen haufenweise wertvolle Dinge aufgeschichtet. Goldschmuck, ein kleiner Berg Silber und eine Pyramide aus Schokoladenmünzen.

»Diese Fackeln sind eine echte Feuergefahr«, bemerkte Paige nervös.

»Dann ist es ja gut, dass die Feuerwehr schon da ist.« Alfie zeigte mit dem Finger ins Halbdunkel. Erst jetzt fielen Charlie die drei Männer in den feuerfesten Hosen auf, die am anderen Ende des Raums etwas anstrichen. »Was machen die da an den Fenstern?«

Charlie ging leise auf die Männer zu. Sie bemalten die Fensterscheiben mit einer dicken schwarzen Farbschicht.

»So was passiert, wenn man Wandler als Innenarchitekten nimmt«, sagte Paige. »Ich wette, die können Wände und Fenster nicht voneinander unterscheiden.«

»Nein.« Charlie schüttelte den Kopf. »Das ist kein Versehen. Ich glaube, dass die Besitzer die Scheiben schwarz streichen lassen, damit niemand hereinsehen kann.«

»Vielleicht haben die Herren es nur gern dunkel?«, sagte Dabney hoffnungsvoll.

»Genau.« Bruce nickte. »Die Typen sind wahrscheinlich Vampire.«

Paige unterdrückte ein Lächeln. »Wir haben hier in der wachen Welt nicht allzu viele Vampire«, informierte sie den Wechselbalg.

»Das glaubst auch nur *du*, Miss Neunmalklug«, entgegnete Bruce ungerührt.

»Ich finde, wir sollten die Besitzer suchen und sie fragen,

wieso sie in einer Höhle leben wollen«, verkündete Jack. Zwei Flure führten in verschiedene Teile des Hauses. Jack wählte einen und lief ohne Zögern los.

»Komm zurück!«, befahl Charlie, aber Jack ignorierte ihn und marschierte weiter in die Dunkelheit. Charlie hätte schreien können, so sehr ging ihm sein Bruder auf die Nerven. Jetzt musste ihm jemand nachlaufen.

»Paige, hilf du mir bitte, Jack zurückzuholen«, sagte Charlie. »Der Rest sieht sich im anderen Teil des Hauses um. Wir treffen uns wieder hier in genau fünfzehn Minuten.«

Charlie und Paige brauchten nicht weit zu laufen, um Jack aufzuspüren. Er war nur ein paar Schritte den Flur hinuntergegangen und dann vor einer offenen Tür stehen geblieben.

Aufgeregt winkte Jack seinen Bruder zu sich heran. Seine Augen huschten hin und her, als er sich im Raum umsah. »Ist das nicht irre?«

Zögernd spähte Charlie über Jacks Schulter und staunte. Der Raum sah aus wie ein mittelalterlicher Bankettsaal. Am hinteren Ende war ein offener Kamin, in dem ein Riesenfeuer brannte. Er war groß genug, um mindestens fünf ausgewachsene Schweine darin zu braten. Sogar an der Tür konnte Charlie die Hitze der Flammen spüren, die aus der Öffnung schlugen. In der Mitte des Raums, zwischen dem

Feuer und der Tür, erstreckte sich ein langer, rustikaler Holztisch, der mit Dutzenden handgeschmiedeter Metallteller und Messer gedeckt war.

»Wo kauft man denn solches Zeug?«, fragte Paige. »Bei IKEA in Transsilvanien?«

»Wohl eher im kleinen Horrorladen«, erwiderte Charlie, der die Gedecke zählte. Am Tisch war Platz für mindestens vierzig Leute. Wer immer der Besitzer dieser Burg war, er schien viele Gäste zu erwarten.

Bevor Charlie ihn aufhalten konnte, lief Jack quer durch den Festsaal und blieb vor einem Wandgemälde stehen.

»Was glaubst du, was du da machst?« Charlie hastete los, um seinen Bruder zurückzuholen. »Wir können hier nicht herumlaufen, als wäre es ein Museum!«

Aber als er zu dem Gemälde hochschaute, das Jack betrachtete, war auch Charlie fasziniert. Das Wandbild zeigte Hunderte Figuren mit schwarzen Kapuzen, die alle die gewundene Straße zur Burg hochgingen. Auf dem Bild standen die Türen der Burg weit offen, als würden die Gäste bereits erwartet. Hoch oben, verborgen im Schatten, beobachteten zwei Personen die Ankömmlinge von einem der Türme aus. Das Einzige, was Charlie erkennen konnte, waren rotbraune Haare und drei braune Augen.

»Das sieht fast aus wie ein Mädchen, das ich kenne«, sagte Jack. »Sie …«

Ein Aufschrei hallte durch den Saal. Paige drängte sich an Charlie vorbei und stürmte zur Wand. Erst als ihre Nase fast die untere Ecke des Gemäldes berührte, blieb sie stehen. Mit dem Zeigefinger zeichnete sie etwas nach, das Charlie nicht aufgefallen war. Erst bei genauerem Hinsehen erkannte er, dass es ein nachlässig hingemaltes J war. Ihm wurde sofort klar, dass Paiges Tante Josephine dieses seltsame Wandbild gemalt haben musste.

Paige hielt Charlie ihren Finger hin. Die Spitze war mit schwarzer Farbe bedeckt. »Es ist noch feucht«, sagte sie. »Meine Tante muss hier irgendwo sein.«

Sie packte Charlies Hand und zerrte ihn aus dem Bankettsaal. Jack rannte hinter ihnen her und grinste frech, weil Charlie und Paige Händchen hielten. Charlie funkelte Jack an und hoffte, dass der die Warnung verstand. Das Letzte, was er jetzt brauchen konnte, waren peinliche »Charlie-und-Paige-sind-ein-Liebespaar«-Sprüche. Nicht, dass Paige so etwas mitbekommen hätte. Sie war zu sehr damit beschäftigt, jeden Raum, an dem sie vorbeikamen, nach Hinweisen auf ihre Tante abzusuchen.

Die drei hasteten von einer Tür zur nächsten. Paige umklammerte Charlies Hand so fest, dass er Angst um seinen Blutkreislauf bekam. Aber er beschwerte sich nicht.

Leider fanden sie Josephine nirgendwo. Gelegentlich kamen sie an einem Wandler vorbei, der letzte Hand an die

Innenausstattung legte oder eine weitere schwarze Farbschicht auf die Fenster auftrug. Davon abgesehen, war dieser Flügel des Hauses leer. Doch er fühlte sich nicht verlassen an. In jedem Zimmer brannte ein Kaminfeuer. Es war beinahe, als wartete die Burg auf die Rückkehr ihrer Bewohner. Charlie musste immer wieder an Schneewittchen denken, wie sie im Wald auf die leere Hütte stößt. Wer immer hier wohnte, würde bald zurückkommen, aber nette Zwerge waren es bestimmt nicht. Die Leute, die sich dieses Gemäuer als Zuhause ausgesucht hatten, waren bestenfalls *böse* Zwerge. Charlie hatte sich nie für Inneneinrichtung interessiert, aber sogar ihm fiel auf, dass die Zimmer mit den scheußlichsten Möbeln ausgestattet waren, die man sich vorstellen konnte. Das meiste davon hätte eher in einen Kerker gepasst. Und mit Kerkern kannte Charlie sich aus.

Beim letzten Raum in diesem Teil des Hauses wurden sie langsamer, um wieder zu Atem zu kommen. Er sah genauso aus wie alle anderen – düster, ungemütlich und leer.

»Lasst uns Alfie und Dabney suchen«, drängte Paige und wollte wieder gehen. »Vielleicht haben sie meine Tante auf der anderen Seite der Burg gesehen.«

Charlie nickte, doch als er sich gerade umdrehen wollte, huschte etwas Kleines und Schnelles aus dem Schatten hervor und in einen Kleiderschrank. Charlie griff nach Paiges

Arm, um sie aufzuhalten, und rief Jack mit einem leisen »Psst!« zurück. Er legte einen Finger an die Lippen und deutete auf den Kleiderschrank in der Ecke. Die drei schlichen auf Zehenspitzen darauf zu. Charlie packte die beiden Knöpfe, zählte lautlos bis drei und riss die Türen auf.

Die Kreatur im Schrank zuckte zusammen. Dann wurde sie ganz schlaff und ihr Kopf fiel zur Seite. Charlie war ziemlich sicher, dass es sich um ein kleines Mädchen handelte, aber das Wesen war so schmutzig, dass es schwer zu sagen war.

Jack trat näher heran, um sich das Mädchen genauer anzusehen. Er runzelte die Stirn. »Du bist kein Wandler«, stellte er fest. »Hör auf, so zu tun.«

Das Mädchen zuckte mit den Schultern und wischte sich mit dem Ärmel die Spucke von den Lippen. »Wandler – nennt ihr sie so?«, fragte es. »Wie habt ihr herausgefunden, dass ich keine von ihnen bin?«

Jack beugte sich vor und schnupperte. »Du riechst gut. Nach Zahnpasta«, erklärte er.

Das Mädchen hielt sich eine Hand vor den Mund. »Wer hätte gedacht, dass vernünftige Zahnpflege einmal mein Ende sein würde«, murmelte es und sah ganz elend aus.

»Dein Ende?«, fragte Paige. »Für wen hältst du uns?«

Das Mädchen sah sie misstrauisch an. »Ich gehe davon

aus, dass jeder, der noch zusammenhängende Sätze sprechen kann, einer von den Bösen sein muss.«

»Wir sind nicht die Bösen«, beteuerte Jack. Die Vorstellung schien ihn zu schockieren. »Wir kommen aus Cypress Creek. Ich bin Jack. Das sind mein großer Bruder Charlie und seine Freundin Paige.«

»Ich bin Poppy«, sagte das Mädchen. »Sind alle Leute in Cypress Creek noch normal? Gibt's das Elixier bei euch nicht?« Charlie sah Hoffnung in ihren braunen Augen aufblitzen.

»Noch nicht«, berichtete Paige. »Aber morgen wird ein Goldener-Schlaf-Laden bei uns eröffnet.«

Poppy sprang aus dem Schrank und packte Charlie und Paige bei ihren T-Shirts. »Trinkt das Zeug nicht!«, schrie sie mit irrem Blick. »Es zerfrisst das Gehirn!«

Aus der Nähe konnte Charlie erkennen, dass die Haare des Mädchens rot und ziemlich lockig waren. Und Poppy war eindeutig älter, als sie auf den ersten Blick gewirkt hatte – und stärker. Charlie legte seine Hand auf ihre und sie ließ sein T-Shirt los. »Wir wissen, was es bewirkt«, sagte er, so ruhig er nur konnte. »Aber wieso bist du die Einzige in Orville Falls, die es erkannt hat?«

»Bin ich nicht«, sagte Poppy. »Andere Leute haben auch versucht, davonzukommen. Aber man hat jetzt keine Wahl mehr – sie führen Buch darüber. Jeder muss einen Monat lang eine Flasche pro Tag trinken. Doch nach einer Weile braucht man niemanden mehr dazu zu zwingen. Sobald man damit angefangen hat, will man immer mehr.«

»Was passiert nach einem Monat?«, fragte Jack.

Poppy zuckte mit den Schultern. »Ich bin nicht sicher. Ich habe gehört, dass man nach dreißig Tagen nie wieder Albträume hat. Aber ich trinke das Zeug nun schon seit zwei Wochen und es hat überhaupt keine Wirkung. Ich tue einfach so, als wäre ich ein Wandler und versuche, nicht aufzufallen.«

Paige schnappte nach Luft. »Du musst immun gegen das Elixier sein!«, stellte sie fest. »Gibt es in Orville Falls noch jemanden, bei dem es nicht wirkt?«

Poppy ließ den Kopf hängen. Charlie konnte ihre Erschöpfung und Traurigkeit spüren. »Nein. Ich suche schon seit Tagen. Ich habe noch nicht aufgegeben, aber bisher sieht es so aus, als wäre ich die Einzige«, sagte sie.

Jack trat vor und nahm das Mädchen in die Arme. Im ersten Moment war Poppy so überrascht, dass sie sich sträubte, doch dann gab sie nach. »Wir bringen dich von hier weg«, sagte Jack. »Ich bin sicher, dass unser Dad und unsere Stiefmutter dich bei uns wohnen lassen, bis in Orville Falls wieder alles okay ist.«

»Ja«, stimmte Paige zu. »Du bist zu klein, um ganz allein hierzubleiben.«

»Zu klein? Ich bin zwölf!«, widersprach das Mädchen empört. »Wie alt bist *du* denn? Ich wünschte, ich könnte mitgehen, aber ich kann nicht. Meine Eltern sind hier. Und all meine Freunde. Sie sind zwar nicht mehr besonders unterhaltsam, aber ich kann sie doch nicht einfach zurücklassen. Ich muss dafür sorgen, dass sie essen, und ich ziehe ihnen jeden Tag frische Sachen an. Ihr würdet nicht glauben, wie schlimm manche Leute hier riechen.«

»Hast du schon mal daran gedacht, mit deinen Eltern und Freunden zu fliehen?«, fragte Charlie. »Wenn wir sie nach Cypress Creek mitnehmen, können wir vielleicht ein Heilmittel finden, das …«

Das Mädchen schüttelte so heftig den Kopf, dass Charlie verstummte. »Das würde ihm nicht gefallen. Gar nicht. Er würde jemanden losschicken, der uns findet.«

»Wen meinst du?«, fragte Paige und warf Charlie einen beunruhigten Blick zu.

Poppy sah sich zögerlich um und flüsterte: »Den Ladenbesitzer.«

»Du meinst den Typen, der das Elixier verkauft?«, flüsterte Jack zurück.

Poppy nickte traurig. »Das ist sein Haus. Ich muss hier arbeiten.«

Charlie und sein Bruder sahen sich an. »Was weißt du von ihm?«, fragte Charlie. »Wie heißt er?«

»Ich weiß es nicht«, gab das Mädchen zu. »Alle nennen ihn nur den Ladenbesitzer.«

»Wie sieht er aus?«, fragte Jack.

»Klein«, antwortete Poppy. »Er ist nicht viel größer als wir. Er hat eine große Nase, und ich glaube, dass er eine Perücke trägt. Seine Haare sitzen nicht richtig auf dem Kopf. Und seine Finger sind superlang.«

Das war zwar nicht die genaueste Beschreibung, die Charlie je gehört hatte, aber es klang nach dem Mann, den er im Laden gesehen hatte. »Was kannst du uns noch über ihn erzählen?«

»Er hat nicht gern Leute um sich«, sagte Poppy. »Ich sehe ihn nur, wenn ich mein Elixier abhole. Und wenn ich im Laden bin, versuche ich, ihn nicht anzusehen. Ich weiß nicht, was mit mir passieren würde, wenn er herausfände, dass es bei mir nicht wirkt.«

»Was kann er schon tun?«, fragte Jack leichthin. »So klein, wie er ist.«

»Er ist nicht allein«, antwortete Poppy. »Ich habe die Leute, für die er arbeitet, nie gesehen, aber ich weiß, dass es sie gibt. Sie entführen Menschen. Alle, die sich weigern, das Elixier zu trinken, verschwinden. Einen Tag später tauchen sie dann wieder auf und sind genauso wie alle anderen in Orville Falls.« Poppy verstummte kurz und runzelte die Stirn. Offensichtlich war ihr noch etwas eingefallen. »Ich habe ihn mit seinen Bossen reden hören. Gestern habe ich mitbekommen, wie er jemandem gesagt hat, dass der Job fast erledigt wäre. Dann hat er gefragt, wann sie bereit wären, die Tür zu öffnen.«

Er hat mit ICK und INK gesprochen, dachte Charlie und das Herz schlug ihm bis zum Hals. »Was hast du noch gehört?«

Poppy schüttelte den Kopf. »Das war alles.«

Plötzlich waren draußen auf dem Flur Schritte zu vernehmen.

»Schnell, hier rein«, wisperte das Mädchen. Voller Angst zog sie Charlie und seinen Bruder in den Schrank. Paige quetschte sich neben sie.

»Was ist?«, flüsterte Charlie.

»Das muss einer von den Bösen sein!«, sagte das Mädchen. »Wer immer da draußen ist, geht wie ein normaler Mensch.«

Charlie wollte einen Blick riskieren, aber Poppy hielt ihn zurück.

»Nicht!«, zischte sie. Sehr vorsichtig zog sie die Schranktür zu, doch Charlie gelang es noch, einen Blick auf den Schatten an der Steinmauer zu werfen. Auf den Schatten eines Mannes, der mit einem ungewöhnlich langen Finger in seiner übergroßen Nase bohrte.

Der Überfall

»Er ist es!«, flüsterte Poppy. Sie hatte sich in den Ärmel von Charlies T-Shirt verkrallt und zitterte so sehr, dass sie Charlie beinahe von den Füßen riss. »Der Ladenbesitzer!«

Charlie warf einen Blick auf die Leuchtziffern von Paiges Schweizer Uhr. Es war halb elf Uhr vormittags. Sollte ein Ladenbesitzer um diese Zeit nicht in seinem Geschäft stehen? Charlie kam ein Gedanke, doch im selben Augenblick verkündete Jack: »Ich habe eine Idee!«

»Pssst!«, zischte Poppy flehentlich, obwohl die Schritte des Ladenbesitzers immer leiser wurden, als er auf einen entfernten Teil des Hauses zuging.

Jack senkte die Stimme. »Wenn der Ladenbesitzer hier ist, bedeutet das, dass niemand den Laden bewacht! Wir könnten einen ganzen Haufen von dem Elixier klauen und es Charlotte bringen.«

»Guter Plan, Kleiner«, strahlte Paige und wuschelte Jack durchs Haar.

Charlie knirschte mit den Zähnen. Genau denselben Gedanken hatte er auch gehabt, aber Jack war wie üblich zuerst damit herausgeplatzt und heimste den ganzen Ruhm ein.

»Bist du sicher, dass du hierbleiben willst?«, fragte Charlie Poppy. »Komm mit uns nach Cypress Creek. Wenn meine Stiefmutter das Gegenmittel hergestellt hat, kannst du es deinen Eltern und Freunden bringen.«

»Ich habe es dir doch schon erklärt. Ich kann sie nicht verlassen«, antwortete Poppy ernst. »Ich bin ihre einzige Hoffnung.«

»Aber …« Jack wollte ihre Entscheidung nicht akzeptieren, doch Paige fiel ihm ins Wort.

»Das verstehe ich«, sagte sie zu Poppy. »Sie sind auf dich angewiesen. Aber du kannst dich auf uns verlassen. Wir finden dich, wenn wir das Gegenmittel haben. Stimmt's, Charlie?«

»Auf jeden Fall«, versicherte er. »Aber wenn du es dir anders überlegst oder Hilfe brauchst, komm einfach nach Cypress Creek in das lila Haus auf dem Berg. Man kann es nicht übersehen.«

Charlie überließ es Paige, den Rückweg aus der dunklen, unheimlichen Burg zu finden. Er dachte immer noch an Poppy, denn er konnte sich nicht vorstellen, wie viel Mut es eine Zwölfjährige kosten musste, ganz allein in einer Stadt voller Wandler zu leben. Er kannte nur einen anderen Menschen, der so etwas fertigbringen würde – Paige.

»Du siehst aus, als wärst du mit deinen Gedanken woanders«, sagte Paige als die drei darauf warteten, dass ein Trupp Wandler vorbeizog.

»Ich habe nur gerade gedacht, wie unglaublich mutig Poppy ist«, antwortete Charlie ehrlich.

»Charlie und Poppy sind ein Lie…«, begann Jack zu singen.

»Halt die Schnauze!«, fuhr Charlie seinen Bruder so unerwartet und wütend an, dass Jack ausnahmsweise sofort gehorchte.

»Alter Miesepeter«, murmelte er vor sich hin.

»Alberner Idiot«, murmelte Charlie zurück. Er war so verlegen, dass er Paige nicht ansehen konnte. Die drei legten den Rest des Weges schweigend zurück. Charlie war tief in Gedanken versunken, sodass er Alfie erst bemerkte, als sein Freund ihn ansprach.

»Wow, was ist denn mit euch passiert?«, fragte Alfie, der aus einem der Schatten trat. »Ihr seid ziemlich blass.«

»Habt ihr einen der Vampire getroffen, die es angeblich nicht gibt?«, fragte Bruce. Dabney kicherte nervös, aber nur Bruce fand den Witz lustig.

»Nein, wir haben uns gerade mit dem einzigen Nicht-Wandler von Orville Falls unterhalten«, sagte Paige. »Sie heißt Poppy und ist zwölf. Sie trinkt das Elixier schon über eine Woche, aber bei ihr zeigt es keine Wirkung.«

Alfie fielen fast die Augen aus dem Kopf. Er fing an, herumzuzappeln, wie er es immer machte, wenn er aufgeregt war. »Ihr habt jemanden gefunden, der immun gegen das Elixier ist? Wo ist sie? Wieso habt ihr sie nicht mitgebracht? Sie könnte der Schlüssel zum Gegenmittel sein!«

»Sie muss hierbleiben und sich um ihre Eltern kümmern«, sagte Charlie. »Was meinst du damit, dass sie der Schlüssel sein könnte?«

»Etwas schützt dieses Mädchen vor dem Elixier«, antwortete Alfie. »Das könnte alles Mögliche sein. Vielleicht ein besonderes Gen. Oder etwas, das sie zu sich nimmt – ein bestimmtes Nahrungsmittel oder ein Medikament. Oder es ist etwas in der Umwelt. Oder …«

»Das spielt im Moment keine Rolle«, unterbrach ihn Charlie, der von Minute zu Minute frustrierter wurde. »Wir können sie nicht untersuchen, weil sie nicht mitkommen will. Und wir haben keine Zeit mehr, darüber zu diskutieren, weil wir von hier verschwinden müssen.«

»Der Ladenbesitzer ist hier im Haus«, mischte sich Jack ein.

»Was bedeutet, dass er uns diesmal nicht davon abhalten kann, uns den Laden anzuschauen«, fügte Charlie hinzu.

Die Schlange vor dem Goldener-Schlaf-Laden erstreckte sich nahezu durch ganz Orville Falls. Hunderte heruntergekommener Einwohner warteten darauf, das Geschäft betreten zu dürfen. Charlie und Paige hatten das Ganze schon einmal gesehen, aber ihre Freunde waren fassungslos.

»Bemerkenswert«, staunte Dabney.

»Was machen die hier?«, fragte Jack. »Der Laden ist doch nicht einmal offen!«

»Also kommt der Ladenbesitzer, wann es ihm passt, und die Leute stehen trotzdem Schlange und warten auf ihn?«, wunderte sich Alfie.

»Sieht so aus«, sagte Charlie. Plötzlich bemerkte er ein bekanntes Gesicht und wurde ganz betroffen. Kyle, der Junge, der für die Kometen gespielt hatte, stand zwischen seinen Eltern in der Schlange. Jetzt haben sie doch einen Weg gefunden, ihn das Elixier trinken zu lassen, dachte Charlie betrübt.

Die Türglocke läutete und Charlie blickte auf. Ein Wandler verließ gerade den Laden. Bevor die Tür wieder zufiel, trat der nächste ein, und die ganze Schlange machte einen Schritt nach vorn.

»Was ist denn da los?«, fragte Paige. »Ist der Laden doch geöffnet?«

Es gab nur einen Weg, es herauszufinden. Charlie bedeutete seinen Freunden, ihm zu folgen. Er schlängelte sich zwischen den Wandlern hindurch zur Ladentür. Wie beim letzten Mal war sie geschlossen, aber durch die Vorhänge im Schaufenster fiel etwas Licht. Paige tauschte einen Blick mit Charlie, und als sie sich beide ans Fenster drängten, um durch den Spalt zu spähen, berührten sich ihre Wangen.

»Tut mir leid«, sagte Charlie und rieb sich nervös das Gesicht, während er in den Laden schaute. Der Besitzer stand hinter dem Verkaufstresen.

Paiges Kopf prallte gegen den von Charlie, als sie versuchte, auch etwas zu sehen, doch sie schien das nicht zu stören. »Er ist da! Wie ist das möglich?«, staunte sie.

»Keine Ahnung.« Charlie konnte es nicht begreifen. »Entweder ist er noch schneller in die Stadt zurückgekehrt als wir, oder …«

»Oder es gibt mehr als einen«, beendete Paige seinen Satz.

»Das bedeutet dann wohl, dass wir nicht in den Laden einbrechen und das Zeug stehlen können«, stellte Jack fest. »Wieso gehen wir dann nicht rein und *kaufen* es?«

»Das haben wir schon versucht, als wir das letzte Mal hier waren«, berichtete Charlie. »Ich weiß nicht, wie der Ladenbesitzer erkannt hat, dass wir nicht aus Orville Falls kommen, aber er hat es sofort gemerkt. Er hat direkt vor unserer Nase die Tür abgeschlossen.«

»Wenn wir das Elixier weder stehlen noch kaufen können, was sollen wir dann tun?«, fragte Dabney. Er drückte sich eine Hand auf den Mund, um das unvermeidliche Kichern zu dämpfen.

»Ich finde, ihr solltet das mir überlassen«, sagte Bruce. Er befreite sich aus der Babytrage, die an Dabneys Brust hing, und sprang auf den Gehweg.

Ganz vorn in der Schlange stand eine Frau mit einem Kinderwagen. Sie merkte nicht einmal, wie Bruce hineinkletterte und das schlafende Baby zur Seite schob.

»Ich werde ohne Probleme in den Laden *hinein*kommen, aber sicher nicht wieder *raus*«, warnte Bruce. »Also macht euch bereit, abzuhauen. Und vergesst nicht, mich mitzunehmen. Alles klar?« Er wartete nicht einmal auf eine Antwort, sondern zog nur das Verdeck des Kinderwagens über dessen wertvolle Fracht.

Alfie war nicht überzeugt. »Ist das wirklich in Ordnung?«, fragte er. »Irgendwie fühlt es sich nicht richtig an, ein Baby zum Stehlen zu schicken.«

Charlie zuckte mit den Schultern. »Hast du einen besseren Vorschlag?«

Die Ladentür öffnete sich. Paiges Tante Josephine kam heraus. Die Schlange machte wieder einen Schritt nach vorn und die Frau mit dem Kinderwagen trat ein.

»Tante Josephine!«, schrie Paige.

Charlie war zu geschockt, um Paige zu beruhigen. Jeder

Zentimeter an Josephine war mit Farbe bedeckt. Als sie ihren Namen hörte, blinzelte sie ein paarmal. Dann öffnete sie die blaue Flasche in ihrer Hand und kippte sich gleich auf der Straße den Inhalt in den Mund. Sie ließ die Flasche auf den Bürgersteig fallen und schlurfte davon.

Jemand zupfte an Charlies Ärmel. Es war Paige. Charlie kannte diesen ruhigen, entschlossenen Blick. Sie war im Begriff, etwas sehr Mutiges zu tun.

»Charlie«, sagte sie. »Ich muss mit Josephine mitgehen. Ich werde bei ihr bleiben, bis sie geheilt ist.«

»Hier? Bist du verrückt? Das geht nicht!«, rief er. Er wollte sich gar nicht vorstellen, bei den Wandlern in Orville Falls bleiben zu müssen.

Paige zeigte auf ihre Tante, die so dünn war, dass ein kräftiger Windstoß sie umgepustet hätte. »Sieh sie dir doch an, Charlie! Sie isst nicht. Ich habe Angst, dass ihr etwas Schreckliches passiert. Ihr habt es verstanden, als Poppy gesagt hat, dass sie bei ihrer Familie bleiben muss. Und jetzt bleibe ich bei meiner.«

Charlie dachte an all die furchtbaren Dinge, die Paige zustoßen konnten, als aus dem Laden das Klirren von Glas zu hören war. Gleich darauf fing jemand an, in einer ihm unbekannten Sprache herumzuschreien. Eine Flasche Elixier krachte durch das Schaufenster des Ladens und zerplatzte auf der Straße. Keiner der Wandler verzog eine Miene.

Charlie war klar, dass sie jeden Augenblick in ernsten Schwierigkeiten stecken würden. Paige wäre in Josephines Haus sicherer. »Geh«, sagte er, und konnte es plötzlich gar nicht erwarten, dass sie verschwand. »Sofort«, schob er eindringlich nach.

Paige zögerte, als würde sie hoffen, dass er noch etwas hinzufügte.

»Ich komme mit!«, verkündete Jack. Er hatte anscheinend vor nichts Angst. Paiges Gesichtsausdruck machte deutlich, dass sie gehofft hatte, Charlie würde sie begleiten.

Sie nahm Jacks Hand und gemeinsam rannten die beiden hinter Josephine her. Charlie sah ihnen nach. Er spürte etwas Grässliches in sich aufsteigen. Etwas Verdorbenes und Grünes. Er wusste genau, was es war: Eifersucht. Er war eifersüchtig auf seinen kleinen Bruder.

Die Tür des Ladens wurde aufgestoßen, und eine winzige Kreatur flitzte heraus, die zwei Flaschen Elixier umklammerte. »Ich hab das Zeug!«, brüllte Bruce. »Nichts wie weg!«

Das brauchte er Charlie nicht zweimal zu sagen. Er rannte hinter Bruce her, doch als Dabney von einem seiner grausigen Kicheranfälle gepackt wurde, blieb er abrupt stehen. Er drehte sich um und sah, dass Alfie reglos vor dem Laden stand und einen Mann mit schiefer Nase und krummem Rücken anstarrte. Der Mann war außer Atem. Mit seinen langen Fingern griff er sich an den Kopf und rückte das

Toupet zurecht, das auf seinem vollkommen kahlen Schädel zur Seite gerutscht war.

»Ich glaube, ich habe Sie schon mal gesehen«, hörte Charlie Alfie sagen, doch im selben Moment schnappte sich Dabney den Jungen und warf ihn sich über die Schulter.

Der Mann an der Ladentür lächelte und zeigte dabei seine spitzen schwarzen Zähne.

Dann hob er die Hand und deutete mit seinem ungewöhnlich langen Finger auf Charlie und seine Freunde. »Ergreift sie!«, brüllte er.

Die vielen Hundert Wandler in der Schlange horchten auf, als sie seine Stimme hörten. Ihre Köpfe drehten sich in Charlies Richtung. Dann schlurften sie los. Und wurden schneller. Und begannen zu rennen.

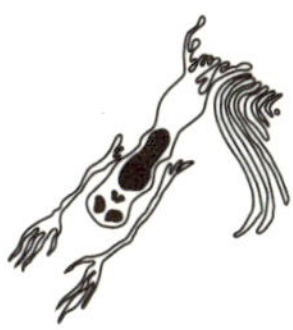

Das Mädchen im Leuchtturm

Charlie und Alfie verbrachten einen Großteil des Nachmittags im Müllcontainer eines Supermarkts. Charlie war klar, dass sie echtes Glück mit dem Wetter hatten. In einer von Orville Falls' bitterkalten Winternächten hätten sie es wohl nicht überstanden. Und im August wären sie in ihrem eigenen Saft verkocht. Aber obwohl Charlie und Alfie nicht erfrieren oder verglühen würden, waren sie noch lange nicht in Sicherheit. Wenn sie jemals nach Hause zurückkehren wollten, mussten sie einen Weg finden, den Wandlern zu entkommen.

Charlie konnte die Horden immer noch hören. Sie schlurften grunzend über den Parkplatz des Supermarkts, hämmerten gegen Autoscheiben und suchten nach den Kindern und Nachtmahren, die ihnen entwischt waren. Charlie hätte nie erwartet, dass dieses sabbernde Volk gefährlich werden könnte. Sogar als sie zu rennen anfingen, war er nicht wirklich beunruhigt gewesen. Aber dann hatte er beobachtet, wie sich drei Wandler eine Mülltonne aus Plastik vorgenommen hatten, weil sie glaubten, dass sich Charlie und Alfie darin versteckten. Sie hatten das dicke Plastik so mühelos in Stücke gerissen wie einen Pappbecher.

Charlie und Alfie hielten immer wieder die Luft an, wenn die Wandler versuchten, den Müllcontainer zu öffnen. Zum Glück war er mit einer Kette verschlossen und Dabney hatte den Schlüssel. Der Clown hatte die Jungen dort eingeschlossen, als ihnen eine Gruppe Wandler-Teenager in Trainingsanzügen dicht auf den Fersen gewesen war. Nachdem Charlie und Alfie in Sicherheit waren, hatten Dabney und Bruce die Flucht ergriffen. Dabney war schnell und Bruce so klein, dass er ihn tragen konnte.

»Wir kommen wieder«, hatte der Clown versprochen. Und wenn es ein Wesen gab, dem Charlie vertraute, dann war es Dabney. Der Nachtmahr hatte ihm schon einmal den Hintern gerettet. Allerdings sagte ihnen die Uhr in Alfies Handy, dass sie nun schon seit sechs Stunden in dem Müllcontainer hockten. Die erste Stunde hatten sie damit zugebracht, sich im Flüsterton über den Ladenbesitzer zu unterhalten. Alfie schwor, dass sie dem Mann schon einmal begegnet waren, konnte sich aber nicht erinnern, wo. Auch Charlie kam er bekannt vor, doch er wusste ebenfalls nicht, woher.

Das Gespräch endete, als Grillen zu zirpen anfingen – Alfies Handy klingelte. Er stellte den Ton ab und starrte auf das erleuchtete Display, den Finger schon über dem Knopf zum Annehmen.

»Das ist deine Mutter«, sagte Charlie.

»Ja«, bestätigte Alfie. Sie wussten natürlich, dass Rettung nur einen Anruf entfernt war. Aber keiner der beiden wollte seine Eltern oder Freunde in Gefahr bringen.

Alfie drückte auf *Ignorieren*. Ein paar Minuten später leuchtete das Display erneut auf. Nach dem dritten Anruf schaltete er das Telefon ab.

Da es im Dunkeln nichts zu tun gab, beschlossen Alfie und Charlie, abwechselnd zu schlafen. Charlie übernahm die erste Wache. Eingerollt zwischen seinem schlafenden Freund und einem verschimmelten Schinken, dachte er an Jack und Paige und hoffte sehr, dass es seiner besten Freundin und seinem Bruder gut ging.

Charlie hatte Paiges Mut immer bewundert. Sie gehörte zu der Sorte Mensch, die immer das Richtige tat, egal, wie schwierig es sein mochte. Im Wandlergebiet zu bleiben, um ihrer Tante zu helfen, war typisch für Paige. Jacks Verhalten hatte Charlie jedoch verblüfft. Sein Bruder hatte angeboten, Paige Gesellschaft zu leisten, ohne groß nachzudenken. Charlie war derjenige gewesen, der gezögert hatte. Er hatte Zeit damit verschwendet, sich Sorgen zu machen, statt einfach nach Paiges Hand zu greifen. Wäre er so mutig gewesen wie sein Bruder, würde er jetzt in Josephines Haus sitzen und Paiges Erdbeershampoo riechen – statt vergammeltes Fleisch und anderen Müll. Aber es war Jack, der bei ihr war, und das machte Charlie wahnsinnig.

Immer öfter kam es ihm so vor, als würde sein neunjähriger Bruder keine Angst kennen. Jack stromerte nur zum Spaß in der Anderwelt herum. Er vertrieb sich die Zeit mit Nachtmahren und erinnerte Oger daran, wie man gruselig war. Jack hatte etwas Besonderes an sich – etwas, das Charlie fehlte. Auch wenn Charlie keine Angst hatte, war er doch immer ein bisschen angespannt, als erwarte er hinter jeder Ecke eine Gefahr. Er gab es nur ungern zu, aber er wäre nie wie sein kleiner Bruder ganz allein losgegangen, um die Burg des Ladenbesitzers zu erkunden. Er war einfach nicht so mutig wie Jack.

Alfies Armbanduhr piepte und Charlie rüttelte seinen Freund wach. »Jetzt bist du mit Aufpassen an der Reihe«, sagte er.

»Worauf soll ich denn aufpassen? Hier drinnen ist es stockdunkel«, maulte Alfie, aber Charlie war schon eingeschlafen.

Nach den furchtbaren Erlebnissen rechnete Charlie damit, in der Anderwelt zu landen. Aber stattdessen öffnete er seine Augen in sanftem, weißem Licht. Vermutlich war er im Traumreich, doch um ihn herum war nichts zu erkennen. Charlie musste an den dichten Nebel denken, der am frühen Morgen oft über den Bergen von Cypress Creek hing. Bei einem Campingausflug mit seinem Dad war er einmal im Nebel aufgewacht. Als er aus dem Zelt kroch, war die Welt in Weiß getaucht gewesen. Er hatte einen Arm ausgestreckt und sich richtig erschrocken, als dieser bis zum Ellbogen im Nebel verschwand.

Aber das hier war schlimmer. Es war kein Nebel. Es war *Nichts.* Es umgab ihn von allen Seiten und drang in seine Ohren und seinen Mund. Panik ergriff ihn.

»Hallo?«, rief er. Aber das Nichts verschluckte seine Stimme, wie ein Schwamm einen Wassertropfen aufsaugt. Er stolperte blindlings los, die Arme vor sich ausgestreckt. Da war nichts. Charlie wurde klar, dass er ewig so herumwandern könnte, ohne jemals zu entkommen.

Plötzlich schoss eine gespaltene Zunge aus dem Nebel hervor und glitt über Charlies Gesicht. Er kreischte vor Schreck, was ihm sofort ziemlich peinlich war.

»Hab ihn gefunden!«, rief jemand.

»Bist du sicher, dass er esss issst?«, fragte eine angenehm tiefe Stimme. »Das klang eher wie das Quieken eines Ferkels und nicht wie der Schrei eines zwölfjährigen Jungen.«

»Doch. Kein Zweifel. Er issst esss«, bestätigte die erste Stimme zischend und mit New Yorker Akzent. »Er hat ssschon immer nach Huhn geschmeckt. *Verdorbenem* Huhn.«

»Larry?«, fragte Charlie verblüfft. »Bist du das?«

Der Kopf einer braunen Schlange tauchte direkt vor Charlies Augen aus dem Nichts auf. »Lange nicht gesssehen«, zischte er. »Hätte gern noch länger sssein dürfen.«

Larry konnte unmöglich allein da sein. »Meduso?«, rief Charlie. Seine Erleichterung war so groß, dass er ganz weiche Knie bekam. »Sind Sie wirklich hier?«

»Natürlich bin ich das! Wer sonst würde denn durch *so etwas* wandern, nur um einen wie dich zu retten?« Eine Hand tauchte im Nebel auf und packte Charlies T-Shirt. Meduso zog ihn mehrere Minuten hinter sich her, bis sie endlich ins Sonnenlicht des Traumreichs hinaustraten.

Das letzte Mal hatte Charlie Basil Meduso gesehen, als der sich von der Anderwelt in die Traum-Welt zurückgezogen hatte. Dazu hatte Meduso sich selbst in Stein verwandeln müssen. Vorher hatte er nur maßgeschneiderte Anzüge getragen. Doch jetzt, als Nachtmahr im Ruhestand, schien er grelle Hawaiihemden, Surfshorts und Flip-Flops zu bevorzugen. Charlie stellte jedoch erfreut fest, dass er sich nicht von seinem geliebten Hut getrennt hatte. Drei Schlangen tauchten unter der Hutkrempe auf. Wie seine berühmte Mutter Medusa war auch Meduso ein Gorgone, auf dessen Kopf keine Haare, sondern Schlangen wuchsen. Aber während es bei Medusa Dutzende waren, hatte Meduso nur drei – Larry, Barry und Fernando. Barry war ein Beißer. Larry redete pausenlos. Und der spanische Fernando war ein guter Freund von Charlie.

»Wie ssschön, dich zu sssehen«, sagte Fernando und strich über Charlies Schulter. »Issst viel zu lange her.«

»Ja, man sssollte meinen, dasss er unsss mal besssucht, nach allem, wasss wir für ihn getan haben«, beschwerte sich Larry.

Die wunderschöne smaragdgrüne Schlange Barry glitt herab, fuhr sanft über Charlies Wange, entblößte dann aber ihre Giftzähne und verschwand wieder unter dem Hut.

»Willsssst du dich nicht wenigssstens bedanken?«, fragte Larry mürrisch. Er schien nie gute Laune zu haben.

»Vielen Dank, Larry«, sagte Charlie ernst. »Und ich freue mich auch, dich zu sehen, Fernando. Wo war ich denn gerade?« Er schaute zurück. Das, was hinter ihm lag, sah aus wie eine massive, weiße Wand. »Was ist *das*?«

Meduso runzelte die Stirn. »Das, mein lieber Junge, ist alles, was hier im Traumreich noch von Orville Falls übrig ist.«

Charlie schauderte. »Das ist ja grauenvoll.«

»Die absolute Leere«, bestätigte Meduso. »Und ich habe den halben Nachmittag darin verbracht und nach dir gesucht. Du kannst dich übrigens bei meinen Schlangen bedanken. Ich war da drin blind wie eine Fledermaus. Es war ihr Geruchssinn, der uns zu dir geführt hat.«

Charlie schaute lächelnd zu Larry, Barry und Fernando auf. »Aber woher wusstet ihr, wo ihr nach mir suchen müsst?«, fragte er.

»Von deiner Stiefmutter natürlich«, antwortete Meduso mit einem Schnauben. »Charlotte ist heute Nachmittag vorbeigekommen, als ich gerade auf einer absolut göttlichen Welle surfte. Sie sagte, du wärst am Morgen nach Orville Falls aufgebrochen, und hatte Angst, dass du da vielleicht festsitzt. Sie hat mich gebeten, dir zu helfen, falls du im Traumreich vorbeikommst. Ich weiß wirklich nicht, wieso ich ihr immer wieder irgendwelche Gefallen tue …«

»Vielleicht, weil Sie sie gernhaben?«, fragte Charlie.

»Ja, erwischt«, gestand Meduso mit einem theatralischen Seufzer. »Ich schätze, wir haben alle unsere Schwächen.«

Aus irgendeinem Grund erinnerten Charlie seine Worte an Jack, und der Gedanke hinterließ einen üblen Nachgeschmack. Wenn sein Bruder eine Schwäche hatte, war es Charlie bisher nicht gelungen, sie zu finden.

»Nun«, sagte Meduso und riss Charlie damit aus seinen finsteren Gedanken. »Ich nehme an, du möchtest so schnell wie möglich anfangen. Meine Schlangen und ich werden dir nicht länger deine kostbare Zeit stehlen.«

»Anfangen? Womit?«, fragte Charlie verständnislos.

»Dieses kleine Problem aus der Welt zu schaffen.« Meduso deutete auf die weiße Wand. Sie erstreckte sich vom

Boden so weit nach oben, dass Charlie kein Ende ausmachen konnte, und schien drohend über ihnen zu schweben.

»Ich bin nicht sicher, ob ich dagegen etwas tun kann«, sagte Charlie. Ihre einzige Hoffnung, dieses gruselige Nichts zu vertreiben und das Loch in der Anderwelt zu stopfen, war, ein Mittel gegen das Elixier zu entwickeln. Und solange Charlie auf einem Parkplatz voller Wandler in einem Müllcontainer eingeschlossen war, konnte er ohnehin nichts tun.

»Ich fürchte, du hast keine Wahl«, entgegnete Meduso. »Komm mit.«

»Wohin?«, fragte Charlie.

Wieder seufzte Meduso. »Du stellst ja immer noch so dumme Fragen«, antwortete er. »Wenn du nicht von selbst darauf kommst, wohin wir gehen, dann warte doch einfach ab, bis du es siehst.«

Charlie folgte dem Gorgonen durch ein Wäldchen. Jenseits davon lag eine schmale Straße. Charlie erkannte sie sofort. Sie verlief am westlichen Rand der Traumversion von Cypress Creek und das Nichts war nur noch ein paar Meter von ihr entfernt. Es hatte die Stadtgrenze fast erreicht.

»Wie geht es eigentlich meiner lieben Mutter?«, fragte Meduso. »Hast du sie in letzter Zeit mal gesehen?«

»Wen?« Charlie musste sich zwingen, nicht länger ins

Nichts zu starren und sich stattdessen auf seinen Begleiter zu konzentrieren.

»Meine Mutter – *Medusa*! Ich nehme an, sie hat im Moment einiges zu tun. Ist die Anderwelt genauso betroffen wie wir?«

»Ein Riesenloch hat einen großen Teil davon verschluckt«, berichtete Charlie. »Wenn Sie mich fragen, Ihre Mom hat alle Hände voll zu tun.«

Meduso blieb wie angewurzelt stehen und drehte sich zu Charlie um. »Ein Riesenloch?«

Charlie hatte nicht genug Zeit für die ganze Geschichte. »Ja. Es gibt ein Elixier, das Träume und Albträume verhindert. Wir glauben, dass es von diesen zwei komischen Leuten, die in einem Leuchtturm leben, in die wache Welt geschmuggelt wird. Sie nennen sich …«

»ICK und INK«, beendete Meduso seinen Satz.

Charlie betrachtete das Gesicht des Gorgonen. Basil Meduso sah verstört aus. »Hat Ihnen Charlotte von ICK und INK erzählt?«, fragte er.

»Vor vielen Jahren«, bestätigte Meduso. »Zu jener Zeit erhielten sie und deine Mutter merkwürdige Nachrichten. Sie baten mich, zum Leuchtturm zu gehen und ein Wörtchen mit dem zu reden, der diese Nachrichten geschickt hatte.«

»Und?«, fragte Charlie nach einer Pause, die ihm wie eine Ewigkeit vorkam. »Was ist passiert?«

Meduso verschränkte die Arme und ging weiter. »Darüber möchte ich lieber nicht reden«, sagte er.

»Ja, sssag lieber nichtsss«, unterstützte ihn Larry.

»Essss issst zu traurig.« Sogar Fernando stimmte ihm zu und ließ den Kopf hängen, als belaste ihn eine schreckliche Erinnerung.

Charlie hastete hinter dem Gorgonen her. »Sie müssen mir erzählen, was passiert ist! Wer auch immer in dem Leuchtturm wohnt, könnte für das Elixier verantwortlich sein, das das Traumreich und die Anderwelt zerstört.«

Meduso wirbelte herum und packte Charlie bei den Schultern.

»Warst du beim Leuchtturm?«, fragte er streng.

»Ja«, sagte Charlie. Medusos Finger krallten sich in sein Fleisch, und Charlie versuchte, sich zu befreien. »Sie tun mir weh.«

Meduso lockerte seinen Griff. »Was auch immer du machst, geh nicht hinein! Versprich es mir, Charlie! Versprich es mir hier und jetzt!«

Aber Charlie wusste, dass er ihm dieses Versprechen nicht geben konnte. Wenn sie ICK und INK aufhalten wollten, musste jemand einen Weg finden, in den Leuchtturm zu kommen. Charlie hoffte sehr, dass nicht er dieser Jemand war, aber etwas sagte ihm, dass es wahrscheinlich so sein würde.

»Basil Meduso, bist du das?«, ertönte eine Stimme.

Meduso ließ Charlies Schultern los und zupfte sein Hawaiihemd glatt. »Bitte entschuldige, Veronica. Ich musste gerade ein paar ernste Worte mit deinem Sohn wechseln. Über den Leuchtturm.«

Charlie merkte erst jetzt, dass sie ihr Ziel erreicht hatten: Das Haus im Traumreich, in dessen Garten er seine Mutter traf, sobald er anfing zu träumen. Wie gewöhnlich trug sie Jeans und Gartenclogs und kümmerte sich um die Blumen, die sie mithilfe ihrer Söhne gepflanzt hatte, als diese noch klein gewesen waren. Jetzt ging sie auf Meduso zu. Charlie lief ihr entgegen und fiel ihr in die Arme.

»Er war dort«, sagte Meduso, während Charlie immer noch die Arme um seine Mutter geschlungen hatte.

Er konnte fühlen, wie sie einen Moment lang erstarrte. »Hast du jemanden gesehen?«, fragte sie ihren Sohn, die Lippen dicht an seinem Ohr.

»Nein«, versicherte ihr Charlie. »Und ich bin nicht reingegangen.«

Veronica Laird entließ Charlie aus ihrer Umarmung, doch ihre Hand blieb auf seiner Schulter liegen. »Ich danke dir für deine Hilfe, Basil. Ist es dir recht, wenn ich jetzt übernehme?«, fragte sie.

»Selbstverständlich«, sagte Meduso. »Mich rufen ohnehin die Wellen. Charlie, ich hoffe, wir sehen uns bald.«

»Besssuch unsss mal wieder«, sagte Fernando.

»Fallsss du am Leben bleibsst«, rief Larry, als Meduso sich zum Gehen wandte.

»Tolle Manieren«, wies Fernando Larry vorwurfsvoll zurecht.

»Wiessso?«, konterte Larry. »Wenn der Junge die Wahrheit nicht verträgt, wie sssoll er unsss dann vor diessser grosssen Wolke aus Nichtsss retten?«

Charlie schaute zu seiner Mutter auf. »Wieso glauben die, dass *ich* das Traumreich retten kann? Stehen die Dinge wirklich so schlecht?«, fragte er. Aber eigentlich erwartete er gar keine Antwort. Er konnte das Nichts hinter seiner Mutter sehen. Es war keinen Kilometer mehr von ihr entfernt. Wie lange es wohl noch dauerte, bis es ihr Haus erreichte? Ein paar Stunden? Einen Tag?

»Setzen wir uns hin und du berichtest mir alles«, schlug seine Mutter vor. Im nächsten Moment saßen sie auch schon auf den Stufen der Veranda – dort, wo sie immer gesessen hatten, als Charlies Mom noch am Leben gewesen war. »Wieso bist du zum Leuchtturm gegangen?«, fragte sie.

Charlie erzählte seiner Mutter alles: von den Schmugglern, die das Elixier in die wache Welt brachten, bis hin zu Medusas Theorie, dass es im Leuchtturm ein Portal geben könnte.

»Noch ein Portal?« Diese Vorstellung schien seine Mutter zu verblüffen. Sie dachte eine Weile darüber nach. »Das könnte erklären, was Basil damals gesehen hat.«

»Was hat er denn gesehen?« Charlie war nicht sicher, ob er es wirklich wissen wollte, zumal seine Mutter nicht so aussah, als würde sie diese Geschichte gern erzählen.

»Charlotte hatte Basil von ICK und INK berichtet und er wollte Nachforschungen anstellen. Als er zum Leuchtturm kam, sah er ein Kind an einem der Fenster stehen – ein kleines Mädchen. Er sagt, dass er noch nie jemanden gesehen hat, der so hoffnungslos aussah wie dieses Mädchen.«

Charlie brauchte einen Moment, um weitersprechen zu können. »Wer war sie?«

»Basil hat es nie herausgefunden«, antwortete seine Mutter. »Sie muss ICK und INK in die Falle gegangen sein, dieselbe Falle, in die sie auch Charlotte und mich locken wollten. Basil hat alles getan, um sie zu retten, aber jedes Mal, wenn er sich dem Leuchtturm näherte, überwältigte ihn ein furchtbares Gefühl.«

»Das Gefühl kenne ich«, sagte Charlie. »Als ich beim Leuchtturm war, ging es mir genauso.«

»Mir auch«, bestätigte seine Mom. »An dem Tag, als Basil das Mädchen sah, muss es besonders stark gewesen sein. Er konnte nicht hineingehen und das Kind retten.«

Charlie musste daran denken, dass Medusa ihm erzählt hatte, wie sehr ihr Sohn die Menschen mochte. Es störte ihn

nicht, sie zu erschrecken, aber er konnte es nicht ertragen, wenn sie verletzt wurden.

»Was ist aus dem Mädchen geworden?«

»Wir wissen es nicht. Es ist verschwunden. Basil hat die Kleine nie wiedergesehen. Wir gingen vom Schlimmsten aus. Basil war am Boden zerstört. Ich glaube, die Erinnerung an dieses Mädchen verfolgt ihn bis heute. Aber wenn es im Leuchtturm ein Portal gibt, ist sie vielleicht gar nicht tot. Vielleicht konnte sie auf die andere Seite fliehen.«

»Dann entführen ICK und INK also Kinder?«, fragte Charlie. Kein Wunder, dass Meduso wollte, dass er sich vom Leuchtturm fernhielt.

»Ich weiß es nicht«, gab seine Mutter zu. »Es tut mir leid, Charlie. Charlotte und ich hätten schon vor Jahrzehnten versuchen sollen, sie aufzuhalten. Jetzt ist dir diese Aufgabe zugefallen. Wenn ICK und INK für das Elixier verantwortlich sind, musst du ihnen das Handwerk legen, bevor dieses Nichts Cypress Creek erreicht.«

Charlies Blick folgte dem seiner Mutter, der auf die weiße Wand gerichtet war. Er hätte schwören können, dass die Wand, die seine Stadt bedrohte, noch ein wenig näher herangerückt war, seit er das letzte Mal hingesehen hatte. Wieder musste er fürchten, das zu verlieren, was er am meisten liebte. Die Angst, gegen die er so heftig gekämpft hatte, war zurück.

»Ich glaube nicht, dass ich der Richtige dafür bin«, gestand er seiner Mutter.

»Charlie …«, begann sie zu widersprechen.

»Hör auf!«, fiel ihr Charlie ein wenig zu laut ins Wort. Er verbesserte sich hastig. »*Bitte* hör auf, Mom. Wir wissen beide, dass Jack der Besondere von uns ist. Nur er hat eine Chance, ICK und INK zu besiegen. Er hat vor nichts Angst.«

Charlies Mom kicherte. »Ja, so war er schon immer«, sagte sie. »Ich weiß noch, als er ungefähr fünf war, hat er vor unserem Haus einen Frosch in den Regenwasserschacht hüpfen sehen und beschlossen, ihm zu folgen. Es war stockdunkel in dem Schacht, aber das hat Jack nicht gestört. Als die Feuerwehr ihn herauszog, hat er die ganze Zeit gelacht. Und dann war da dieser Ausflug in den Zoo, bei dem er es für eine gute Idee hielt, ins Bärengehege zu klettern …«

»Also bist du meiner Meinung«, murmelte Charlie. »Jack ist der Richtige.«

Charlies Mom legte einen Arm um seine Schultern und drückte ihn. »Du hast recht, Jack ist etwas Besonderes. Aber Furchtlosigkeit ist nicht dasselbe wie Mut. Ich glaube sogar, dass man Angst haben *muss*, um wirklich mutig zu sein.«

Charlie ließ den Kopf in die Hände sinken. Er war sich sicher, dass seine Mom ihn nur trösten wollte. »Das ergibt keinen Sinn.«

»Nicht?«, fragte seine Mutter. »Um wirklich mutig zu sein, muss man die Dinge so sehen, wie sie sind. Mutige Menschen betrachten alle Aspekte ihrer Lage. Sie wissen genau, wo die Gefahren lauern und was auf dem Spiel steht. Sie haben furchtbare Angst, dass etwas schiefgehen könnte. Deswegen handeln sie nie unüberlegt oder dumm. Aber wenn es nötig ist, tun sie, was getan werden muss. Mutig zu sein, bedeutet nicht, dass man keine Angst hat. Mutig zu sein, bedeutet vielmehr, dass man zwar Angst hat, aber trotzdem das Richtige tut.«

Charlie schaute zu seiner Mutter auf. Er konnte ihr ansehen, dass sie das alles nicht nur gesagt hatte, damit er sich besser fühlte.

»Du verstehst, was ich meine, oder, Charlie?«, fragte seine Mom. »Jack ist der Furchtlose, aber du bist der Mutige.«

Sehr schlechte Nachrichten

»Hey!«, wisperte Alfie. »Wach auf, Charlie. Ich glaube, da draußen ist jemand!«

Der Deckel des Müllcontainers flog auf und das goldene Licht der untergehenden Sonne fiel hinein. Als sich Charlies Augen an die Helligkeit gewöhnt hatten, sah er über sich das kalkweiße Gesicht eines irren Clowns. Dessen boshaftes Grinsen reichte von einem Ohr zum anderen und rote Diamanten umgaben die verrückt funkelnden Augen. Charlie presste Alfie hastig eine Hand auf den Mund, bevor sein Freund loskreischen konnte.

»Nimm deine Hand weg!«, befahl Alfie gedämpft. »Ich weiß, dass es nur Dabney ist!«

»Tut mir leid, Jungs!«, sagte der Clown freundlich. »Ich wollte euch nicht erschrecken. Ihr könnt jetzt rauskommen. Die Wandler sind verschwunden. Der Ladenbesitzer muss die Suche abgeblasen haben.«

Vorsichtig stiegen Charlie und Alfie aus dem Müllcontainer. Der Supermarktparkplatz war geradezu unheimlich verlassen.

»Was ist mit deiner Verkleidung?«, fragte Charlie. »Solltest du dich nicht als Mensch tarnen?« Er konnte den Blick nicht von Dabneys Clownskostüm abwenden. Noch nie hatte er begreifen können, was die Leute an einem erwachsenen Mann in einem weißen Strampelanzug mit Bommeln so lustig fanden.

»Die Wandler suchen nach einem Mann, nicht nach einem Clown«, erklärte Dabney. »Deswegen habe ich meine Tarnung abgelegt, bevor ich nach Orville Falls zurückgekommen bin.«

Charlie konnte seiner Logik zwar folgen, war aber nicht sicher, ob es eine gute Idee war. Dabney nach Cypress Creek zurückzubringen, würde in diesem Aufzug sicher schwierig werden. »Und wo ist Bruce?«

»In der Anderwelt«, sagte Dabney. »Er bringt eine der Flaschen zu Medusa. Die andere hat er für Charlotte in eurem Haus gelassen.«

»Bruce ist in die Anderwelt zurückgekehrt?«

»Ja«, bestätigte Dabney. »Ich habe ihn in die lila Villa gebracht und bin dann wieder losgefahren, um euch zu holen.«

»Aber wie ist er durch das Portal gekommen?«, fragte Charlie. Weder er noch Jack waren dort gewesen, um es zu öffnen.

Dabney zuckte mit den Schultern. »Braucht man dazu besondere Fähigkeiten? Bruce ist einfach durchgegangen. Ich habe es mit eigenen Augen gesehen.«

Charlie konnte es nicht glauben. Es gab nur zwei mögliche Erklärungen: Entweder hatte er das Portal versehentlich offen gelassen, oder Jack war nicht länger bei Paige, sondern war nach Cypress Creek zurückgekehrt.

»Du solltest Alfie nach Hause bringen, bevor seine Mom Suchtrupps losschickt«, sagte Charlie zu Dabney. »Ich sehe nach Paige.«

»Ganz allein?«, fragte Dabney.

»Bist du irre?«, rief Alfie.

»Ich hoffe nicht«, erwiderte Charlie. Aber ehrlich gesagt war er sich da nicht ganz sicher.

Als die Sonne hinter den Bergen verschwunden war, lag Orville Falls in fast vollkommener Dunkelheit da. Die Straßenlaternen brannten nicht und auch in den Fenstern entlang der Hauptstraße wurden keine Lampen eingeschaltet. Es schien, als wäre jede Glühbirne der Stadt herausgedreht und in einen der Lagerschuppen des Ladenbesitzers gebracht worden. Trotz der Dunkelheit konnte Charlie die Umrisse der Ratten ausmachen, die von einem Gebäude zum nächsten huschten und alles vertilgten, was die Bewohner zurückgelassen hatten. Als er an einer Bäckerei vorbeikam, hörte er ein Geräusch und blieb stehen, um einen Blick durchs Schaufenster zu werfen. Charlie wusste sofort, dass ihn das, was er dort sah, für den Rest seines Lebens verfolgen würde. Im Laden stopften sich Tausende Ratten mit Schmalzgebäck, Muffins und Törtchen voll. Charlie hätte beinahe losgeschrien, als direkt vor ihm ein besonders großes Exemplar aus einer Torte herausspähte. Rosa Zuckerguss klebte am Fell der Ratte und oben auf dem Kopf trug sie ein Krönchen aus Buttercreme.

Charlie hatte Angst – und er war froh darüber. Wenn er nicht dagegen ankämpfte, schärfte die Angst seine Sinne. Seine Ohren nahmen jedes Geräusch wahr. Seine Augen kontrollierten ständig die Umgebung und erfassten jede Bewegung. Aber meistens war es sein Geruchssinn, der ihn rettete. Sobald der Wind ihm einen Hauch Schweißgeruch zutrug, huschte er in die nächstbeste Gasse oder ging hinter einer Mülltonne in Deckung. Als er gerade wieder in eine dunkle Ecke gehastet war, kam ein Wandlertrupp mit Taschenlampen vorbei. Charlie wusste, dass er sie nicht gerochen hätte, wenn er nicht so wachsam gewesen wäre. Und wenn er sie nicht gerochen hätte, wäre es ihm sicher nicht gelungen, sich rechtzeitig zu verstecken.

Doch als er Josephines Haus erreichte, wurde die Angst fast unerträglich. Die Fenster des kleinen Häuschens waren genauso dunkel wie alle anderen. Es sah nicht so aus, als hätten Paige und Jack es hierher geschafft. Das Haus war verlassen – jedenfalls wirkte es so, bis Charlie sich einen Weg durch das Unkraut im Vorgarten gebahnt hatte. Dann fiel ihm auf, dass die Fenster nicht nur dunkel waren, sondern vollkommen schwarz. Jemand sehr Cleveres hatte sie übermalt.

Charlie klopfte den Notfall-Code an die Haustür, den er und Paige in der fünften Klasse erfunden hatten. Zwei laute Klopfer mit den Knöcheln, gefolgt von drei leiseren Klopfern und einem Klatscher mit der Handfläche. Wenn Paige das hörte, würde sie wissen, dass er es war. Charlie wartete angespannt, doch schon ein paar Sekunden später wurde die Tür aufgerissen. Er wurde in einen dunklen Raum gezogen und mit einer Umarmung begrüßt. Der Geruch von Erdbeeren stieg ihm in die Nase. Dann fiel die Haustür wieder zu und das Licht wurde eingeschaltet.

Charlie staunte nicht schlecht. Bei seinem letzten Besuch war Josephines Haus eine Katastrophe gewesen – überall Farbe und Essen auf dem Boden. Doch jetzt sah es nicht nur bewohnbar aus, sondern geradezu … gemütlich.

»Das hast du alles an einem Tag geschafft?«, fragte Charlie verblüfft.

Paige schenkte ihm ein erschöpftes Lächeln. »Ich hatte Hilfe«, sagte sie und zeigte auf einen kleinen Körper, der zusammengerollt auf der Couch lag und schlief. Es war Jack.

»Er war die ganze Zeit hier?«, fragte Charlie verwirrt. Das ergab keinen Sinn. Wenn Jack das Portal in der lila Villa nicht für Bruce geöffnet hatte, musste Charlie es in der vergangenen Nacht versehentlich offen gelassen haben. So unvorsichtig war er noch nie gewesen.

»Nun, er war eine Weile draußen, um Lebensmittel zu besorgen.« Auf dem Tresen, der die Küche von Wohnzimmer trennte, stapelten sich Dosen. »Er hat gesagt, dass alles Frische von Ratten angenagt worden war.«

»Seid ihr beide okay?«, fragte Charlie. Er sah sich im Wohnzimmer um. Josephines Farben waren aufgeräumt und der letzte Stapel Plakate lehnte in einer Ecke an der Wand. Aber etwas fehlte, auch wenn Charlie nicht genau wusste, was es war.

»So weit, so gut«, sagte Paige. »Du solltest Jack nach Hause bringen. Es war süß von ihm, mich zu begleiten, aber ab jetzt komme ich allein zurecht.«

Es folgte ein langes Schweigen, denn Charlie suchte nach den richtigen Worten. Mehr als alles andere wollte er sich entschuldigen. Er wollte Paige sagen, dass er sie hätte begleiten müssen. Doch stattdessen sagte er: »Wie geht's deiner Tante?«

Die Frage schien Paige an etwas zu erinnern. »Nicht zu fassen, das hätte ich fast vergessen! Komm mit und sieh es dir an.« Sie führte Charlie ins Schlafzimmer im hinteren Teil des Hauses. Charlie blieb an der Tür stehen, als er Paiges Tante in ihrem Bett sitzen sah. Josephine war sauber und trug ein frisches weißes Nachthemd, aber sie starrte die Wand an, ohne zu blinzeln. Sie war eindeutig total weggetreten. Doch Charlie fiel plötzlich etwas ganz anderes auf – etwas, das er nie zuvor bemerkt hatte. Paige war das absolute Ebenbild ihrer Tante.

»Verrückt, nicht?«, fragte Paige mit einem verlegenen Grinsen, als Charlie sie darauf hinwies. »Seltsam, zu wissen, wie man aussehen wird, wenn man erwachsen ist.«

Charlie nahm an, dass die meisten Mädchen begeistert gewesen wären. Aber Paige war schon immer anders als andere Mädchen gewesen.

»Ich habe sie dazu gebracht, etwas zu essen«, berichtete Paige. »Sie mag Champignonsuppe aus der Dose. Und sieh dir das an.«

Paige schraubte den Deckel von einem kleinen Gläschen ab. Darin war ein dickes, gelbes Gel. Sie hielt es ihrer Tante unter die Nase, und Josephines Augen huschten herum, als wäre sie aus einem bösen Traum erwacht. Dann blinzelte sie zweimal und fiel wieder in ihren Dämmerzustand.

»Hast du das gesehen?«, fragte Paige aufgeregt. »Es ist, als würde sie für ein paar Sekunden aufwachen!«

»Was ist das für ein Zeug?« Charlie streckte die Hand aus

und Paige gab ihm das Gläschen. Er sah sich das Etikett an, doch es stand nur LIPPENPFLEGE darauf.

»Ich habe es beim Aufräumen unter einem Sesselpolster gefunden. Josephines Lippen waren ganz rau, deshalb habe ich ihr etwas davon aufgetragen. Sieh mal unten drunter.«

Charlie drehte das Gläschen um und entdeckte einen weiteren Aufkleber, einen, den er gut kannte. »Sie hat das Zeug in unserem Kräuterladen gekauft!«

»Ich weiß!« Paige platzte fast vor Aufregung. »Meinst du, es könnte etwas darin sein, das Charlotte bei der Herstellung des Gegenmittels hilft?«

Charlie hatte oft zugesehen, wenn Charlotte Lippenpflege anmischte. Soweit er sich erinnern konnte, enthielt diese keine ungewöhnlichen Zutaten – nur so etwas wie Bienenwachs und Sheabutter. »Kann sein«, antwortete er. »Ist es in Ordnung, wenn ich das Zeug nach Cypress Creek mitnehme und es ihr zeige? Sie ist noch in New York, kommt aber morgen Abend zurück. Hältst du es hier noch vierundzwanzig Stunden aus?«

»Bei dir hört es sich an, als hätte ich eine Wahl«, scherzte Paige, doch ihr Gesicht blieb ernst.

»Was ist mit deinen Eltern?«, fragte Charlie. »Machen die sich keine Sorgen?«

»Ich habe sie angerufen. Sie wissen, wo ich bin«, sagte Paige. Sie seufzte. »Meiner Mom geht es momentan gar nicht gut – und mein Dad hat keine Zeit, sich Sorgen um mich zu machen. Tante Josephine kümmert sich normalerweise um mich, wenn meine Mom krank ist. Allerdings fürchte ich, dass sie sich zurzeit um niemanden kümmern kann.«

Charlie hätte Paige am liebsten gedrückt. »Dann kümmere ich mich um dich«, versprach er.

Paige lächelte. »Und ich kümmere mich um dich«, erwiderte sie. »Dafür sind Freunde doch da.«

Auf dem Weg in Josephines Haus hatte Charlie gesehen, dass aus dem Unkraut im Vorgarten ein Fahrradlenker ragte. Als es an der Zeit war, nach Hause zu fahren, zerrte er das Rad aus dem Gestrüpp. Er war ziemlich entsetzt, als er erkannte, dass es schweinchenrosa war. Trotzdem verlor er keine Zeit und schob es zur Straße, wo Jack auf ihn wartete. Er sah immer noch ganz verschlafen aus.

»Steig auf«, sagte Charlie und half ihm auf den Gepäckträger.

»Bist du sicher, dass das gut geht?«, fragte Jack und gähnte.

»Nicht wirklich«, antwortete Charlie.

»Super«, sagte Jack.

Charlie stieg aufs Rad und Jack hielt sich an ihm fest. Er radelte los und hoffte nur, dass er den Weg aus der Stadt fand. Bei ihrer Fahrt durch die Straßen von Orville Falls bot ihnen die Dunkelheit zumindest ein wenig Schutz. Zweimal wurden sie von Wandlertrupps entdeckt, die ihnen hinterherrannten, aber gegen einen panischen Zwölfjährigen auf einem schweinchenrosa Fahrrad hatten sie keine Chance. Als die beiden die Stadtgrenze erreichten, brauchte Charlie kaum noch zu treten. Bis nach Cypress Creek ging es nur noch bergab. Sie rasten durch den Wald, vor dem Charlie einmal solche Angst gehabt hatte. Mittlerweile war ihm der Wald egal. Es gab eindeutig Schlimmeres, vor dem man sich fürchten konnte.

Auf der Hauptstraße von Cypress Creek setzte Nieselregen ein. Natürlich wollte Charlie nach Hause ins Trockene, aber irgendetwas ließ ihn kurz stoppen, als sie am Haus von Ollie Tobias vorbeifuhren. Er suchte nach einem Lebenszeichen hinter den Fenstern.

»Wieso spionieren wir Ollie hinterher?«, wollte Jack wissen.

»Nur um sicherzugehen, dass er in Ordnung ist«, antwortete Charlie.

»Seid ihr Freunde?«, fragte Jack verblüfft.

Charlie zuckte mit den Schultern. »So was in der Art«, sagte er. Darüber hatte er so genau nie nachgedacht.

In Ollies Wohnzimmer tauchte die Haushälterin auf. Während sie dort aufräumte, schlich ein kleines Wesen im schwarzen Ninja-Outfit hinter ihr her. Jedes Mal, wenn sich die Haushälterin umsah, verschwand der kleine Ninja hinter dem Vorhang oder der Couch.

»Ist das cool«, sagte Jack lachend. »Ollie ist mein Held.«

»Das wundert mich nicht«, entgegnete Charlie. »Ihr seid euch ziemlich ähnlich.« Und zum ersten Mal seit Tagen – zumindest kam es ihm so vor – lächelte Charlie.

Als die Jungen die lila Villa erreichten, war aus dem Nieselregen ein Wolkenbruch geworden. Sie bogen in die Einfahrt, und Charlie bemerkte sofort den großen Mann, der sich hinter einem Baum im Vorgarten versteckte.

»Jungs!«, rief er so leise, dass Charlie es über dem Rauschen des Regens fast nicht gehört hätte. Dem Flüstern folgte ein wesentlich lauteres Kichern.

»Dabney?«, fragte Charlie, und der Clown trat hinter dem Baum hervor. Er war triefend nass.

»Wieso stehst du im Garten?«, fragte Jack.

»Euer Vater war da, als ich ankam, und er darf mich so nicht sehen!«, erklärte Dabney.

»Wieso? Ich dachte, alle Leute lieben Clowns.«

Dabney war sofort geknickt. Charlie wusste, wenn Jack recht hatte, war sein Freund arbeitslos. »Komm mit«, sagte er, bevor Dabney zu beleidigt sein konnte. »Bringen wir dich zurück in die Anderwelt.«

Charlie hatte vorgehabt, für Ablenkung zu sorgen, damit Dabney ungesehen in den Turm schleichen konnte. Aber das war gar nicht nötig. Als sie die Tür öffneten, konnten sie hören, wie Andrew Laird in der Küche telefonierte.

»Es ist schon dunkel, und er weiß nicht, dass wir wieder zu Hause sind«, flüsterte Jack. »Er ruft bestimmt die Polizei.«

Es wäre nicht das erste Mal, dass die Polizei nach Charlie suchte. Aber er hatte seinem Vater versprochen, dass so etwas nie wieder vorkommen würde.

»Bring Dabney zum Portal«, trug er Jack auf. »Ich rede mit Dad und komme dann gleich nach.«

»Falls du noch lebst, wenn er mit dir fertig ist«, bemerkte Jack unbekümmert.

Aber Andrew Laird nahm seinen Sohn gar nicht zur Kenntnis, als dieser die Küche betrat. Charlies Vater saß am Tisch, das Kinn auf eine Hand gestützt. Wer immer am anderen Ende der Leitung war, hatte keine guten Nachrichten.

Charlie räusperte sich und sein Vater fuhr zusammen.

»Die Jungs sind wieder da«, sagte er ins Telefon. Anscheinend sprach er mit Charlotte. Sein Dad sah auf die Uhr. »Ja, es ist ziemlich spät. Ich sollte wohl jetzt Abendessen machen.« Andrew Laird hörte noch eine Weile zu und gab dann das Telefon an Charlie weiter. »Sie möchte dich sprechen.«

»Hi, Charlotte«, sagte Charlie.

Die Stimme, die ihm antwortete, klang gar nicht nach seiner Stiefmutter. »Wie ist der Stand?«, fragte Charlotte ihn erschöpft.

Charlie verzog sich ins Wohnzimmer, damit sein Vater nicht mithören konnte. »Bruce hat im Goldener-Schlaf-Laden in Orville Falls zwei Flaschen von dem Elixier geklaut«, berichtete er. Auf den antiken, dunkelrot gepolsterten Möbeln, die Charlotte mit dem Haus geerbt hatte, mochte er nicht sitzen, und so rutschte er auf die Fensterbank und schaute in den Garten hinaus. »Er hat eine der Flaschen zu Medusa gebracht. Die andere müsste hier auf dich warten.«

»Sehr gut.« Charlie hörte die Erleichterung in Charlottes Stimme. Aber es schwang noch etwas anderes mit. »Und es ist niemand verletzt worden? Geht es euch allen gut? Ich habe Meduso gebeten, nach dir zu schauen, für den Fall, dass etwas schiefgeht.«

»Er hat mich gefunden«, berichtete Charlie. »Mir geht's gut. Ich bin nur …« Draußen auf dem Rasen hatte sich etwas bewegt. Charlie klemmte sich das Telefon zwischen Ohr und Schulter und drückte die Stirn und beide Hände an die Scheibe. Es regnete immer noch wie aus Kübeln. Er suchte den aufgeweichten Rasen ab, konnte aber niemanden entdecken. »Ach, nicht so wichtig. Wie geht es dir?«

»Super«, versicherte Charlotte mit aufgesetzter Begeisterung. Doch dann gab sie die Show auf. »Nein, das ist nicht wahr. Es ging mir schon mal besser.«

Charlie wandte sich vom Fenster ab und umklammerte nervös das Telefon. Er ahnte Schlimmes. »Wie ist dein Treffen mit dem ersten Verleger gelaufen?«

»Er sagte, er würde das Buch kaufen – aber nur, wenn ich die Nachtmahre etwas niedlicher zeichne.«

»Was?«, rief Charlie. »Aber sie sehen genau so aus, wie sie eben aussehen! Das ist doch der ganze Sinn des Buchs!«

Charlotte brauchte er nicht zu überzeugen. Sie hatten den Kreaturen, die sie gezeichnet hatte, beide leibhaftig gegenübergestanden. »Das weiß ich doch. Aber er findet, dass das Buch für Kinder zu gruselig ist.«

»Also, die meisten Leute in meinem Alter finden gruselig viel besser als niedlich!«, empörte sich Charlie. »Hat der Typ jemals mit einem Kind *gesprochen*?«

Charlotte kicherte. »Eine gute Frage. Aber reg dich nicht auf«, sagte sie. »Ich lasse mir nicht von einem dämlichen Kerl in Manhattan sagen, dass mein Buch nichts taugt. Morgen früh treffe ich den anderen Verleger. Und am Abend bin ich wieder da und wir werden ein Mittel gegen dieses Elixier finden.«

Charlie war erleichtert. Charlotte glaubte also auch daran, dass sie ein Gegenmittel herstellen konnten. »Alles klar«, sagte er. »Wir brauchen es nur schnell. Ich glaube, ich habe heute etwas herausgefunden, das helfen könnte, aber die Lage in Orville Falls ist wirklich schlimm. Fast jeder Bewohner ist jetzt ein Wandler. Paiges Tante auch und es geht ihr gar nicht gut. Paige will sie nicht allein lassen, bis wir ein Heilmittel haben.«

»Paige ist noch in Orville Falls?«, fragte Charlotte besorgt.

»Sie weigert sich, nach Hause zu kommen«, berichtete Charlie.

»Ich kann mir kaum vorstellen, wie verängstigt sie sein muss«, sagte Charlotte. »Versuchen wir, sie so bald wie möglich nach Hause zu holen. Aber wenn wir morgen ein Gegenmittel finden wollen, musst du heute Nacht etwas für mich tun.«

Eigentlich hatte sich Charlie auf ein leckeres Abendessen und viele Stunden Schlaf gefreut. Er hätte es besser wissen müssen. »Klar. Was denn?«

»Geh mit Jack in die Anderwelt und sprecht mit Medusa. Vielleicht kann sie uns sagen, woraus das Elixier besteht.«

»Okay«, stimmte er zu und musste herzhaft gähnen. Das würde eine weitere lange Nacht werden.

Charlie schaute wieder aus dem Fenster. Ein paar Meter vom Haus entfernt huschte jemand hinter einen Baum.

Einen Moment lang fragte er sich, wieso Dabney noch einmal nach draußen gegangen war. Doch dann wurde ihm klar, dass der Clown sicher längst wieder in der Anderwelt war. Außerdem trug die Person da draußen kein weißes Kostüm und hatte eher Kinder- als Dabneygröße. Wer immer es war, hatte ihn durchs Fenster beobachtet. Die Härchen auf Charlies Armen richteten sich auf und Panik ergriff ihn. Der da draußen hatte sich für einen Wandler viel zu schnell bewegt. Es war jemand – oder Etwas – anderes und er hatte bestimmt nichts Gutes im Sinn.

Während Charlotte weitersprach, stand Charlie von der Fensterbank auf und versuchte, ganz gelassen zu wirken. »Charlotte, ich muss jetzt Schluss machen«, unterbrach er seine Stiefmutter mitten im Satz.

»Wie bitte?« Seine plötzliche Unhöflichkeit schien sie zu verwirren. Dann begriff sie, das irgendetwas los sein musste. »Stimmt was nicht?«, fragte sie.

»Ich muss nur kurz mit Dad reden«, sagte Charlie. »Ich rufe dich nachher zurück.«

Er beendete das Gespräch und ging in die Küche, wo sein Vater ein Blatt Papier las und gleichzeitig geistesabwesend in einem Topf mit Spaghettisoße rührte. Charlie wusste, dass er sich als Wächter der lila Villa eigentlich selbst um den Eindringling kümmern müsste, aber die Nacht wirkte dunkler als sonst und die Schatten irgendwie bedrohlicher.

Natürlich kannte Charlie jeden Zentimeter des Gartens, aber er kam ihm dennoch plötzlich ganz fremd und gefährlich vor. Charlie hatte ein mulmiges Gefühl und traute sich nicht, hinauszugehen und selbst nach dem Eindringling zu suchen.

»Hey, Dad?«, sagte er.

»Hmmm?« Andrew Laird hörte nicht wirklich zu.

»Da versteckt sich jemand hinter einem Baum in unserem Garten.«

Sein Vater horchte auf. »Was?«

»Er ist sehr klein. Ich glaube, er beobachtet uns durchs Fenster.«

»Du machst Witze«, sagte Andrew Laird, aber er ließ den Löffel fallen und legte das Papier auf die Arbeitsplatte. Ohne sich einen Schirm zu holen oder wenigstens seine Schuhe anzuziehen, stürmte er zur Hintertür hinaus. Dort blieb er kurz stehen, um nach Rufus zu pfeifen. Der Hund kam wild bellend angerannt.

Charlie schaltete die Außenbeleuchtung an und ging zurück ins Wohnzimmer. Er konnte seinen Vater und Rufus sehen, die den Garten absuchten, aber der geheimnisvolle Fremde war längst verschwunden.

Die Nudelsoße begann zu brodeln und zu spritzen. Charlie rannte zurück in die Küche, um den Herd abzustellen. Dabei fiel sein Blick auf den Zettel, den sein Vater auf der

Arbeitsplatte hatte liegen lassen. Charlie brauchte gar nicht weiterzuschnüffeln. Er erkannte schon auf den ersten Blick, dass es ein Brief von der Bank war. Die Lairds hatten bis zum Ende des Monats Zeit, ihren Kredit zurückzuzahlen – oder sie würden die lila Villa verlieren.

Die Prophezeiung

Beim Abendessen war Charlie sehr still. Jack nervte ihn pausenlos mit Fragen über den geheimnisvollen Fremden, der sich in ihrem Garten herumgetrieben hatte. Charlie antwortete so knapp wie möglich, manchmal grunzte er sogar nur. Endlich kapierte Jack und konzentrierte sich darauf, so viele Spaghetti wie möglich um seine Gabel zu drehen. Erst als der Nudelklumpen die Größe eines Tennisballs hatte, biss er davon ab.

Andrew Laird war genauso schweigsam wie seine Söhne. Charlie vermutete, dass sein Dad sich aus demselben Grund Sorgen machte wie er. Eltern glauben immer, sie könnten ihre Kinder vor schlechten Nachrichten beschützen, dachte Charlie deprimiert, aber die Kinder merken sofort, wenn etwas nicht stimmt. In diesem Fall hatte es sogar die *Katze* gemerkt. Die Stimmung am Tisch war so düster, dass Aggie lieber Abstand hielt.

Nach dem Essen räumten Charlie und Jack das Geschirr

ab und sagten ihrem Vater Gute Nacht. Dann liefen sie ins Turmzimmer. Normalerweise hätte Charlie gewartet, bis sein Vater schlief, bevor er das Portal öffnete. Aber er war ziemlich sicher, dass sein Dad an diesem Abend nicht noch einmal nach seinen Söhnen sehen würde. Und Charlie konnte das gut verstehen.

Erst als sie im Turmzimmer angekommen waren, fiel Charlie wieder ein, was ihn vorhin so beunruhigt hatte.

»Dabney hat gesagt, dass Bruce heute Nachmittag durch das Portal gegangen ist, obwohl keiner von uns hier war, um es zu öffnen.«

Jack sah seinen Bruder überrascht an. »Ach, ich habe ganz vergessen, dir das zu sagen. Es war immer noch offen, als ich vorhin mit Dabney hier war.«

»Meinst du, wir haben es letzte Nacht offen gelassen?«, fragte Charlie.

»Auf keinen Fall«, widersprach Jack und schüttelte energisch den Kopf. »Du würdest nie vergessen, es zuzumachen.«

Charlie starrte die Wand an. Sie sah ganz normal aus – das Portal war geschlossen.

»Kann es von selbst aufgegangen sein?«, fragte Jack. »Oder vielleicht hat es einer von uns aus Versehen geöffnet – wie damals, als du das erste Mal in der Anderwelt warst.«

Charlie wollte ihm gerade sagen, dass das unmöglich war, da löste sich die Wand plötzlich auf. Die Anderwelt lag noch immer genau dort, wo sie hingehörte – allerdings war Charlie sicher, dass diesmal nicht sein Bruder das Portal geöffnet hatte.

»Das war ich nicht!«, rief Jack, als könnte er Charlies Gedanken lesen. »Ich schwöre!«

»Ich weiß«, sagte Charlie. Er konnte schon ein bisschen von dem erkennen, was dort auf sie lauerte. Der Albtraum auf der anderen Seite war sehr real – und es war Charlies. Er trat über die Schwelle und landete in der Bank von Cypress Creek.

Sein Vater und Charlotte saßen in einem Büro mit Glaswänden vor einem Schreibtisch. Sie wirkten eher wie Schaufensterpuppen und nicht wie lebendige Menschen – was Charlie verriet, dass sie nur Statisten waren. Sie waren allein seiner Fantasie entsprungen. Aber die Kreatur hinter dem Schreibtisch war echt. Es war ein riesenhafter Wolf in einem schicken blauen Anzug. Er leckte sich immer wieder die Lippen, und Charlie war fest davon überzeugt, dass er seine Eltern verschlingen wollte. Er hatte nur darauf gewartet, dass Charlie auftauchte und zusah.

»Es tut mir wirklich leid, aber wir können nichts mehr tun«, sagte der Wolf in einem Tonfall, der keinen Zweifel daran ließ, dass es ihm kein bisschen leidtat. »Sie können

Ihre Rechnungen nicht zahlen und deshalb gehört das alte DeChant-Gebäude jetzt der Bank von Cypress Creek. Sie müssen unseren Besitz bis Ende des Monats räumen. Andernfalls sehen wir uns gezwungen, Ihnen ein Umzugsunternehmen zu schicken, das Ihnen dabei hilft. Auf Ihre Kosten natürlich. Falls Sie eine Kreditkarte brauchen, um das zu bezahlen, lassen Sie es mich wissen, und ich hole Ihnen ein Antragsformular.«

Charlie schlug das Herz bis zum Hals. Er hatte seinen schlimmsten Albtraum heraufbeschworen. Seine Eltern hatten das Haus verloren – und die Bank würde über seine Familie herfallen. Zum ersten Mal seit langer Zeit waren Charlies echte Ängste stark genug, um das Portal zu öffnen.

»Was ist hier los?«, flüsterte Jack. »Charlie, ist das dein Albtraum? Wieso träumst du von Charlotte und Dad? Und wieso hast du solche Angst vor der Bank?«

Charlie sah seinen kleinen Bruder an. Was würde passieren, wenn sie ihr Zuhause verloren? Würden sie in irgendein schreckliches Haus ziehen müssen? Und noch schlimmer – müsste er sich dann ein Zimmer mit Jack teilen? Und wie sollten sie dann das Portal bewachen?

Der Wolf bemerkte, dass sie vom Schalterraum der Bank aus zusahen. Er schien sich besonders für Jack zu interessieren, der mit dem Rücken zu ihm stand. Charlie beobachtete, wie der Nachtmahr die Schnauze hob und Witterung aufnahm. Was immer er roch, ließ ihm das Wasser im Maul zusammenlaufen. Der Wolf hatte offensichtlich gemerkt, dass sie leibhaftig in der Bank standen.

»Wir müssen hier raus«, drängte Charlie seinen Bruder. Er packte Jack am Arm und zerrte ihn aus der Bank.

»Und was ist mit deinem Albtraum?«, fragte Jack, als sie auf einer Straße in der Anderwelt-Version von Cypress Creek gelandet waren. »Du kannst nicht davor weglaufen!«

»Das weiß ich«, sagte Charlie. »Keine Sorge. Ich gehe später noch einmal hin und setze mich damit auseinander.« Um sich selbst machte er sich keine Sorgen. Aber die Art, wie dieser Wolf Jack angesehen hatte, jagte ihm eine Heidenangst ein.

Als sie am Anderwelt-Gericht ankamen, war dort niemand mehr. Keine Demonstranten, die Schilder schwenkten. Sogar die Wachen waren verschwunden.

»Wo sind die alle?«, fragte Jack. Charlie kannte die Antwort, sagte das Jack aber nicht. Die Nachtmahre hatten die Flucht ergriffen. Das Loch wuchs und es war nur eine Frage der Zeit, bis es die ganze Stadt verschlang. Doch bevor die Nachtmahre geflohen waren, hatte einer von ihnen eine Nachricht an der Wand des Gerichtsgebäudes hinterlassen. In großen roten Buchstaben stand dort: **DENKT AN DIE PROPHEZEIUNG. FINDET DAS MENSCHENKIND.**

Charlie schaute auf seinen Bruder hinunter. Er hatte die Anderwelt-Prophezeiung beinahe vergessen – eines Tages würde ein Kind kommen, ein Kind, das die Kraft besaß, alle Nachtmahre zu vernichten.

»Hallo, Leute«, rief jemand, und Charlie erschrak fast zu Tode. »Worauf wartest du, du großer Trampel? Bring mich zu meinen Freunden, oder ich fange wieder an, zu schreien wie am Spieß.«

Ein elend aussehendes Paar kam auf Charlie zu. Die Frau hatte dunkle Tränensäcke unter den Augen und auf ihrem Pulli waren lauter eklige Flecken. Ihr leeres Starren war das einer Statistin. Der Mann an ihrer Seite war der Träumer. Seine Brille war kaputt und er hatte sich die Haare seit Tagen nicht mehr gewaschen. Er trug ein kleines Wesen im Arm, das in einem knallroten Strampelanzug mit Krümelmonster-Aufdruck steckte.

»Sagt Hallo zu meinen neuen Eltern«, verlangte Bruce mit einem bissigen Kichern. »Die haben keine Ahnung, wie ihnen geschieht.«

Offenbar arbeitete Bruce wieder als Wechselbalg. Der Mann, der ihn herumtrug, war wohl gerade Vater geworden und hatte Angst, dass sein Kind ein Monster sein könnte – und in seinem Albtraum hatte Bruce die Rolle des Monsters übernommen.

»Hi«, sagte Charlie, und der Mann zuckte zusammen.

»Du willst doch wohl nicht unhöflich zu meinen Freunden sein?«, fragte Bruce den träumenden Vater. »Allein dafür hinterlasse ich dir etwas ganz *Spezielles* in meiner Windel.«

»Schon okay«, versicherte Charlie dem Wechselbalg. »Wir sind nicht beleidigt. Hör mal, Bruce, ich muss dich etwas fragen. Dabney sagte, dass das Portal offen stand, als du heute Nachmittag im Turmzimmer warst.« Der Gedanke ließ ihm keine Ruhe.

»Stimmt«, bestätigte Bruce.

»Hast du jemanden gesehen, der es möglicherweise geöffnet haben könnte?«

»Nein«, sagte Bruce. »Ich bin einfach durchgegangen und habe wieder angefangen zu arbeiten.«

»Wow, so schnell?«, staunte Jack.

Bruce kratzte sich die Bartstoppeln. »Nun, nachdem ich das Elixier bei Medusa abgeliefert hatte, wurde in Cypress Creek ein Wechselbalg gesucht. Niemand sonst übernimmt hier in der Stadt noch irgendwelche Jobs, aber mir ist das Kaff irgendwie ans Herz gewachsen. Deshalb dachte ich, ich bleibe noch eine Weile, bevor alles im Loch verschwindet.«

»Welches Loch?«, fragte der Mann.

Bruce kniff ihm spielerisch ins Kinn. »Darüber brauchst du dir keine Gedanken zu machen, Dumpfbacke«, antwortete er. »So, wie sich die Dinge entwickeln, brauchst du dir bald um gar nichts mehr Gedanken zu machen.«

»Was glaubst du, wie viel Zeit wir noch haben, bevor das Loch die Stadt erwischt?«, fragte Charlie.

»Ich hab es heute Nachmittag auf dem Rückweg gesehen.« Bruce pfiff vor sich hin. »Wenn Medusa nicht bald eine Lösung findet, fürchte ich, bleibt dem Ort nur noch ein Tag, höchstens zwei.«

»Wo *ist* Medusa?«, fragte Jack und sah sich auf den leeren Straßen um.

»In ihrer Höhle«, antwortete Bruce. »Ich weiß aber nicht, ob sie mit dem Elixier, das ich ihr gebracht habe, viel anfangen kann. Sie war ziemlich beschäftigt, als ich dort war. Hat ständig in ihr Teleskop gestarrt.«

»Teleskop?«, wiederholte Charlie.

»Ja. Sie beobachtet diesen Leuchtturm. Ist seit Kurzem eine echte Touristenattraktion. Scheint vor allem bei den Kobolden beliebt zu sein. Sie strömen zu Hunderten über die Grenze. Bis jetzt haben sie nichts gemacht, aber irgendetwas hat sie dazu gebracht, aus ihren Löchern zu kriechen.«

Charlie sah seinen kleinen Bruder ernst an. »Wir müssen mit Medusa reden.«

»Seid aber vorsichtig, und passt auf, dass euch niemand sieht«, warnte Bruce. »Hier suchen alle nach dem kleinen Menschenkind. Sie glauben, es hat das Zeug auf die andere Seite geschmuggelt.«

Wieder warf Charlie seinem Bruder einen Blick zu.

»Die glauben, dass ich dieses Menschenkind bin, oder?«, fragte Jack. Er sah tatsächlich besorgt aus.

»Natürlich nicht«, versicherte ihm Charlie und versuchte, die Wahrheit hinter einem Lächeln zu verstecken.

Hoch oben auf Medusas Berg standen kaum noch Bäume und man hatte eine perfekte Aussicht auf das gigantische Loch. Charlie ließ es beim Hochsteigen nicht aus den Augen. Er konnte sehen, dass es sich weiterhin in alle Richtungen ausbreitete. Der Anblick beunruhigte ihn immer mehr, und er lief schneller, Jack an seiner Seite.

Als sie an Medusas Tür klopften, öffnete sie sofort. Die Schlangen auf ihrem Kopf ringelten hektisch durcheinander und Medusas lange blutrote Nägel waren abgekaut.

»Jungs!«, rief sie und scheuchte Charlie und Jack in ihre Höhle. »Ihr müsst die Anderwelt sofort verlassen – und dürft nicht zurückkommen. Für Menschen ist es hier nicht mehr sicher. Es ist für niemanden mehr sicher.«

Charlie entdeckte die Flasche mit dem Elixier auf einem kleinen Tisch neben der Haustür. Er hatte den Verdacht, dass sie immer noch dort stand, wo Bruce sie abgestellt hatte.

»Sie haben die Flasche gar nicht geöffnet«, sagte er.

»Natürlich habe ich das!«, fuhr Medusa ihn an. »Aber das Zeug hilft uns nicht weiter. Außerdem haben wir jetzt ein neues Problem. Geh zum Teleskop und sieh selbst.«

Charlie ging auf das Teleskop zu und zog es auf seine Höhe herunter. In der Ferne konnte er den Leuchtturm erkennen. Das riesige Leuchtfeuer ganz oben brannte hell. Es warf einen dicken weißen Lichtstrahl über die Grenze zum Koboldland. Der zeigt ihnen den Weg, dachte Charlie. Schon jetzt drängten sich Tausende Kobolde um den Fuß des Leuchtturms.

»Was machen die da?«, fragte er.

»Sie scheinen auf etwas zu warten«, sagte Medusa. »Ich habe meine besten Truppen ausgeschickt und hoffe sehr, dass sie den Leuchtturm rechtzeitig erreichen. Falls sich die Tür öffnet und die Kobolde es durch das Portal im Leuchtturm in die wache Welt schaffen, gibt es eine Katastrophe.«

Charlie dachte an die Harpyie, die das Gegenstück des Leuchtturms erforschen sollte. »Ava ist noch in Maine.« Und in furchtbarer Gefahr, fügte er in Gedanken hinzu.

»Hast du von ihr gehört?«, fragte Medusa.

Charlie schüttelte den Kopf. Seine eigene Angst spiegelte sich in Medusas Blick. Wenn es die Kobolde wirklich bis zum Portal schafften, bekäme Medusas Freundin Ava – und der Bundesstaat Maine – schon bald sehr unwillkommenen Besuch.

»Kobolde hin oder her, wir brauchen trotzdem ein Gegenmittel«, sagte er. »Wenn Charlotte herausfindet, woraus das Elixier besteht, kann sie vielleicht ein Heilmittel herstellen und verhindern, dass das Loch die ganze Anderwelt verschluckt.«

Medusa schüttelte den Kopf. »Ich sagte doch, das Elixier hilft uns nicht weiter. Seine Zutaten sind nicht stark genug, um Menschen am Träumen zu hindern.«

»Aber ich habe gesehen, was es bewirkt!«, widersprach Charlie.

»Die Wirkung des Elixiers stammt nicht von einer Pflanze oder einem Pilz«, sagte Medusa. »Es erhält seine Kraft von dem, der es gemacht hat. Sein geheimer Inhaltsstoff ist *Verzweiflung.*«

Neueröffnung

Medusas Entdeckung war ein herber Rückschlag. Wieder zu Hause im eigenen Bett, lag Charlie noch lange wach. Bevor er endlich einschlief, stellte er seinen Wecker auf acht Uhr, um die Eröffnung des Goldener-Schlaf-Ladens in Cypress Creek um halb neun nicht zu verpassen.

Leider hatte Charlie ein wenig zu oft auf die Schlummertaste gedrückt. Als er an der Hauptstraße ankam, war es bereits zehn nach neun, und vor dem neuen Laden warteten schon vier Leute. Unter ihnen war auch die Mutter von Ollie Tobias.

Zu Charlies Verblüffung war sein Freund Rocco Marquez ebenfalls dort. Er hatte einen Stapel Papier unter dem Arm und drückte jedem, der vorbeikam, ein Blatt in die Hand. Nur die wenigsten warfen einen Blick darauf. Die meisten knüllten das Flugblatt zusammen und schmissen es weg, ohne es zu lesen. Der Mülleimer am Ende der Straße quoll schon über.

»Trinken Sie das Elixier nicht!«, schrie Rocco einem Mann mit einer ledernen Aktentasche zu. Der Mann nahm einen Flyer und bedachte Rocco mit einem bitterbösen Blick.

»Das Schlaf-Gut-Elixier frisst Ihr Gehirn auf!«, erklärte Rocco der Verkäuferin aus der Eisdiele, als sie an ihm vorbeihastete.

»Entschuldige mal?« Mrs Tobias stand ganz vorne in der Schlange. »Bist du zufällig Arzt, junger Mann?«

»Nein«, antwortete Rocco. »Aber ich habe mit eigenen Augen gesehen, was dieses Elixier anrichten kann.«

Mrs Tobias blickte den Mann hinter sich mit einem vielsagenden Grinsen an und wandte sich dann wieder an Rocco. »Du bist also *kein* Arzt«, verkündete sie hochnäsig.

»Natürlich nicht«, bestätigte Rocco. Er wurde immer frustrierter. »Ich bin *zwölf*.«

Mrs Tobias sah ihn von oben herab an und legte den Kopf schief. Sie zog eine richtige Show ab. »Dann solltest du medizinische Ratschläge den Fachleuten überlassen. Mein Sohn leidet unter furchtbaren Albträumen, und ich weiß aus sicherer Quelle, dass ihn das Elixier davon befreien wird. Vielleicht sollte ein Zwölfjähriger wie du sich lieber zu Hause mit seinen Spielsachen beschäftigen, statt Menschen daran zu hindern, sich Hilfe zu besorgen.«

»Mit meinen *Spielsachen*?«, wiederholte Rocco. Charlie entschied, dass es Zeit war, dazwischenzugehen.

»Was ist los?«, fragte er seinen Freund.

»Charlie!«, rief Rocco überrascht – und verzweifelt. »Wonach sieht es denn aus? Ich versuche, Cypress Creek zu retten! Ich habe gestern nach dem Spiel nach dir, Alfie und Paige gesucht, aber ihr wart alle verschwunden! Dann habe ich gehört, dass dieser Laden heute aufmacht, und musste einfach etwas dagegen unternehmen. Aber keiner hört auf mich, Charlie! Ich komme mir vor wie das Kind in der Geschichte mit dem nackten Kaiser und den Zwergen, die in einen Brunnen fallen …«

Charlie packte Rocco an den Schultern. »Schon gut«, sagte er so beruhigend, wie er nur konnte. »Ich bin ja da.«

»Ach, sieh mal an!« Die Stimme von Mrs Tobias war so schrill, dass Charlie zusammenzuckte und die Arme sinken ließ. »Wenn das nicht Charlotte Lairds außerordentlich *aufmerksamer* Stiefsohn ist. Übrigens, junger Mann, auch ich bin ziemlich *aufmerksam*, und mir ist aufgefallen, dass der Kräuterladen heute geschlossen ist. Und wie ich höre, wird es wohl auch so bleiben.«

Charlie ballte die Fäuste. Ollies Mutter hatte seinen wunden Punkt getroffen. »Da haben Sie falsch gehört«, erwiderte er und baute sich vor ihr auf. »Meine Stiefmutter ist in New York und besucht Verlage. Sie wird eine Bestsellerautorin.«

Bevor Mrs Tobias antworten konnte, durchbrach das Klicken eines Schlosses die Stille. Es war die Ladentür. Mrs Tobias kicherte hochnäsig und sagte dann mit zuckersüßer Stimme: »Aber *natürlich* wird sie das. Wenn ihr Kinder mich jetzt entschuldigen würdet, ich habe Einkäufe zu erledigen.«

Ollies Mutter öffnete die Tür zum Laden, und Charlie sprang vor, um schnell einen Blick hineinzuwerfen. Der Ladenbesitzer war nirgendwo zu sehen, aber hinter dem Verkaufstresen stand eine gepflegte Wandlerfrau mit einer riesigen blonden Perücke. Charlie war sicher, dass es dieselbe war, die gestern vor dem Geschäft Flugblätter verteilt hatte. Als sich Mrs Tobias umdrehte und ihm die Tür vor der Nase zuschlug, kehrte Charlie zu Rocco zurück und stieß ihn mit dem Ellbogen an. »Komm mit«, sagte er.

»Das geht nicht!« Rocco sah Charlie entschlossen an. »Ich muss hierbleiben und die Leute warnen!«

»Sie werden nicht auf dich hören«, sagte Charlie. »Aber ich weiß jemanden, der dir zuhören wird.«

Sie mussten dreimal klingeln, bevor die Haushälterin endlich an die Tür kam. Offenbar hatte sie gerade ein Nickerchen gemacht. Jemand hatte ihr mit dunkelrotem Filzstift einen Schnurrbart ins Gesicht gemalt.

»Was wollt ihr?«, fragte sie misstrauisch.

»Wir möchten zu Ollie«, antwortete Charlie.

»Seid ihr sicher?«, fragte die Haushälterin.

»Natürlich«, antwortete Rocco etwas verwirrt.

»Oliver!«, brüllte die Frau.

Es polterte so laut, als würde eine Herde Elefanten die Treppe heruntertrampeln, und Ollie erschien an der Haustür.

»Du hast Besuch«, sagte die Haushälterin.

»Vielen Dank, Mrs Hawthorne«, sagte Ollie höflich. »Habe ich Ihnen eigentlich schon gesagt, wie gut Sie heute aussehen?«

Charlie musste sich das Lachen verkneifen, als die Haushälterin die Stirn runzelte und in den Flurspiegel schaute. »Oliver!«, kreischte sie. Dann wandte sie sich an Charlie und Rocco. »Könnt ihr ihn fünf Minuten beschäftigen, während ich mir diesen Schnurrbart abwasche?«

»Natürlich«, sagte Charlie und gab sein Bestes, zuverlässig zu klingen.

Die Haushälterin stürmte davon, und Ollie begrüßte seine Freunde, als wäre nichts gewesen. »Hey, Charlie, hey, Rocco. Was geht?«

»Wir haben gerade deine Mutter in der Stadt getroffen«, berichtete Charlie. »Sie stand vor dem neuen Goldener-Schlaf-Laden. Wir sind hier, um dich zu warnen. Egal, was passiert, trink auf keinen Fall dieses Elixier.«

»Das muss ich aber«, sagte Ollie. Charlie hatte ihn noch nie so ernst erlebt.

»Nein, bloß nicht«, mischte sich Rocco ein. »Wenn sie es dir gibt, wirf es aus dem Fenster oder spül es die Toilette runter. Komm schon – du bist Ollie Tobias. Dir fällt schon etwas ein, um es loszuwerden!«

Ollie schüttelte den Kopf. »Das versteht ihr nicht. Ich habe grausige Albträume. Ich kann kaum noch schlafen.«

Jetzt, wo Ollie es erwähnte, fiel Charlie auf, dass er tatsächlich müde aussah.

»Aber das Elixier wird nicht nur gegen deine Albträume wirken«, erklärte Charlie. »Es wird dich daran hindern, überhaupt noch zu träumen, und dann dein Gehirn zerfressen.«

Ollie zuckte mit den Schultern. »Ist mir egal«, sagte er.

Charlie warf Rocco einen Blick zu, doch sein Freund sah ihn nur ratlos von der Seite an. Das war nicht die Antwort, mit der sie gerechnet hatten. Was immer Ollie in seinen Träumen sah, musste ziemlich schlimm sein.

»Wovon handeln deine Albträume?«, fragte Rocco.

»Von einem Mädchen«, sagte Ollie. Charlie fiel auf, dass er beim Sprechen ein wenig zitterte. Außerdem war er ganz blass geworden. »Sie verfolgt mich jede Nacht. Ich habe sie nur ein paarmal gesehen, aber sie beobachtet mich ständig. Ich fühle mich furchtbar, wenn sie da ist. Ich glaube, sie plant etwas Schreckliches.«

»Albträume sind nicht gefährlich, Ollie. Aber du darfst

auch nicht vor ihnen weglaufen«, erklärte ihm Charlie. »Du musst herausfinden, wovor du wirklich Angst hast, und dich ihm stellen. Sonst hast du denselben Albtraum immer wieder.«

»Ich weiß, wovor ich Angst habe«, erwiderte Ollie, eher verärgert als verängstigt. »Vor dem Mädchen. Und sie ist kein normaler Albtraum. Ich glaube, ich habe sie heute in der Stadt gesehen.«

»Du hast sie *gesehen*?«, fragte Charlie.

»Was habt ihr da zu suchen?«, rief eine Frau vom Bürgersteig aus. »Runter von meinem Grundstück, ihr Bengel!«

Charlie verzog das Gesicht, als Mrs Tobias ihn so anschrie, aber er drehte sich nicht um. »Vertrau mir«, sagte er zu Ollie. »Trink das Elixier nicht. Deine Albträume kannst du auch auf andere Weise besiegen. Es gibt da ein Buch, das ich dir zeigen kann …«

»Ich rufe die Polizei!« Mrs Tobias stürmte die Eingangsstufen hinauf. In der Hand hielt sie eine braune Papiertüte.

»Das ist kein Witz. Sie ruft dort dauernd an«, warnte Ollie. »Sie hat die Wache auf Kurzwahl. Danke für euren Besuch, aber jetzt solltet ihr lieber gehen.«

Deprimiert wanderten Charlie und Rocco zurück in die Stadt.

»Wahnsinn, die Frau ist wirklich irre«, sagte Rocco.

Alles, was Charlie darauf zu bieten hatte, war ein mattes Schulterzucken.

»Niemand glaubt uns«, murmelte Rocco. »Nicht einmal der bekannteste und jüngste Kleinkriminelle der Stadt.«

»Aber wie kann ein Mädchen ihm solche Angst machen?«, grübelte Charlie. »Immerhin träumt Ollie nicht von einer Hexe, die ihn fressen will. Oder einem grausamen Schulleiter, der ihn zwingt, die siebte Klasse zu wiederholen.«

»Unterschätz Mädchen nicht«, sagte Rocco und stieß Charlie mit der Schulter an. »Mädchen können total gruselig sein. Ist Paige nicht deine beste Freundin? Wenn sie es darauf anlegt, kann sie der Furcht einflößendste Mensch der ganzen Stadt sein. Und wer weiß, vielleicht ist das Mädchen in Ollies Traum eine Kannibalin oder so was.«

»Kann sein«, gab Charlie zu. »Aber ich habe viel Zeit in der Anderwelt verbracht, und da gab es keine Nachtmahre, die als Mädchen verkleidet waren. Riesenraupen, ja. Sprechende Küchenschaben, klar. Aber Mädchen? Nicht eins.«

Doch noch während er das sagte, fiel ihm ein, dass Ollie nicht als Einziger in der Anderwelt auf ein kleines Mädchen gestoßen war. Meduso hatte ebenfalls eines gesehen – eingesperrt im Leuchtturm von ICK und INK. Das war ein merkwürdiger Zufall.

»Und was machen wir jetzt?«, fragte Rocco und riss Charlie damit aus seinen Grübeleien.

Es gab nicht viel, was sie machen *konnten.* »Ich schätze, wir werden auf meine Stiefmutter warten müssen«, sagte Charlie. Und hoffen, dass sie ein Mittel gegen Verzweiflung findet, fügte er in Gedanken hinzu.

»Da bist du endlich!«, fuhr Andrew Laird seinen Sohn an, als der mit Rocco zur Tür hereinkam. »Hallo, Rocco. Schön, dich zu sehen«, bemerkte er dann viel freundlicher. »Bitte entschuldige mich kurz, während ich meinen Sohn anschreie.« Er wandte sich wieder an Charlie. »Wo warst du? Ich muss zur Arbeit! Es ist schon fast zehn und mein Sommerkurs hat um halb zehn angefangen. Wenn Charlotte und ich nicht da sind, ist es dein Job, auf deinen Bruder aufzupassen!«

Das hatte Charlie vollkommen vergessen. »Entschuldige, Dad. Ich war in der Stadt, um mir den neuen Goldener-Schlaf-Laden anzusehen«, sagte er. »Ich habe nicht auf die Zeit geachtet.«

Andrew Lairds Augen leuchteten auf. »Hat er schon geöffnet?«, fragte er. »Vielleicht halte ich dort kurz an. Ich hatte in letzter Zeit schlimme Träume und …«

»Dad, nicht!« Charlie schrie fast, doch er fasste sich schnell wieder. »Weißt du nicht mehr, was Charlottes Freund Dabney gesagt hat? Dass der Atem nach Katzenklo riecht, wenn man das Zeug trinkt?«

Sein Vater gähnte und rieb sich die Augen. »Vielleicht ist es trotzdem einen Versuch wert«, sagte er. »Noch einen Tag ohne ausreichend Schlaf überstehe ich nicht.«

»Warte doch erst mal ab.« Charlie verlegte sich aufs Betteln. »Charlotte kommt ja heute Abend zurück. Sie wäre bestimmt traurig, wenn du etwas nimmst, ohne es mit ihr abzusprechen. Vielleicht hat sie sogar etwas, das noch besser wirkt.«

»Da ist was dran«, gab sein Vater zu. Es freute ihn sehr, dass sich Charlie inzwischen so gut mit seiner Stiefmutter vertrug. »Und bevor mein Atem nach Katzenklo riecht, sollte ich wohl wirklich erst mit ihr reden. Aber jetzt muss ich los. Charlie, bleib heute bitte zu Hause, einverstanden?«

Charlie widersprach nicht. Momentan blieb ihm ohnehin nichts anderes übrig, als abzuwarten – und Warten gehörte nicht gerade zu seinen Stärken. Er musste etwas tun, wenn er nicht verrückt werden wollte. Also ging er hinaus auf die Veranda und kümmerte sich um die Pflanzen. Rocco half ihm, und gemeinsam gossen sie die Kräuter, topften eine Passionsblume um und verpassten der Mariendistel eine Ladung nährstoffreichen Kuhmist.

Gegen halb elf tauchte Jack auf, immer noch im Schlafanzug. Zu dritt jäteten sie Unkraut, schnitten Pflanzen zurück und lockerten Erde auf. Sie sprachen nur wenig. Charlie war zu sehr damit beschäftigt, über alles nachzudenken. Die Bewohner von Cypress Creek standen auf der Hauptstraße Schlange, um ein Elixier zu kaufen, das sie zu Wandlern machen würde. Rund um den Leuchtturm der Anderwelt hatten sich Tausende Kobolde versammelt, die offensichtlich nur darauf warteten, Maine zu überrennen. Es sah aus, als wären ICK und INK für all das verantwortlich. Aber wieso? Was planten sie? Obwohl Charlie pausenlos grübelte, kam er zu keinem Ergebnis.

Gegen Mittag ging Rocco zum Essen nach Hause. Charlie und sein Bruder trimmten gerade das Johanniskraut, als ein Mann im blauen Nadelstreifenanzug die Einfahrt hochkam. Er hatte seine Haare mit Gel nach hinten gekämmt, trug eine protzige goldene Uhr und roch, als hätte er in Rasierwasser gebadet. Als er die Jungen mit einem breiten Lächeln begrüßte, wusste Charlie, dass er ihn schon einmal irgendwo gesehen hatte. Charlie richtete sich auf und klopfte sich die Erde von den Händen.

»Guten Tag, junger Mann. Ich würde gern mit Mrs Charlotte Laird sprechen. Ist sie zu Hause?«

»Nein«, antwortete Charlie knapp. Er konnte den Mann nicht leiden. »Sie ist verreist.«

»Du musst einer ihrer Stiefsöhne sein.« Der Mann lächelte immer noch. »Lass mich raten – Charles? Richtig?«

»Woher wissen Sie das?«, fragte Charlie verblüfft.

Bevor der Mann antworten konnte, tauchte Jack auf. »Hi«, sagte er.

Der Mann beugte sich zu ihm herunter und schüttelte ihm mit großer Geste die Hand. »Und du musst Jack sein.«

Jack sah erst Charlie und dann wieder den Mann an. »Und wer sind Sie?«, fragte er.

»Ich heiße Curtis Swanson.« Charlies Magen krampfte sich zusammen, als er den Namen hörte. Er hatte die Unterschrift des Mannes auf mehreren Briefen gesehen. »Eure Stiefmutter ist eine Kundin von mir.«

»Sie kommen von der Bank«, stellte Charlie fest.

»Ganz genau!«, rief Mr Swanson so begeistert, als hätte Charlie im Lotto gewonnen. »Ich hatte gehofft, in einer wichtigen geschäftlichen Angelegenheit mit eurer Stiefmutter sprechen zu können, aber …«

»Sie sehen aus wie der Wolf«, sagte Jack, der wohl an Charlies Albtraum denken musste.

»Wie bitte?« Mr Swanson sah verwirrt von einem Jungen zum anderen.

Charlie griff nach einem Spaten und rammte ihn in die Erde. »Ich sagte Ihnen doch, Charlotte ist *nicht da*«, betonte er.

Curtis Swanson Lächeln war jetzt so breit, dass es von einem Ohr zum anderen reichte. »Ja, das habe ich gehört. Also werde ich mich nur kurz auf dem Grundstück umsehen und ein paar Fotos machen, bevor ich wieder gehe. Tut so, als wäre ich gar nicht da!« Er trat auf den Rasen und betrachtete eingehend das Haus. »Muss einiges dran gemacht werden. Und ein neuer Anstrich, damit dieses Lila wegkommt«, murmelte Swanson vor sich hin.

Charlie folgte dem Mann und Jack wich natürlich nicht von seiner Seite. »Charlie, wieso sieht der Typ aus wie der Wolf aus deinem Traum?«, fragte er. »Und wovon redet der?«

Charlie hatte sofort gewusst, worum es ging. Er hatte die Briefe mit Curtis Swansons Unterschrift gelesen. Mr Swanson war der Filialleiter der Bank, die ihnen das Haus wegnehmen wollte.

»Keine Ahnung, was sie in diesem Haus sehen«, murmelte Swanson und machte Fotos von der Veranda und dem Turm.

»Wer?«, fragte Charlie. »Was *wer* in diesem Haus sieht?«

»Die Leute, die es kaufen wollen«, antwortete Curtis Swanson beiläufig.

»Unser Haus ist zu verkaufen?«, fragte Jack.

»Nein.« Wut stieg in Charlie auf. »Ist es *nicht.*«

»Nicht offiziell«, sagte Swanson zu Jack. »Es kommt erst Ende des Monats auf den Markt. Wenn wir es zwangsversteigern lassen.«

»Was?«, fragte Jack, aber der Mann war schon weitergegangen.

Charlie war kurz vorm Ausflippen, doch dann kam ihm ein Gedanke. Es war eine fiese Idee, aber vielleicht die einzige Möglichkeit, die lila Villa zu retten. Er hastete hinter dem Banker her.

»Mr Swanson, haben Sie eigentlich schon den neuen Laden gesehen, der in der Stadt aufgemacht hat?«, fragte er. »Er ist zu Fuß nur ein paar Minuten von Ihrer Bank entfernt, und das Elixier, das dort verkauft wird, scheint sehr beliebt zu sein.« Er fühlte sich schrecklich, weil er das Elixier so anpries. Aber vielleicht bewirkte das Zeug so ausnahmsweise mal etwas Gutes. Er redete sich ein, dass er der Menschheit einen Gefallen tat, wenn dank ihm jemand wie Curtis Swanson zum Wandler wurde.

Der Mann schaute auf Charlie herab. »Sprichst du von der Goldener-Schlaf-Filiale? Zufälligerweise ist der Inhaber des Geschäfts einer der Interessenten für dieses Haus.«

»Der Ladenbesitzer?«, platzte Charlie heraus.

»Ja«, bestätigte der Banker. »So könnte man ihn nennen. Er zieht demnächst nach Cypress Creek, und ich helfe ihm und dem Mädchen, ein passendes Haus zu finden.«

»Welchem Mädchen?«, fragte Charlie. Es war das dritte Mal in weniger als vierundzwanzig Stunden, dass jemand ein Mädchen erwähnte.

Curtis Swanson antwortete nicht. Er hatte sich schon wieder zum Haus umgedreht. »Sie haben ihr Herz an dieses

Haus gehängt. Er hat mir einen ganzen Kasten von seinem Spezial-Elixier versprochen, wenn das Geschäft abgeschlossen ist.«

»Trinken Sie das Elixier nicht«, warnte Jack. »Das Zeug ist Gift.«

Charlie hätte seinen Bruder am liebsten erwürgt. Aber als er dessen Blick sah, wusste er tief im Inneren, dass sein kleiner Bruder das Richtige getan hatte. Charlie durfte nicht zulassen, dass ihn seine Ängste in ein Monster verwandelten.

»Entschuldige«, sagte der Banker. Er ging in die Hocke, um Jack direkt in die Augen sehen zu können. »Was sagtest du gerade, junger Mann?«

»Er sagte, dass Sie das Elixier nicht trinken sollen«, mischte sich Charlie ein. »Und jetzt runter von unserem Rasen, bevor ich die Polizei rufe. Sie werden mir mein Haus nicht wegnehmen.«

»Ich fürchte doch, aber das ist kein Grund, unhöflich zu werden«, erwiderte der Mann vollkommen unbeeindruckt. Er steckte das Handy, mit dem er die Fotos gemacht hatte, wieder ein. »Aber da ich eh alles habe, was ich brauche, gehe ich natürlich. Übrigens, wenn du ein paar Jahre älter bist, komm zu uns in die Bank, und hol dir deine erste Kreditkarte ab.«

Der es erschaffen hat

Jack und Charlie verbrachten den Rest des Tages hinter verschlossenen Türen und heruntergelassenen Jalousien. Kurz nach Sonnenuntergang hörten sie ein Auto in der Einfahrt. Die Jungen ließen alles stehen und liegen und rasten zur Tür. Andrew Laird trug Charlottes Koffer ins Haus. Er ließ ihn am Fuß der Treppe fallen, wo er mit einem dumpfen Rums landete.

»Seid bitte ganz besonders nett zu Charlotte«, flüsterte er Charlie und Jack zu. »Sie hatte einen harten Tag.«

Charlie befürchtete Schlimmes. Charlottes Termin mit dem zweiten Verleger war an diesem Morgen gewesen. Vermutlich hatte er das Buch abgelehnt. Es war ihre letzte Chance gewesen, genügend Geld aufzutreiben, um das Haus zu retten. Schon bald würde der Ladenbesitzer es der Bank abkaufen und die Familie Laird hinauswerfen. Das Portal fiele in die Hände der Bösen und ein anderes Kind würde die lila Villa sein Zuhause nennen. *Das kleine Mäd-*

chen. Charlies Gedanken kreisten ungefähr zum hundertsten Mal an diesem Tag um das Mädchen. Wer war sie? Hatte man sie auch entführt – so wie das Mädchen, das Meduso im Leuchtturm gesehen hatte?

Charlie hörte Charlottes Schritte auf den Eingangsstufen.

»Wart ihr Jungs heute in der Stadt?«, fragte Andrew Laird laut genug, dass seine Frau es hören konnte. Anscheinend wollte er nicht, dass Charlotte den Eindruck bekam, er und die Jungen hätten über sie gesprochen. »In Cypress Creek laufen ein paar merkwürdige Gestalten herum. Auf dem Weg vom Flughafen sind wir durch die Hauptstraße gefahren und es sieht aus, als wäre dort eine Art Zombietreffen.«

»Heißt das, ich komme zu spät?« Als Charlotte endlich auftauchte, war sie nicht sie selbst. Ihre grünen Augen hatten das Funkeln verloren und sogar ihre knallroten Haare wirkten matter als sonst.

»Du bist wieder da!«, jubelte Jack und sprang in die Arme seiner Stiefmutter.

Charlie wartete geduldig. »Du kommst nicht zu spät«, versicherte er Charlotte, als er mit dem Umarmen an der Reihe war. »Aber hier überschlagen sich die Ereignisse. Die Leute, die ihr gesehen habt, stammen aus Orville Falls. Sie sind hergekommen, um den neuen Laden zu renovieren und einzurichten.«

Andrew Laird drückte seiner Frau ein Küsschen auf den Kopf. »Ich bringe dein Gepäck nach oben. Und dann mache ich uns Abendessen. Hört sich das gut an?«

Charlotte lächelte ihrem Mann kurz zu. »Ja, klingt gut«, sagte sie, aber Charlie merkte, dass sie kaum zugehört hatte. Beim Sprechen wanderte ihr Blick durch den Flur und sie versuchte anscheinend, so viel wie möglich in sich aufzunehmen. Sie wusste, dass das Haus, das seit hundertfünfzig Jahren im Besitz ihrer Familie war, am Ende des Monats jemand anderem gehören würde. Charlie brachte es nicht übers Herz, ihr zu sagen, *wem*. Charlotte sah nicht so aus, als wäre sie in der Verfassung, sich mit noch einem Problem auseinanderzusetzen.

»Super!« Andrew Laird versuchte offensichtlich, die Stimmung seiner Frau zu heben. »Also sehen wir uns in zwanzig Minuten in der Küche. Dann steht das Essen auf dem Tisch! Jack, willst du mir helfen?«

»Eigentlich nicht«, antwortete Jack. »Ich will lieber mit Charlotte reden.«

»Jack«, Andrew Laird senkte die Stimme. »Ich könnte *wirklich* deine Hilfe brauchen.«

»Meinetwegen«, fauchte Jack und stürmte wutentbrannt davon.

Charlie folgte Charlotte ins Wohnzimmer.

»Tut mir leid, Charlie«, sagte sie und ließ sich auf eines der dunkelroten Sofas fallen.

»Was denn?«, fragte Charlie.

»Ich habe versagt«, antwortete Charlotte. »Ich konnte das Buch nicht verkaufen.«

Charlie fand es schrecklich, sie so zu sehen. »Du hast es versucht. Und das ist es doch, was zählt. Was hat der zweite Verleger gesagt?«

»Es war eine Frau. Sie fand, dass die Anderwelt eine tolle Umgebung für eine Teenie-Romanze wäre«, berichtete Charlotte. »Sie wollte, dass sich eine der Hauptpersonen in Meduso verliebt.«

»*Was?*« Das war so absurd, dass Charlie anfing zu lachen. Einen Moment später prustete auch Charlotte los, doch sie wurde schnell wieder ernst.

Sie sah sich im Wohnzimmer um und ließ den Blick über die deckenhohen Bücherregale schweifen. »Als Kind habe ich hier gespielt. Ich bin oft an diesen Regalen hochgeklettert, denn ich hatte die verrückte Vorstellung, dass die besten Bücher ganz oben stehen, wo Kinder sie nicht erreichen können. Jahre später habe ich meiner Mutter davon erzählt, und sie hat zugegeben, dass sie früher genau dasselbe getan hat.« Eine Träne lief über Charlottes Wange. »Ich dachte wirklich, mein Buch würde das Haus retten, Charlie. Aber ich habe unsere Familie im Stich gelassen. Und ich habe *meine* Familie enttäuscht. In den vergangenen hundertfünfzig Jahren hat immer ein DeChant in diesem Haus gewohnt. Und jetzt wird es an eine andere Familie verkauft.«

Charlie setzte sich neben sie. »Können wir denn gar nichts mehr tun?«, fragte er, denn er wollte auf keinen Fall schon aufgeben.

Charlotte versuchte zu lächeln, doch es gelang ihr nicht. »Ich glaube nicht, dass wir das Haus behalten können, Charlie. Also sollten wir uns jetzt lieber auf die Wandler konzentrieren«, sagte sie. »Wo ist die Flasche mit dem Elixier, die Bruce in Orville Falls gestohlen hat?«

»Einen Moment«, sagte Charlie. Bruce hatte die Flasche auf Charlottes Schreibtisch im Turmzimmer stehen gelassen. Charlie rannte die Treppen hoch, schnappte sich die kleine blaue Flasche und sprintete wieder nach unten, so schnell er konnte. Außer Atem überreichte er Charlotte das Fläschchen und sah hoffnungsvoll zu, wie sie den Korken herauszog und den Geruch tief einatmete. Er war so unangenehm, dass sie angeekelt das Gesicht verzog.

»Hat Medusa herausgefunden, was drin ist?«, fragte Charlotte.

Charlie runzelte die Stirn. Er hätte so gerne gute Nachrichten für sie gehabt. »Medusa sagt, der Hauptbestandteil ist Verzweiflung.«

»Verzweiflung?« Charlotte lachte. »Aber das ist kein Inhaltsstoff! Dagegen gibt es kein Mittel.«

»Medusa meint, dass die Verzweiflung von dem stammt, der das Elixier hergestellt hat.«

Charlotte gab Charlie die Flasche zurück. »Wenn es wirklich das ist, das dem Elixier seine Kraft verleiht, kann ich nichts dagegen tun«, sagte sie.

»Vielleicht doch«, widersprach Charlie. Er würde nicht zulassen, dass sie einfach aufgab. »Kommt dir das bekannt vor?« Er holte den Lippenbalsam heraus, den Paige im Haus ihrer Tante Josephine gefunden hatte. »Den haben wir bei einer Wandlerfrau entdeckt. Sein Geruch weckt sie für ein oder zwei Sekunden auf.«

Charlotte hielt den kleinen Behälter zwischen Daumen und Zeigefinger. »Das habe ich hergestellt«, sagte sie. »Zur Lippenpflege.«

»Erinnerst du dich, welche Zutaten du verwendet hast?«, fragte Charlie.

Charlotte drehte den Deckel ab und hielt sich das kleine Glas unter die Nase. Mit gerunzelter Stirn versuchte sie, die Inhaltsstoffe auszumachen. »Nur das übliche Zeug. Bienenwachs. Kokosöl. Aber das ist nicht der normale Duft«, sagte sie und schnupperte noch einmal. »Ich rieche Geißblatt. Es muss eine Sonderbestellung gewesen sein.«

»Du hast es für jemanden namens Josephine gemacht«,

sagte Charlie, der erst jetzt merkte, dass er ihren Nachnamen nicht kannte.

»Josephine. Eine hübsche blonde Frau?«, fragte Charlotte. »Ein paar Jahre jünger als ich?«

»Das ist sie«, bestätigte Charlie. »Sie ist Paiges Tante.«

Zum ersten Mal seit ihrer Rückkehr funkelten Charlottes Augen wieder. »Ich erinnere mich an Josephine!«, rief sie. »Sie war im Frühjahr im Laden und hat mir erzählt, dass sie hier auf ihre Nichte aufpasst. Ich hätte merken müssen, dass sie Paiges Tante ist. Die beiden sehen sich so ähnlich!«

»Josephine kommt immer, wenn Paiges Mom krank ist«, erklärte Charlie. Mehr brauchte er nicht zu sagen. In Cypress Creek wusste jeder, dass Paiges Mutter sehr oft krank war.

»Ah, ja«, sagte Charlotte. »Paiges Mutter muss die Schwester sein, von der Josephine gesprochen hat.«

»Was hat sie gesagt?«

»Nun, wir kamen ins Gespräch, und Josephine hat mir erzählt, dass sie und ihre Schwester in Cypress Creek aufgewachsen sind. Sie sind beide jünger als ich, deswegen bin ich ihnen hier damals nie begegnet. Ich habe Josephine erzählt, dass ich dieses Haus von meiner Großmutter geerbt habe. Sie hat gelacht und gesagt, dass sie und ihre Schwester sich oft unter den Geißblattranken an unserem Zaun versteckt haben. Der Duft von Geißblatt erinnert sie immer an diese Zeit.«

»Ach, und deswegen hast du Geißblatt in Josephines Lippenpflege gemischt.«

»Ich dachte, es würde sie aufmuntern, während sie hier ist«, sagte Charlotte. Dann lächelte sie traurig und legte den Arm um ihren Stiefsohn. »Aber in diesem Tiegel ist nichts, was uns helfen würde, Charlie. Das Zeug besteht aus ganz normalen Zutaten.«

»Aber es weckt Josephine für ein paar Sekunden auf, wenn sie daran riecht!«, beharrte Charlie.

»Warte – soll das heißen, dass Josephine eine von den Wandlern ist?« Charlotte war schockiert. Sie hatte erst jetzt den Zusammenhang begriffen.

»Sie ist die Tante in Orville Falls, der Paige gerade hilft.«

Charlotte sank in sich zusammen. »Da haben wir die Erklärung«, sagte sie. »Es ist nicht das Lippenpflegemittel, das Josephine aufweckt. Es ist die Erinnerung an ihre Schwester. Und *die* kann ich nicht in eine Flasche füllen.«

Wir haben so nett gefragt

Charlies Laune war auf dem Nullpunkt, als er ins Bett ging. Sie wurde jedoch noch schlechter, als er einschlief und wieder im Büro der Anderwelt-Bank landete.

»Hallo, hallo«, begrüßte ihn der Wolf auf der anderen Seite des Schreibtischs. Er grinste Charlie an und seine rasiermesserscharfen Zähne blitzten auf. Zwischen zwei Schneidezähnen klemmte ein Fetzen einer Jeans. Die Bestie hatte wohl gerade jemanden gefressen.

Angst durchströmte Charlies Körper, doch er rührte sich nicht vom Fleck. Der Nachtmahr wollte, dass er wegrannte, aber den Gefallen würde er dem Wolf ganz sicher nicht tun.

»Zu schade, dass du nicht zum Essen hier warst«, sagte der Wolf. Er nahm einen Zahnstocher von seinem Schreibtisch. »Deine Stiefmutter war einfach *delikat.*«

»Das ist nur ein Albtraum«, sagte Charlie laut, um sich Mut zu machen. Er war schon oft in der Anderwelt gewesen, aber seine eigenen Albträume schafften es immer noch, ihm eine Heidenangst einzujagen. Die Nachtmahre wussten, wie man eine gute Schau abzog, und achteten wirklich auf jede Kleinigkeit. So steckte Charlottes Handtasche im Papierkorb und einer ihrer Lieblingsschuhe lag unter dem Schreibtisch des Wolfs.

»*Ist* es nur ein Albtraum?« Der Wolf glitt von seinem Stuhl und kam auf allen vieren angeschlichen. Er schnupperte an Charlie. »Ist es«, stellte er fest und klang ziemlich enttäuscht. »Wie schade, dass du heute nicht leibhaftig hier bist. Ich habe gehört, dass Kinder deines Alters fantastische Desserts abgeben.«

»Mich kannst du nicht reinlegen«, sagte Charlie spöttisch. »Du hast noch nie jemanden gefressen. Ich träume von einem hungrigen Wolf, weil ich Angst habe, dass uns die Bank das Haus wegnimmt.«

Der Wolf sprang zurück auf seinen Platz und grinste Charlie über den Schreibtisch hinweg an. »Dann weißt du also, wie unser System funktioniert«, stellte er fest, und es hörte sich beinahe bewundernd an. Doch dann wurde seine Stimme düster. »Aber das ändert nichts daran, dass Mr Swanson und die Bank das Haus bekommen.«

Das war das Letzte, was Charlie hören wollte. Er verschränkte die Arme. »Uns bleibt immer noch genug Zeit, es zu retten«, widersprach er.

»Bist du sicher?«, fragte der Wolf. »So, wie es momentan aussieht, werden ab Anfang August deine Feinde in der lila Villa wohnen. Alle in Cypress Creek werden süchtig nach dem Elixier sein. Das Loch da draußen wird deine ganze Anderwelt-Stadt verschluckt haben. Und weißt du, was das Beste an all dem ist?« Mit beiden Pfoten auf dem Schreibtisch wirkte der Wolf, als wollte er sich jeden Moment auf Charlie stürzen.

»Was?«, fragte Charlie trotzig.

»Alle werden deinen kleinen Bruder dafür verantwortlich machen. Hier glaubt jeder, dass er schuld daran ist.«

»Aber das ist doch Blödsinn!«, beteuerte Charlie. »Jack ist erst neun Jahre alt!«

Der Wolf zuckte mit den Schultern. »Sag das meinen Nachtmahr-Kollegen, wenn sie deinen Bruder in die Finger bekommen«, schlug er gehässig vor. »Und falls du daran zweifeln solltest, Charlie Laird, sie *werden* deinen Bruder kriegen.« Er zeigte aus dem Fenster seines Büros.

Charlie schaute hinaus. An jedem Laternenpfahl und jedem Baum klebten Flugblätter. Er konnte den Text von hier aus nicht lesen, aber auf allen Plakaten war derselbe Junge abgebildet.

»Geh ruhig. Sieh es dir an«, ermunterte ihn der Wolf. »Ich bin für den Augenblick fertig mit dir und habe außerdem Papierkram zu erledigen.«

Charlie verließ die Bank. Die Wände des Gebäudes waren mit den gleichen Steckbriefen zugepflastert, die er durchs Fenster gesehen hatte. Auf jedem war ein Foto von Jack. Darunter stand:

GESUCHT WEGEN VERBRECHEN AN
NACHTMAHREN
LASST DIE PROPHEZEIUNG NICHT WAHR
WERDEN!
FINDET DEN JUNGEN!
RETTET DIE ANDERWELT!

Der Wolf hatte nicht gelogen. Die Anderwelt hatte sich gegen Jack verschworen. Hinter ihm ertönte ein lautes Knacken. Charlie hörte es nicht nur – er spürte es in den Knochen. Er fuhr herum und sah, dass sich mitten auf dem Platz ein Riss aufgetan hatte. Er war nur ein paar Zentimeter breit und Charlie konnte mühelos hinübersteigen. Noch könnte höchstens eine Maus hineinfallen, aber Charlie wusste, dass dies erst der Anfang war.

Er wollte bereits gehen, als sein Blick an einem neuen Plakat hängen blieb. Es war noch nicht da gewesen, als er sich eben umgedreht hatte.

Wenn du versuchst, uns aufzuhalten, Charlie Laird, werden wir deinen Bruder ans Messer liefern.
ICK & INK

Er erkannte die Handschrift. Es war dieselbe altmodische Schrift wie auf dem »Geöffnet«-Schild im Goldener-Schlaf-Laden in Orville Falls.

»Hallo?«, rief er. Das Plakat konnte nicht einfach aus dem Nichts gekommen sein. Selbst in der Anderwelt funktionierte so etwas nicht. Jemand musste es hinter seinem Rücken aufgehängt haben, als er kurz weggeschaut hatte.

Charlie hatte das unheimliche Gefühl, dass ihn jemand beobachtete. Er bekam eine Gänsehaut und eine seltsam beklemmende Angst kroch in ihm hoch. Schon am Abend zuvor hatte er sie gespürt, als ihn jemand durchs Fenster der Villa beobachtet hatte. Aber diesmal nahm Charlie zudem einen merkwürdigen Geruch wahr. Genau genommen, war es eine Mischung verschiedener Gerüche – Teeblätter, Meersalz und Seife mit Lavendelduft. Kombiniert rochen sie merkwürdig *menschlich.*

Charlie öffnete die Augen und schaltete sofort die Nachttischlampe ein. Er war wieder in der wachen Welt, hatte aber trotzdem noch das Gefühl, beobachtet zu werden.

Es war grauenvoll. Charlie hatte schon seit Monaten nicht mehr solche Angst gehabt, doch er durfte sich davon nicht lähmen lassen. Er zwang sich, aus dem Bett zu steigen.

Der Flur vor seinem Zimmer war still und leer, aber nicht ganz dunkel. Unter der Badezimmertür drang ein dünner Lichtstreifen hervor. Jemand war im Bad. Er wollte gerade nachsehen, als die Tür zum Zimmer seiner Eltern geöffnet wurde. Charlotte ging die paar Schritte zum Badezimmer hinüber, halb schlafend und im Nachthemd. Sie öffnete die Tür.

»Psssst!«, zischte Charlie, aber es war zu spät. Sie hatte die Tür schon hinter sich zugezogen. Zwei Sekunden später hörte er einen Schrei und Charlotte stürmte aus dem Bad. Als sie Charlie bemerkte, kreischte sie vor Schreck noch einmal auf – und auch ihm entfuhr ein leiser Schrei.

»Sie waren hier!«, wisperte Charlotte, die sich eine Hand aufs Herz presste. »Wir müssen das Haus durchsuchen.«

»Ich wecke Dad«, sagte Charlie.

»Nein«, widersprach Charlotte. »Tu das nicht! Noch nicht!«

»Warum nicht?«, fragte Charlie.

Charlotte biss sich auf die Lippe. Ihr Blick huschte zurück zum Badezimmer. Charlie drängte sich an ihr vorbei und stieß die Tür auf. Es war niemand da.

»Ich sehe nichts«, meldete er seiner Stiefmutter.

»Sieh genauer hin«, antwortete sie.

Als er den Raum betrat, entdeckte er es sofort. Jemand hatte mit Seife eine Nachricht an den Spiegel geschrieben.

Du hättest kommen sollen.
Wir haben so nett gefragt.
Jetzt haben wir dich gefunden.
ICK & INK

»Charlotte? Schatz? Was ist los? Ist alles in Ordnung?« Andrew Lairds Stimme kam aus dem Flur.

Charlie schnappte sich einen Waschlappen und wischte hastig die Nachricht vom Spiegel.

»Natürlich, Schatz«, hörte er Charlotte sagen. »Charlie und ich haben ein Geräusch gehört und uns gegenseitig erschreckt, das ist alles.«

Charlie verließ das Bad. »Ich dachte, da wäre jemand im Haus«, sagte er. »Ich werde mal kurz nachsehen, ob alles in Ordnung ist.«

Andrew Laird hob eine Braue. »Darf ich mich anschließen?«, fragte er. »Dann bist du der Kopf der Aktion und ich steuere die Muskeln bei.«

»Und ich Augen und Ohren«, sagte Charlotte. »Ich komme auch mit.«

Sie durchsuchten das ganze Haus. Charlie bot an, im Turm nachzusehen, und rannte die Treppen hoch, bevor sein Vater ihn aufhalten konnte. Doch als er im Turmzimmer ankam, war niemand dort und das Portal war fest verschlossen.

Unten war kein einziges Fenster entriegelt und sie fanden auch keine offene Tür. Niemand versteckte sich unter einem der Betten oder in einem der Schränke. Als sie sich schließlich in die Küche trafen, hatten sie jeden Zentimeter des Hauses abgesucht.

»Nun«, sagte Charlies Vater, »ich denke, wir können beruhigt wieder ins Bett gehen.«

»Meine Nerven sind noch zu angespannt, Schatz«, sagte Charlotte. »Ich bleibe noch eine Weile hier unten und trinke eine warme Milch.«

»Ich auch«, sagte Charlie, obwohl er sich nichts Widerlicheres vorstellen konnte als warme Milch.

»Wie ihr meint«, sagte Andrew Laird. »Ich brauche meinen Schlaf.«

Sobald sie seine Schritte im ersten Stock hörten, flüsterte Charlotte: »Sie waren hier! ICK und INK!«

»Ich habe auch eine Nachricht von ihnen bekommen«, berichtete Charlie. »Kurz bevor deine aufgetaucht ist.«

»Wo haben sie sie hinterlassen?«, fragte Charlotte. »In deinem Zimmer?«

»Nein, in der Anderwelt.« Erst da begriff Charlie, was das bedeutete. ICK und INK hatten ihm in der Anderwelt eine

Nachricht zukommen lassen, nur Minuten, bevor sie Charlotte eine Botschaft an den Spiegel geschrieben hatten. Es gab nur eine Möglichkeit, so schnell vom einen Ort an den anderen zu gelangen.

Charlotte schnappte nach Luft. »Die sind durch unser Portal gegangen.«

»Das ist unmöglich!«, widersprach Charlie. »Ich dachte, nur Jack und ich können durch das Portal gehen.« Doch dann fiel ihm wieder ein, dass Bruce das Portal offen vorgefunden hatte – und weder er noch Jack hatten es geöffnet.

»Wenn der Leuchtturm von ICK und INK ein Portal hat«, sagte Charlotte, »sind sie vielleicht auch in der Lage, unseres zu benutzen.«

Charlie starrte an die Decke. »Wir sollten die Tür des Turmzimmers abschließen. Das hält sie wenigstens vom Rest des Hauses fern.«

»Glaubst du wirklich, dass das etwas bringt?«, fragte Charlotte.

Charlie seufzte. Sie hatte natürlich recht. Wenn ICK und INK ein Elixier herstellen konnten, das Menschen zu Wandlern machte, würden sie sich bestimmt nicht von einer verschlossenen Tür aufhalten lassen.

Die Wetterfee

»Charlie!« Jack schüttelte ihn und Charlie hoffte, dass die Nervensäge bald wieder verschwand. Er hatte die halbe Nacht mit Charlotte in der Küche gesessen. »Charlie!«

»Was?«, brüllte er schließlich und setzte sich so ruckartig auf, dass sein Bruder vor Schreck fast auf den Hintern fiel. »Es ist erst halb acht!«

»Ich weiß, aber du musst aufstehen. Dad hat Pfannkuchen gemacht, und er will eine Familienkonferenz abhalten, bevor er zur Arbeit fährt. Außerdem ist Alfie am Telefon.« Jack warf das Telefon auf Charlies Bett und verließ fluchtartig das Zimmer.

Charlie nahm das Telefon in die Hand. »Alfie? Hast du auf die Uhr gesehen? Es ist gerade einmal halb acht.«

»Du musst sofort herkommen!«, kreischte Alfie, und Charlie hielt das Telefon hastig ein Stück vom Ohr weg. »Es ist etwas Grauenvolles passiert. Wir müssen unbedingt was unternehmen!«

»Ganz ruhig«, befahl Charlie, dem das Herz bis zum Hals schlug. »Was ist los?«

»Es ist Stormy! Sie haben sie erwischt!«

»Stormy Skies?«, fragte Charlie. »Die Wetterfee? Die, in die du verknallt bist?« Er sprang aus dem Bett und raste nach unten ins Wohnzimmer, wo der Fernseher stand.

»Sie ist *Meteorologin*«, verbesserte ihn Alfie zum zweihundertsten Mal. »Zumindest war sie das. Jetzt ist sie nur noch eine Wandlerin.« Beim letzten Wort brach Alfies Stimme.

Im Wohnzimmer fand Charlie die Fernbedienung eingeklemmt zwischen zwei Polstern der Couch. Er schaltete Kanal Vier ein, wo gerade Werbung für Matratzen lief.

»Ich habe heute Morgen die Nachrichten gesehen – natürlich nur, um mich zu informieren, was sich in der Weltpolitik so tut –, und da war sie. Sie hat auf die Wetterkarte gezeigt und dabei gegrunzt wie ein Gorilla«, jammerte Alfie. »Wir müssen etwas tun, Charlie. Wir müssen sie retten!«

»Ganz ruhig, Alfie«, sagte Charlie. »Ich weiß, dass du Stormy liebst, aber …«

»Ich *liebe* Stormy nicht!«, fiel Alfie ihm ins Wort. »Aber wenn ihr etwas passiert, wie sollen die Leute dann erfahren, wie das Wetter wird?«

»Es ist Sommer, Alfie«, sagte Charlie. »Es wird heiß werden. Jeden Tag. Einfach nur heiß.«

Der Werbespot endete und auf Kanal Vier gingen die Nachrichten weiter. Charlie starrte auf den Fernseher, denn jetzt sollte Stormy Skies die Zuschauer über das aktuelle Wetter informieren. Die Visagisten des Senders hatten ihr Bestes gegeben, doch dass mit der Meteorologin etwas nicht stimmte, ließ sich nicht überschminken. Charlie beobachtete, wie Stormys Gesicht immer größer wurde, weil sie ihren Platz an der Wetterkarte verlassen hatte und auf die Kamera zuschlurfte. Schließlich war nur noch ein großer blutunterlaufener Augapfel zu sehen – die Wetterfrau versuchte, durch die Kameralinse zu schauen.

Andrew Laird streckte den Kopf ins Wohnzimmer. »Charlie? Wir haben in ein paar Minuten Familienkonferenz. Hör bitte auf zu telefonieren.«

Charlie wusste, worum es dabei gehen sollte. Sein Vater und seine Stiefmutter wollten ihnen schonend beibringen, dass sie am Ende des Monats ihr Haus verlieren würden. Aber Charlie hatte noch nicht aufgegeben und wollte nichts davon hören. Zum Glück hatte er die perfekte Ausrede am anderen Ende der Leitung.

»Tut mir leid, Dad«, sagte er. »Aber das ist ein Notfall, ich muss mich sofort darum kümmern.«

»Schon wieder ein Notfall?«, fragte sein Vater. »Wie kann ein Zwölfjähriger an einem Mittwochmorgen im Juli schon um halb acht einen Notfall haben?«

Charlie hörte das Patschen von Charlottes Hausschuhen auf dem Dielenboden. Sie sah vollkommen erschöpft aus, als sie an der Seite ihres Mannes auftauchte. Ihr Blick fiel auf den Fernseher, wo Stormy Skies gerade an der Kameralinse schnupperte. Charlotte nahm Charlie die Fernbedienung aus der Hand und schaltete den Fernseher aus. »Wir sollten Charlie nicht aufhalten«, sagte sie zu Andrew Laird.

Bevor sein Dad widersprechen konnte, hatte Charlie das Telefon schon wieder am Ohr.

»Warte auf mich, Alfie«, sagte er. »Ich springe in meine Jeans und bin gleich bei dir.«

Natürlich war Alfies Notfall nur eine Ausrede, um nicht zu Hause bleiben zu müssen. Charlie konnte nichts für Stormy Skies tun. Aber zumindest konnte er versuchen, seinen Freund zu trösten. Also sprang er aufs Rad und fuhr los. Er hatte kaum zwei Blocks hinter sich gebracht, als er die ersten Auswirkungen des Elixiers sah. Mr Sturgill, der Mathelehrer der achten Klassen, war in seinem Vorgarten. Er trug einen triefend nassen Star-Wars-Schlafanzug und versuchte, aus dem Rasensprenger zu trinken. Ein paar Häuser weiter entdeckte Charlie eine ältere Dame in einem Hochzeitskleid, die ihr Auto wusch.

Doch erst, als er an einem großen Haus mit einer riesigen, von Hecken umgebenen Rasenfläche vorbeikam, bremste Charlie. Es war das Haus von Ollie Tobias. Zwischen den Blumen in einem der Beete, die entlang der Veranda angelegt worden waren, kroch etwas großes Weißes herum. Charlie stellte sein Rad ab und ging über den Rasen, um nachzusehen, was es war. Als er näher kam, erkannte er Mrs Tobias in ihrem Krocketkostüm. Sie grub mit den Händen ein Loch ins Beet.

»Alles in Ordnung, Mrs Tobias?«, fragte Charlie zögernd.

Der Kopf der Frau fuhr herum. Sie bleckte die Zähne und fauchte, bis Charlie sich zurückzog.

Er sprang die Eingangsstufen hoch und drückte auf die Klingel. Von drinnen waren Geräusche zu hören. Er läutete noch einmal und die Haushälterin öffnete die Tür. Es war nicht zu übersehen, dass auch sie das Elixier getrunken hatte. Jemand hatte ihr einen Piratenhut aufgesetzt und einen Vollbart ans Kinn gemalt. Sie starrte Charlie mit leerem Blick an.

»Kann ich bitte mit Ollie sprechen?«, fragte Charlie höflich.

Die Frau stand reglos an der Tür und so nahm Charlie die Dinge selbst in die Hand. »Ollie!«, brüllte er.

Noch mehr Lärm drang aus dem Haus. Dann tauchte Ollie auf. Er trug pinkfarbene Spülhandschuhe, eine Duschhaube aus Plastik, eine Schutzbrille, die er vermutlich in der

Schule geklaut hatte, und eine Schürze mit der Aufschrift GRILLMEISTER. In einer Hand hielt er einen großen, mit Federn bedeckten Malerpinsel, von dem Kleister herabtropfte.

»Hey, Charlie«, begrüßte ihn Ollie freudig. »Was geht?«

»Was machst du?«, fragte Charlie.

Ollie warf einen Blick auf sein ungewöhnliches Outfit und grinste. »Mom steht heute ein bisschen neben sich. Also dachte ich, ich könnte die Gelegenheit nutzen, das Haus zu verschönern.«

Obwohl die Lage so ernst war, siegte Charlies Neugier. »Darf ich gucken?«

»Klar«, sagte Ollie und führte ihn in einen Raum, der vermutlich bisher das prunkvolle Wohnzimmer gewesen war.

Bei allen Zierkissen waren die Reißverschlüsse geöffnet und die Federn auf einen Haufen gekippt worden. Ollie hatte die Wände mit Kleister bestrichen und dann die Federn auf den nassen Wänden verteilt. Das Ergebnis sah verrückt aus, aber auch irgendwie toll, fand Charlie. Der Raum wirkte jetzt wie ein warmes, gemütliches Nest. Ollie sollte Innenarchitekt werden, er hatte wirklich Talent. Auch wenn seine Mutter das wahrscheinlich anders sehen würde.

»Als Nächstes ist das Esszimmer an der Reihe«, sagte Ollie. »Ich habe meiner Mom gesagt, dass ich einiges umgestalten will, und zum ersten Mal hat sie nicht versucht, mich daran zu hindern.«

»Deine Mom hat das Elixier getrunken, stimmt's?«, fragte Charlie. »Und eure Haushälterin auch. Wieso hast du nichts davon abbekommen?«

»Ich hab es auch getrunken«, erklärte Ollie. »Meine Mutter hat mir sogar die doppelte Dosis gegeben.«

»Und?«, fragte Charlie verblüfft.

»Und nichts«, antwortete Ollie mit einem Seufzer. »Ich habe immer noch denselben Albtraum.«

Er war immun gegen das Elixier, erkannte Charlie, genau wie Poppy, das Mädchen in Orville Falls.

»Könntest du kurz mit mir kommen? Hast du ein paar Minuten Zeit?«, fragte Charlie.

Ollie streckte den Kopf aus einem offenen Fenster. Seine Mutter stand vollkommen verdreckt auf der Veranda. »Hey, Mom, ist es okay, wenn ich eine Weile mit Charlie abhänge?« Seine Mutter sah ihn ausdruckslos an. Ein dünner Speichelfaden lief ihr aus dem Mundwinkel. Ollie grinste. »Super! Sieht aus, als hätte ich den ganzen Tag frei.«

Alfie musste schon Ausschau nach Hilfe gehalten haben. Kaum waren Charlie und Ollie um die Ecke gebogen, kam er aus dem Haus gerannt.

»Stormy ist gerade auf den Tisch des Nachrichtensprechers geklettert! Wir müssen diesen Irrsinn beenden, bevor sie gefeuert wird!«, schrie er. Doch als er sah, dass Charlie nicht allein war, riss er sich zusammen. »Hi, Ollie«, sagte er und warf Charlie einen verwunderten Blick zu, der zu fragen schien: »Was macht *der* denn hier?«

Charlie legte Ollie eine Hand auf die Schulter. »Darf ich dir unsere Geheimwaffe vorstellen?«, sagte er.

»Ich bin eine Geheimwaffe?«, fragte Ollie, als wäre sein wildester Traum plötzlich Wirklichkeit geworden. »Ist ja irre! Was soll ich tun?«

Alfie wirkte besorgt. »Ich glaube, du solltest die Worte *Ollie* und *Waffe* nicht im selben Satz verwenden«, murmelte er.

»Keine Sorge, ich meine es nicht wörtlich«, beruhigte ihn Charlie. »Ollie hat gestern Abend eine doppelte Dosis des Elixiers genommen. Seine Mom hat auch davon getrunken. Sie ist jetzt eine Wandlerin – aber Ollie hat den Morgen damit verbracht, das Wohnzimmer umzudekorieren.«

»Hey!«, beschwerte sich Ollie. »Das ist meine Mom, von der ihr redet. Nur ich darf sie eine – Wie habt ihr sie gerade genannt?«

»Vergiss es. Ich habe es nicht so gemeint«, beteuerte Charlie. Ollies Mom mochte eine Wandlerin sein, aber sie war immer noch seine Mutter.

Alfie hatte schon angefangen, das Testobjekt zu untersuchen. Er griff nach Ollies Hand und fühlte seinen Puls. »Du sagst, du hattest eine doppelte Dosis von dem Schlaf-Gut-Elixier? Und es geht dir gut?«, fragte er misstrauisch. »Keine Verwirrung? Kein Sabbern? Kein Schlurfen?«

»Nö«, antwortete Ollie, und um zu beweisen, dass er die volle Kontrolle über seine Füße hatte, begann er, ein bisschen zu steppen.

»Und er hat letzte Nacht geträumt«, fügte Charlie hinzu.

»Dann ist es also echt wahr!« Alfie hopste aufgeregt auf und ab. »Er ist wirklich immun!«

»Was bedeutet das?«, fragte Ollie.

»Das bedeutet, dass irgendetwas in deinem Körper dich vor dem Elixier schützt! Komm rein, komm rein.« Alfie packte Ollie am Arm und zerrte ihn förmlich ins Haus.

Alfies Zimmer sah aus wie eine Kreuzung aus dem Labor eines verrückten Wissenschaftlers, einer Arztpraxis und einer Roboterfabrik. Ollies Augen leuchteten auf, als er sich alles ansah, und Charlie wurde klar, dass sie den Jungen keine Sekunde allein lassen durften. Er wollte sich gar nicht vorstellen, was Ollie mit Alfies Experimenten und Geräten alles anstellen könnte. Alfie schob seinen Gast schnell außer Reichweite von allem Zerbrechlichen, Giftigen oder Brenn-

baren und räumte hastig eine Ecke des Betts frei. Dann bat er Ollie, sich hinzusetzen, nahm sich einen Stift und befestigte ein Blatt Papier auf einem Klemmbrett.

»Ich muss dir einige Fragen stellen, um den Grund für deine Immunität zu ermitteln«, erklärte er Ollie. »Ein paar davon werden dir vielleicht ziemlich persönlich vorkommen.«

»Cool!«, freute sich Ollie.

Charlie grinste, doch Alfie runzelte die Stirn. »Okay. Nimmst du zurzeit irgendwelche Medikamente?«

»Klar«, sagte Ollie.

»Super. Welche?«

»Morgens eine rote Tablette, abends eine orange und vor dem Schlafengehen eine blaue.«

Alfie schaute von seinem Klemmbrett auf. »Weißt du, wie sie heißen?«

»Nö«, sagte Ollie.

Alfie wirkte ein bisschen enttäuscht, machte aber trotzdem weiter. »Also gut. Warst du schon mal im Krankenhaus?«

»Klar«, sagte Ollie.

»Weswegen?«

»Welches Mal meinst du?«, fragte Ollie.

»Du warst schon mehr als einmal im Krankenhaus?«

»Klar«, sagte Ollie. »Du nicht?«

»Nein«, antwortete Alfie. »Kannst du mir sagen, weswegen du im Krankenhaus warst?«

Ollie war ganz offensichtlich begeistert, dass ihn jemand danach fragte. »Also, als ich zwei war, hab ich mich immer im Wäschetrockner versteckt. Einmal hat die Haushälterin ihn versehentlich angestellt, als ich noch drin war, und da habe ich mir den Arm gebrochen.«

»Okay«, sagte Alfie und machte sich eine kurze Notiz.

»Mit drei habe ich eine ganze Herde von diesen winzigen Mein-Kleines-Pony-Figuren verschluckt, und als sie nicht auf dem normalen Weg wieder rauskamen, mussten sie entfernt werden.«

Charlie verzog mitfühlend das Gesicht. Er wollte gar nicht wissen, wie man die Ponys entfernt hatte.

»War es das?«, fragte Alfie.

»Nö«, sagte Ollie. »Mit dreieinhalb habe ich giftige Pilze gegessen. Mit vier wurde ich von einem riesigen Hund gebissen, nachdem ich versucht hatte, auf ihm zu reiten. Mit sechs bin ich mit dem Fallschirm von unserem Hausdach gesprungen, aber der Schirm hat sich nicht geöffnet. Mit sieben wollte ich eine Feuerqualle als Haustier haben. Deswegen habe ich am Strand versucht, eine einzufangen. Mit neun habe ich ausprobiert, wie gut ich schweißen kann. Und letztes Jahr musste ich in die Notaufnahme, nachdem ich die Badeperlen meiner Mom gegessen hatte.«

Charlie fiel auf, dass Alfie sich keine Notizen mehr machte.

»Du bist wie alt?«, fragte Alfie.

»Ich werde im September zwölf«, antwortete Ollie.

»Und du scheinst ein ziemlich kluger Junge zu sein.«

Ollie grinste verlegen. Charlie wusste aus zuverlässiger Quelle, dass Ollie nur Einsen schrieb. Das war einer der Gründe, wieso er noch nicht von der Schule geflogen war.

»Und wieso isst ein ziemlich kluger Elfjähriger Badeperlen?«, fragte Alfie fassungslos.

Ollie zuckte mit den Schultern. »Die haben echt toll gerochen und in dem Moment hielt ich es für gute Idee. Mein Arzt sagt, dass ich ein Problem mit meiner Impulskontrolle habe. Ich glaube, dafür sind die blauen Tabletten.«

Alfie sah zu Charlie hinüber. »Das ist hoffnungslos«, sagte er. »Es ist unmöglich festzustellen, was Ollie immun gemacht hat. Es könnte alles sein – die Tabletten, die giftigen Pilze, die Feuerqualle, die Badeperlen.«

»Was immer Ollie schützt, er ist nicht der Einzige, der es hat«, sagte Charlie. »Diese Poppy war auch immun. Und sie wirkte nicht wie jemand, der von Dächern springt oder Badeperlen isst.«

»Wir müssen mit ihr reden«, sagte Alfie. »Wir müssen herausfinden, was die beiden gemeinsam haben.«

Charlie dachte an das Mädchen, das alles riskiert hatte,

um in Orville Falls bleiben und sich um seine Familie kümmern zu können. Er konnte sich beim besten Willen nicht vorstellen, dass Poppy irgendetwas mit dem hundereitenden Chaoten gemein hatte, der gerade auf Alfies Bett saß.

Der geheime Inhaltsstoff

Als die drei Jungen in der lila Villa ankamen, machte sich Charlie auf die Suche nach seiner Stiefmutter. Er fand sie in der Küche, wo vier Töpfe mit ekligem Glibber auf dem Herd vor sich hin brodelten. Charlotte schnupperte, rührte und kostete immer wieder.

»Wo ist Dad?«, fragte Charlie. Er wollte wissen, ob sie ungestört reden konnten.

»Er ist mit Jack in den Supermarkt gefahren«, berichtete Charlotte munter. »Ich habe sie losgeschickt, damit sie ein paar Vorräte holen.«

Charlie sah sie verblüfft an. Sie hatte nichts mehr von der deprimierten Frau, die er vorhin hier zurückgelassen hatte. Irgendetwas musste passiert sein, während er unterwegs gewesen war. Er wollte gerade nachfragen, als sich seine Freunde einmischten.

»Hi, Mrs Laird. Was ist das?«, fragte Ollie. Er tauchte den Finger in eine weiße, cremige Masse und leckte ihn ab.

»Hi, Oliver«, sagte Charlotte, die sich zu fragen schien, was der Junge hier in ihrer Küche machte. »Ich versuche, etwas zu finden, das die Gehirne der Leute wieder in Gang bringt. Das Zeug, das du gerade abgeleckt hast, ist übrigens Fußcreme. Und du hast Glück, dass sie nicht giftig ist.«

»Hmmm, sehr lecker! Ich wette, Füße hätten keinen so schlechten Ruf, wenn sie auch so schmecken würden«, versicherte ihr Ollie. »Die Fußcreme schmeckt fast genauso gut wie das Zeug, das Sie mir gegen meinen Ausschlag gegeben haben.«

Charlotte verzog das Gesicht, sagte aber nichts dazu. »Hallo, Alfie«, begrüßte sie stattdessen Charlies Freund. »Was macht die Wettervorhersage auf Kanal Vier?«

Alfie wurde knallrot und warf Charlie einen wütenden Blick zu.

»Was?«, wehrte sich Charlie. »Ich musste ihr sagen, wieso ich schon so früh am Morgen zu dir rasen durfte!«

»Das ist kein Grund, sich zu schämen«, versicherte Charlotte Alfie. »Als ich in deinem Alter war, stand ich auf den Typen, der die Lottozahlen vorgelesen hat. Sein Name war Bob Gruber.« Sie seufzte verträumt. »Ich habe ihn immer noch in bester Erinnerung.«

Alfies Gesicht wurde noch röter. »Ich versichere Ihnen, Mrs Laird, dass mein Interesse an Stormy Skies rein wissenschaftlicher Natur ist.«

»Klar, ein bisschen Chemie und sehr viel Biologie«, warf Charlie ein. Ollie kicherte, und Charlotte musste sich auf die Lippe beißen, um nicht laut aufzulachen. Alfie fand es offenbar gar nicht witzig. »Aber wir sind nicht wegen Stormy gekommen. Alfie und ich glauben, dass wir den Schlüssel zum Gegenmittel gefunden haben.«

Charlotte ließ den Löffel in den Topf fallen, in dem sie gerade gerührt hatte, und wischte sich die Hände an einem Geschirrtuch ab. »Tatsächlich? Ich auch! Was habt ihr zu bieten?«

»Nun, eine Hälfte des Schlüssels ist Ollie«, sagte Charlie. »Die andere Hälfte ist in Orville Falls. Du musst uns hinfahren.«

»Ich kann hier leider gerade nicht weg«, sagte Charlotte. »Das ist nämlich meine große Neuigkeit: Wir haben einen Gast.«

»Was haben wir?«, fragte Charlie. Davon hatte ihm niemand etwas gesagt.

»Hi, Charlie. Erinnerst du dich an mich?« Ein Mädchen, das einen Bademantel von Charlotte trug, betrat die Küche. Sie kam offenbar gerade aus der Wanne, denn ihre Haut war noch ganz rosig. Das frisch gewaschene Haar war knallrot und ihre Locken ringelten sich in alle Richtungen.

»Wow«, hauchte Ollie.

Charlie starrte das Mädchen an. Er kannte sie von irgendwoher, konnte sich aber nicht erinnern, wo sie sich getroffen hatten. Das Mädchen errötete unter den Blicken der Jungen.

»Ihr kennt Poppy, nicht wahr?«, sagte Charlotte und konzentrierte sich wieder auf ihre Töpfe.

»Moment mal – das ist *Poppy*?«, fragte Charlie seine Stiefmutter. Er hätte das Mädchen nie im Leben wiedererkannt. Als er Poppy begegnet war, hatte sie ausgesehen wie ein kleiner Troll. »Was macht sie in Cypress Creek?«

Poppy schnaufte empört. »Ich bin hier, Charlie. Du kannst auch *mich* fragen.« Sie wedelte mit der Hand vor seiner Nase herum. »Ich bin hier, weil du gesagt hast, dass ich in das lila Haus kommen soll, falls ich es nach Cypress Creek schaffe. Wenn ich gewusst hätte, dass du Charlottes Stiefsohn bist, wäre ich schon früher gekommen.«

Das war alles viel zu verrückt, um bloßer Zufall zu sein. »Woher kennt ihr beide euch denn?«, wollte Charlie wissen.

»Poppys Mom ist oft bei mir im Laden gewesen«, berichtete Charlotte. »Und ich habe eine Schwäche für Mädchen mit so tollen roten Locken.« Sie zwinkerte Poppy zu. »Da muss ich immer an meine eigene Kindheit denken, an damals, als meine ganze Zukunft noch vor mir lag.«

»Aber wie bist du von Orville Falls hergekommen?«, fragte Alfie das Mädchen. »Bist du den ganzen Weg gelaufen?«

»Meine Familie wurde nach Cypress Creek geschickt, um

in dem neuen Goldener-Schlaf-Laden auszuhelfen«, sagte Poppy. »Und als ich das Haus auf dem Hügel sah, dachte ich, ich komme vorbei und sage Hallo.«

»Poppy hat Glück. Das Elixier scheint bei ihr nicht zu wirken«, sagte Charlotte. »Das bedeutet, dass wir es eventuell schaffen können, das Ganze aufzuhalten. Vielleicht gibt es doch noch Hoffnung.«

Charlie hob die Hände. »Ich weiß!«, rief er. »Deswegen wollten wir nach Orville Falls – um *sie* zu finden. Ollie ist ebenfalls immun gegen das Elixier. Sie müssen etwas gemeinsam haben, etwas, das sie beide schützt.«

»Habt ihr eine Vermutung, was das sein könnte?«, fragte Charlotte.

»Nein, aber wir werden es herausfinden«, antwortete Charlie. Er nickte Alfie zu. »Bist du bereit? Poppy, vielleicht solltest du dich hinsetzen.«

Ollie, der gar nicht aufhören konnte zu grinsen, zog einen Stuhl für sie heran.

»Was genau habt ihr mit mir vor?«, fragte Poppy nervös und setzte sich.

Alfie holte das Klemmbrett aus seinem Rucksack. »Ich will dir nur ein paar Fragen stellen, um herauszufinden, ob es in deiner medizinischen Vorgeschichte etwas gibt, das du und Ollie gemeinsam haben. Erste Frage: Nimmst du irgendwelche Medikamente?«

»Nein«, antwortete Poppy.

Alfie nickte und schaute auf seine Liste. »Hast du jemals giftige Pilze gegessen?«

»Was?«, fragte Poppy.

»Das heißt wohl Nein.« Alfie machte sich eine Notiz.

Poppy schaute zu Charlie auf. »Das sind wirklich komische Fragen«, stellte sie fest.

»Die werden noch komischer«, warnte Charlie. »Ollie hat ein ziemlich *interessantes* Leben geführt.«

Alfie räusperte sich. »Hast du dich je an einer Feuerqualle verbrannt oder bist von einem großen Hund gebissen worden? Oder hast du irgendwann einmal Badeperlen gegessen?«

Poppy sah Ollie staunend an. »Du hast Badeperlen gegessen?«

Ollie nickte. »Auf der Gebrauchsanleitung stand – ich zitiere – ›Die Badeperlen in fließendem warmem Wasser auflösen‹«, berichtete Ollie. »Da stand nirgendwo ›Bitte nicht essen.‹« Er zuckte mit den Schultern. »Außerdem finde ich, dass man alles zumindest einmal ausprobiert haben sollte.«

»Er macht Witze, oder?«, fragte Poppy.

»Auch das heißt wohl Nein«, sagte Alfie.

»Ich glaube nicht, dass Ollie und ich viel gemeinsam haben«, stellte Poppy ein wenig hochnäsig fest.

Plötzlich hatte Charlie eine Eingebung. Die beiden hatten doch etwas gemein. Charlottes Kräuterladen. Poppy war mit ihrer Mutter im Laden gewesen. Und Charlotte hatte Ollies Ausschlag behandelt.

»Moment mal. Poppy, wann bist du das letzte Mal mit Giftsumach in Berührung gekommen?«

Poppy musste nachdenken. »Im Kindergarten vielleicht.«

Charlie war enttäuscht. Als Poppy im Kindergarten gewesen war, hatte es den Kräuterladen noch gar nicht gegeben. Die Heilsalbe konnte also auch nicht das verbindende Element zwischen ihr und Ollie sein.

Dann kam ihm eine andere Idee. »Benutzt du denn irgendetwas von dem, was deine Mom im Kräuterladen gekauft hat?«, fragte er.

»Natürlich«, sagte Poppy. »Charlottes selbst gemachte Zahnpasta ist super. Sie mischt sie immer extra für mich, wenn ich in den Laden komme.«

Plötzlich war der Zusammenhang eindeutig. »Ollie, du hast Charlottes Salbe gegen Giftsumach benutzt, Poppy, du nimmst die selbst gemachte Zahnpasta. Und jedes Mal, wenn Paige ihrer Tante Charlottes Lippenpflege unter die Nase hält, scheint Josephine kurz aufzuwachen.« Er sah Charlotte an. »Irgendein Inhaltsstoff muss in allen dreien vorkommen! Was immer es ist, könnte das Gegenmittel sein!«

Doch Charlotte schüttelte bereits den Kopf. »Gute Idee, aber das klappt nicht, Charlie!«, widersprach sie. »Abgesehen von Wasser, ist keine Zutat in allen dreien enthalten.«

»Netter Versuch«, meinte Alfie. Er sah genauso bedrückt aus wie alle anderen. Sie waren der Lösung so nah gewesen.

»Wartet mal«, sagte Charlie. Medusa hatte ihm gesagt, dass das Elixier seine Wirkung von dem erhielt, der es hergestellt hatte. »Es gibt doch etwas, das diese drei Sachen gemeinsam haben.«

»Was?«, fragte Charlotte.

»Sie wurden alle von *dir* gemacht«, sagte er. Charlotte musste irgendetwas hinzugefügt haben, ohne es zu wissen.

»Das kapiere ich nicht. Warum ist das so wichtig?«, fragte Alfie.

»Charlotte hat mir erzählt, dass sie die Geißblatt-Lippenpflege extra für Josephine gemischt hat, um sie aufzumuntern, während sie sich um ihre kranke Schwester kümmern muss. Und ich weiß genau, als sie Ollies Salbe gemacht hat, hat sich Charlotte auf die Reise nach New York gefreut. Und wenn Poppy in den Laden kam, musste sie immer daran denken, wie es war, ein Kind zu sein und die ganze Zukunft noch vor sich zu haben.«

»Ich kapiere es trotzdem nicht«, sagte Alfie.

»Charlotte hat, ohne es zu merken, jedem dieser Mittel

etwas beigemischt – etwas, das stark genug ist, um die Verzweiflung im Elixier zu besiegen.«

»Habe ich das?« Charlotte konnte es nicht glauben.

»Allerdings«, bestätigte Charlie. »Ich glaube, du hast *Hoffnung* hinzugefügt.«

Die Falle

An der Tür des Kräuterladens klebte eine Notiz, die die Zwangsversteigerung ankündigte. Charlie riss den Zettel ab und zerknüllte ihn.

»Kommt, Leute«, sagte er und schaltete die Beleuchtung ein. »Wir haben viel zu tun.«

Alfie und Ollie folgten ihm in den Laden. Alfie hatte eine Rolle Müllbeutel unter dem Arm und Ollie umklammerte eine handgeschriebene Liste. Charlotte hatte die drei in den Laden geschickt, um Zutaten zu holen. Sie wollte eine große Menge des Gegenmittels zubereiten und brauchte dazu alle Inhaltsstoffe der Zahnpasta und der Giftsumach-Salbe. Obwohl Charlies Theorie sie überzeugte, dass Hoffnung der wichtigste Bestandteil war, wollte sie nichts dem Zufall überlassen. Sie hatte den Jungen zudem aufgetragen, den gesamten Vorrat an Baldrianwurzeln aus dem Laden mitzubringen. Damit wollten sie die Wandler so lange ausschalten, bis das Gegenmittel Wirkung zeigte.

Die drei füllten ihre Müllbeutel mit Ölen und Extrakten und Gläsern voll Glibberkram, von dem nicht einmal Charlie wusste, wozu er gut war. Aber als Alfie den großen Behälter mit der Aufschrift BEIFUSS holen wollte, musste er feststellen, dass dieser leer war.

»Was machen wir jetzt?«, fragte er.

»Wir gehen zurück zum Haus«, sagte Charlie und schüttelte betrübt den Kopf. »Beifuß war die wichtigste Zutat auf Charlottes Liste.«

»Gebt ihr etwa schon auf?«, fragte Ollie.

»Auf keinen Fall!« Alfie war schockiert. »Willst du wirklich einfach nach Hause gehen, Charlie?«

»Was sollen wir denn sonst tun?« Mit einem Grinsen stieß Charlie die Ladentür auf. »Der einzige Beifuß-Busch der ganzen Stadt wächst in unserem Garten.«

Als sie wieder auf der Straße waren, führte Charlie sein Team zurück zur lila Villa. Die Geschäfte in der Hauptstraße waren verlassen. Nur vor einem Laden, der ein paar Blocks entfernt lag, stand eine Schlange. Die Leute warteten darauf, ihr Elixier zu bekommen. Einige, die schon an der Reihe gewesen waren, lungerten mit starrem Blick vor dem Laden herum. Ein großer Wandler am Rand der Menge schien sich sehr für die Jungen zu interessieren.

»Nichts wie weg«, flüsterte Charlie. »Ich glaube, ich habe gerade Winston Lindsay gesehen.«

Sie erreichten das Haus in Rekordzeit. Charlotte wirbelte in der Küche herum. Als die Jungen eintrafen, fing sie sofort an, Flaschen aus den Müllbeuteln zu holen und die Inhaltsstoffe aufzureihen – und dabei summte sie die ganze Zeit vor sich hin. Sie war wieder ganz die alte verrückte, hexenartige Charlotte, stellte Charlie fest. Er hoffte nur, dass ihre gute Stimmung so lange wie möglich anhielt.

Alfie und Charlie bekamen den Auftrag, Kräuter zu hacken, während Ollie und Poppy Töpfe schrubben mussten. Charlie sah, wie die beiden sich unterhielten, als sie nebeneinander am Ausguss standen. So, wie sie in ihr Gespräch vertieft waren, hatten sie wohl doch ein paar Gemeinsamkeiten gefunden.

Nachdem die Kräuter gehackt und in kleine Glasschalen gefüllt waren, gab Charlies Stiefmutter die nächsten Anweisungen.

»Charlie und Alfie, ich brauche sechs Tassen Beifußblätter. Drei Tassen Minze. Ein Dutzend Löwenzahnpflanzen und eine Handvoll Mutterkraut.«

»Poppy und ich sind fertig mit den Töpfen«, meldete Ollie. »Sollen wir mitgehen und ihnen helfen?«

»Nein. Ihr beide bleibt bei mir«, sagte Charlotte. »Ich habe mitbekommen, wie ihr euch über eure Albträume unterhalten habt. Setzt euch hin; ich hole meine Zeichenstifte.«

Charlie wäre gern geblieben und hätte zugesehen, wie sie die Nachtmahre der beiden malte, aber der Beifuß wurde dringend gebraucht. Er schickte Alfie in den Vorgarten, wo er auf dem Rasen nach Löwenzahn suchen sollte, während er selbst mit einer Tüte durch die Hintertür ging. Er rupfte immer noch Blätter von dem silbrigen Busch am Zaun, als Alfie mit einem Dutzend schlaffer Löwenzahnblätter in der Hand ums Haus gerannt kam.

»Da sind Wandler am Fuß des Hügels!«, rief er und japste nach Luft. »Einer von ihnen ist Winston Lindsay. Er muss uns gefolgt sein.«

Charlie lief es eiskalt über den Rücken. Er schnappte sich die Tüte mit den Beifußblättern und sie stürmten durch die Hintertür zurück ins Haus.

»Charlotte!«, rief Charlie. »Unten am Hügel versammeln sich Wandler.«

Charlotte war sofort auf den Beinen. »Verschließt die Türen!«, rief sie und rannte zum Fenster.

Poppy und Ollie schienen nicht zu merken, welcher Aufruhr plötzlich in der Küche herrschte. Sie saßen an der Arbeitsplatte und betrachteten ein Blatt Papier. Charlie stellte sich hinter sie, weil er wissen wollte, was die beiden so faszinierte. Es war Charlottes Zeichnung. Sie zeigte ein kleines Mädchen, das eine marineblaue Schürze über einer strahlend weißen Bluse trug. Im Kragen steckte ein rotes Tuch. Das kurz geschnittene Haar war dunkelbraun und sie trug einen Seitenscheitel. Ihre Kleidung erinnerte Charlie an Bilder von seiner Ururgroßmutter, als diese noch ein Kind gewesen war. Aber die Augen, die Charlotte gezeichnet hatte, waren nicht die eines Kindes. Darin lagen viel zu viel Wut und Traurigkeit für jemanden ihres Alters.

»Wer ist das?«, fragte Charlie. Er konnte den Blick nicht von der Zeichnung abwenden. »Ich glaube, ich habe sie schon mal irgendwo gesehen.«

»Das ist das Mädchen aus unseren Albträumen«, antwortete Ollie. Das Lachen war aus seiner Stimme verschwunden. Ollie Tobias war starr vor Angst.

»Ihr habt *beide* von demselben Mädchen geträumt?«, fragte Charlie.

»Ja«, bestätigte Poppy. »Und mein Bruder auch. Deswegen hat mein Dad das Elixier für uns gekauft. Das Mädchen tauchte immer wieder in unseren Träumen auf, bis wir schließlich zu viel Angst hatten, um ins Bett zu gehen.«

»Ich glaube, ich habe sie hier in Cypress Creek gesehen«, wisperte Ollie. »Als ich wach war. Es gibt sie wirklich. Das schwöre ich.«

Jemand hämmerte an die Haustür. Ollie schrie auf und fiel vor Schreck vom Stuhl. Die Zeichnung flatterte auf den Boden, wo sie in einer Glibberpfütze landete. Charlie half zuerst Ollie auf die Beine und wollte dann die Zeichnung retten, doch sie war ruiniert.

»Wer ist da?«, rief Charlotte an der Haustür.

»Ich bin's«, brüllte Andrew Laird von der anderen Seite der Tür.

»Und ich!«, rief Jack. »Wieso hast du abgeschlossen?«

Charlotte zog den Riegel zurück und schlang ihrem Mann die Arme um den Hals. »Charlie sagte, dort draußen würden irgendwelche Männer herumlungern.«

»Das wundert mich nicht«, sagte Charlies Vater und stellte die Einkaufstüten ab. »Es muss Vollmond sein, denn heute sind wirklich viele merkwürdige Gestalten unterwegs.«

Charlie trat hinaus auf die Veranda und schaute über das Geländer. Drei Männer und eine Frau drückten sich am Ende der Einfahrt herum. Alle vier waren Wandler.

»Ich finde, wir sollten weitermachen«, sagte er zu Charlotte. Er wurde das Gefühl nicht los, dass die Wandler aus einem bestimmten Grund gekommen waren. Und sie hatten sicher nichts Gutes im Sinn.

Stunden später, als es schon dunkel war und die Straßenlaternen brannten, standen die Wandler immer noch vor der Einfahrt. Allerdings waren es jetzt deutlich mehr als zuvor. Aus den ursprünglichen vier waren schnell acht geworden. Und aus den acht wurden sechzehn. Inzwischen waren es mindestens zwanzig. Bisher hatten sie nichts getan. Sie standen nur da und sabberten – und warteten wohl auf Befehle. Mit so vielen Wandlern vor der Tür konnten Charlies Freunde unmöglich das Haus verlassen, daher erklärte Charlotte das Ganze zu einer Übernachtungsparty. Sie trug Jack auf, seinen Vater im Wohnzimmer zu beschäftigen. Je weniger Andrew Laird wusste, desto besser. Charlies Aufgabe war es, die Wandler im Auge zu behalten und Alarm zu schlagen, falls sie angriffen.

Charlie und Ollie hatten an einem der Fenster Posten bezogen. Poppy und Alfie bewachten das andere. Vom Fenster aus konnte Charlie das Gegenmittel in Charlottes Riesentopf brodeln hören. Seine Stiefmutter hatte sie jedoch darauf vorbereitet, dass das Zeug stundenlang kochen musste. Es würde frühestens um elf Uhr fertig sein. Bis dahin konnten sie nichts anderes tun, als still im dunklen Zimmer zu sitzen und die Wandler zu beobachten, die sich vor der lila Villa versammelten.

»Hey, da ist meine Mom!«, rief Ollie. Er zeigte auf eine Frau in einem vollkommen verschmutzten, ehemals weißen Outfit, die auf die Gruppe zulief. Und tatsächlich, es war Mrs Tobias in ihrem Krocketkostüm. Sie hatte sogar ihren Schläger mitgebracht.

»Tut mir leid«, sagte Alfie.

»Oh, mit mir brauchst du kein Mitleid zu haben«, be-

merkte Ollie mit einem Kichern. »Dir sollte lieber der Kerl leidtun, der ihr das Elixier verkauft hat. Meine Mom wird ihn fertigmachen, sobald sie aufwacht. Wenn es um Rache geht, ist sie ein Genie.«

Charlie hörte Schritte im ersten Stock – sie waren so schwer, dass sie nur von Andrew Laird kommen konnten. Er warf einen Blick auf Alfies Uhr. Es war nach zehn. Er hoffte, dass sein Dad endlich schlafen ging.

Die Tür wurde einen Spaltbreit geöffnet und Jack streckte den Kopf herein. »Dad hat eine Ladung Baldrian genommen und geht jetzt ins Bett«, wisperte er. »Was tut sich da draußen?«

»Ich glaube, die warten auf einen Befehl oder so was«, berichtete Charlie.

Jack kam ins Zimmer und ging zu dem Fenster, an dem Ollie und Charlie Wache hielten. »Wie viele sind das?«, fragte er und drückte die Stirn an die Scheibe, um besser sehen zu können. »Wow! Das ist ja ein Haufen Wandler!« Er sah Charlie ängstlich an. »Was machen wir, wenn sie angreifen, bevor das Gegenmittel fertig ist?«

»Ich weiß es nicht«, antwortete Charlie ehrlich.

»Was meinst du, sollen wir für Verstärkung sorgen?«, fragte Jack.

»Und woher sollte die kommen?«, entgegnete Charlie missmutig.

»Sieh doch!«, rief Alfie und lenkte Charlies Aufmerksamkeit wieder auf die Wandler. »Da war gerade ein Kind bei den Wandlern. Meinst du, das war jemand aus unserer Schule?«

»Wie sah es aus?«, fragte Charlie.

»Ich hab es nur kurz gesehen«, meinte Alfie. »Ich glaube, es war ein Mädchen.«

Ollie hatte gesagt, dass er das Mädchen aus seinem Albtraum in Cypress Creek gesehen hatte. War es möglich, dass sich das Mädchen unter die Wandler gemischt hatte? »Wo hast du es gesehen?«, fragte er. »Zeig es mir!« Charlie ließ den Blick über die Wandler schweifen, entdeckte aber niemanden, der klein genug war, um ein Kind zu sein. »Jack, siehst du sie?«, fragte er, doch es kam keine Antwort. »Jack?«, rief er. Noch bevor er sich umdrehen konnte, durchfuhr ihn ein schrecklicher Gedanke.

»Ich glaube, er ist nach oben gegangen«, sagte Poppy von ihrem Wachposten am anderen Fenster.

Wie der Blitz war Charlie auf den Beinen und rannte hoch in den Turm. Er hätte Jacks Vorschlag ernst nehmen sollen. Charlie ahnte, wo sein kleiner Bruder sein könnte. Und tatsächlich, das Portal stand noch offen, als er das achteckige Turmzimmer erreichte. Jack war in die Anderwelt hinübergewechselt, um sich dort Verstärkung zu holen.

Charlie sprang durch das Portal und landete in der Anderwelt-Version der lila Villa. Diesmal hatte sein Bruder keinen Albtraum vortäuschen müssen, um das Portal zu öffnen. Die Lage war auch so schon unheimlich genug. Charlie raste die Stufen hinunter bis in die Diele. Dort stand Jack und hielt ein Stück Papier in den Händen. Als Charlie näher kam, konnte er erkennen, dass es einer von den Steckbriefen mit Jacks Foto war. Er hatte gehofft, dass sein kleiner Bruder sie nie zu Gesicht bekommen würde.

»Das hat jemand unter der Tür durchgeschoben«, berichtete Jack mit einem nervösen Grinsen. Er zeigte Charlie das Blatt. »Das ist bestimmt ein Witz, oder?«

»Jack …« Charlie fehlten die Worte. Wie sagte man einem Neunjährigen, dass die Wesen, die er für seine Freunde hielt, sich gegen ihn verschworen hatten?

»Ich meine, die Nachtmahre glauben doch nicht wirklich, dass ich der Junge aus der Prophezeiung bin, oder? Das Kind, das ihre Welt zerstört?« Jacks Lächeln verschwand.

»Ich glaube nicht, dass alle so denken.« Etwas Besseres fiel Charlie nicht ein, doch das reichte Jack nicht.

»Ich will es aber genau wissen«, sagte er. Bevor Charlie etwas unternehmen konnte, öffnete sein Bruder die Haustür.

Wie das lila Haus in der wachen Welt stand auch das schwarze Anderwelt-Haus auf einem Hügel. Das Erste, was

Charlie draußen sah, war das Loch. Es hatte das Stadtzentrum schon fast erreicht. Das Zweite, was ihm auffiel, waren die Oger, die im Vorgarten unter einem Baum standen. Es waren fünf und einer von ihnen sah aus wie Shrek.

»Orog!«, rief Jack. Charlie konnte die Erleichterung in der Stimme seines Bruders hören.

Die Oger drehten sich nicht sofort um, sondern erstarrten und schnupperten nur.

»Er ist leibhaftig hier«, sagte Orog zu seinen Kumpanen. Dann drehte er sich um und winkte Charlies Bruder zu. »Jack!«

Jack wollte auf die Oger zugehen. Doch etwas an der Art, wie sie dastanden – so steif und starr – machte Charlie misstrauisch. Sein Bruder hatte schon fast die Verandatreppe erreicht, als Charlie das Seil bemerkte. Einer der Oger hielt das eine Ende in der Hand. Von dort aus führte das Seil nach oben in die Äste des Baums. Es war gut getarnt und Charlie konnte nicht sehen, wo es endete, aber er war überzeugt, dass es Teil einer Falle war. Die Oger waren nicht gekommen, um mit Jack eine Willkommensparty zu feiern.

Charlie stürzte sich auf Jack und erwischte ihn gerade noch, bevor er von der Veranda auf den Plattenweg treten konnte. Charlie packte sein Shirt und riss ihn zurück, als direkt vor ihnen ein Netz von einem Ast fiel. Hätte Jack auch nur einen weiteren Schritt gemacht, wäre er gefangen worden.

Einen Moment lang wirkte es, als hätten ihn die Oger tatsächlich erwischt. Jack sah das Netz an. Und dann Orog. Sein Gesichtsausdruck ließ keinen Zweifel daran, wie schwer es ihm fiel, beides miteinander zu verbinden.

Charlie wurde von einer solchen Wut gepackt, dass er ihr Luft machen musste. »Jack war dein Freund!«, schrie er den Shrek-ähnlichen Oger an. »Er hat dir geholfen und so bedankst du dich? Du solltest dich schämen!« Hätte er gegen fünf Oger eine Chance gehabt, wäre es sicher nicht beim Anschreien geblieben.

»Er ist ein Verbrecher«, brüllte der Oger zurück. »Er hat Sachen durch das Portal in diesem Haus geschmuggelt!« Charlie merkte sofort, dass die Kreatur nicht besonders intelligent war.

»Wenn Jack hergekommen wäre, um die Anderwelt zu zerstören, wieso sollte er dann so viel Zeit darauf verschwenden, einem dummen Trampel wie dir beizubringen, wie man gruselig ist? Hä?«, fuhr Charlie ihn an.

»Aber die Prophezeiung ...«, begann der Oger. Er verstummte und schien nachzudenken. Schon wirkte er nicht mehr so überzeugt.

»Die Prophezeiung ist eine Lüge«, sagte Charlie. »Mein Bruder und ich arbeiten uns den Hintern ab, damit dieses

Loch nicht noch größer wird.« Er zeigte auf den Abgrund, der den Hügel hochkroch. »Zurzeit sind wir die einzige Hoffnung für die Anderwelt.« Er legte den Arm um seinen kleinen Bruder. »Und jetzt kehren wir zurück auf die andere Seite, um die Sache zu Ende zu bringen. Und wenn ihr nicht so dämlich seid, wie ihr ausseht, dann lasst ihr uns gehen.«

Die beiden Jungen drehten sich um und gingen auf die Haustür zu. Charlie hielt den Atem an und wartete auf das Trampeln der Oger hinter ihnen. Doch es war nichts zu hören. Erst als sie im Haus waren und die Tür hinter sich geschlossen hatten, atmete Charlie auf.

Jack starrte die Tür an. »Ich dachte wirklich, die hätten mich gern«, sagte er betrübt. »Aber das stimmt nicht, oder?«

Charlie sah seinen Bruder an. Es tat ihm in der Seele weh, ihn so traurig zu sehen. »Tut mir leid, Jack.«

»Du tust immer so, als würde ich dich wahnsinnig machen«, fügte Jack hinzu. »Aber du hast mich trotzdem verteidigt.«

»Ich bin dein Bruder«, sagte Charlie. »Das war mein Job.« Er hatte es kaum ausgesprochen, da wusste er schon, dass er das Falsche gesagt hatte.

»Ja«, seufzte Jack. »Und ich weiß, dass du den Job hasst. Tut mir echt leid, dass du mich immer an der Backe hast.«

Mit hängendem Kopf schleppte sich Jack die Treppe hoch.

»Jack«, rief Charlie ihm nach. »Das habe ich nicht so gemeint!«

»Ich weiß genau, wie du es gemeint hast«, sagte Jack, der den oberen Treppenabsatz erreicht hatte und sich zu Charlie umsah. Die Traurigkeit in seinem Blick war kaum zu ertragen.

Zwillinge

»Wo wart ihr?«, fragte Charlotte hektisch.

Charlie schaute auf die Uhr über dem Herd. Er und Jack hatten kaum eine halbe Stunde in der Anderwelt verbracht und trotzdem schien sich in dieser kurzen Zeit eine ganze Menge verändert zu haben. Die Fensterscheiben schepperten und Fäuste hämmerten gegen die Türen.

»Die Wandler greifen an!«, rief Ollie, der aussah, als würde er vor Aufregung platzen. Er und Alfie hatten den Putzschrank geplündert. Sie hatten alle Sprühflaschen zusammengesucht und kippten jetzt den Inhalt in den Ausguss, während Charlotte die schon leeren Flaschen mit dem Gegenmittel füllte.

»Nicht schlecht«, lobte Charlie. Er nahm ein paar der Flaschen aus dem Becken und brachte sie Charlotte, die am Herd arbeitete.

»Das war Ollies Idee«, sagte Alfie. »Der Typ ist ein Genie.« Es war das erste Mal, dass er jemand anderen als sich selbst so bezeichnete. Ollie grinste von einem Ohr zum anderen und kippte eine Ladung Glasreiniger in den Abfluss.

Dann zerbrach im Wohnzimmer eine Scheibe.

»Sie kommen durch die Fenster!«, schrie Alfie.

Charlotte schob zwei Sprühflaschen mit dem Gegenmittel über die Arbeitsplatte. »Los, macht sie fertig«, sagte sie zu ihren Stiefsöhnen.

Charlie sah seinen kleinen Bruder an, der neben ihm stand. Er nahm sich eine Flasche und gab Jack die andere. »Ich gebe dir Deckung und du mir«, sagte er. »Abgemacht?«

»Klar«, antwortete Jack halbherzig mit einem traurigen Lächeln.

Gemeinsam gingen sie ins Wohnzimmer, um es mit der geifernden Wandlerhorde aufzunehmen.

Auf dem Boden lagen überall Scherben. Katze Aggie hatte sich vor dem Fenster aufgebaut. Sie machte einen Buckel und bedrohte die Wandler mit aufgerissenem Maul. Mrs Tobias kam als Erste durchs Fenster. Sie hatte das Glas mit ihrem geliebten Krocketschläger eingeschlagen. Ihr Lippenstift und die Wimperntusche waren so verschmiert, dass sie aussah wie ein tollwütiger Waschbär.

Aggie sprang Mrs Tobias auf den Rücken und schlug die Krallen in deren Krocketbluse. Aber die Frau schien es nicht zu merken: Die Katze noch auf dem Rücken, stieß sie Jack aus dem Weg und steuerte direkt auf Charlie zu. Sie hatte die Arme weit ausgestreckt und wollte ihn am Hals packen.

Es war der erste Versuch, und es gab keine Garantie, dass das Gegenmittel wirken würde. Charlie hob die Sprühflasche mit beiden Händen, richtete den Sprühkopf direkt auf Mrs Tobias' spitze Nase – und drückte den Abzug. Nichts geschah. Die Flasche klemmte. Mrs Tobias' Hände umklammerten schon seinen Hals. Doch kurz bevor sie ihre rosa Krallen in sein Fleisch bohren konnte, löste sich ihr Griff, und die Hände sanken herab. Charlie sah, wie die Knie unter ihr nachgaben. Dann ging sie zu Boden wie ein Sack Kartoffeln.

»Volltreffer«, sagte Jack und pustete nicht vorhandenen Rauch von seiner Sprühflasche.

Charlie hockte sich neben die bewusstlose Frau. Er drückte zwei Finger an ihren Hals und seufzte erleichtert auf. Ihr Puls schlug ganz regelmäßig, aber sie schlief tief und fest. »Es hat funktioniert!«, verkündete er.

»Logisch. Was hattest du denn gedacht?«, fragte Jack. Er zeigte auf den Sprühkopf seiner Flasche. »Du musst das Ding da vorn übrigens auf AUF drehen, wenn du sprühen willst.«

Charlie wollte gerade antworten, als Ollie mit einer eigenen Sprühflasche ins Zimmer gestürmt kam. »Ha! Ihr habt den ersten Wandler abgeschossen! Oh! Es ist meine Mom!«

Er hob ein Bein seiner Mutter an. »Helft mir mal! Wir müssen sie auf die Couch legen. Wenn Theresa Tobias auf dem Boden aufwacht, wird sie uns das Leben zur Hölle machen.«

Charlie und seine Freunde erlegten in dieser Nacht fünfundzwanzig Wandler. Als sie fertig waren, lagen überall im Garten bewusstlose Menschen herum. Nacheinander luden sie alle Wandler aus Cypress Creek in Charlottes Range Rover und fuhren sie nach Hause, damit sie ihren Rausch im eigenen Vorgarten ausschlafen konnten. Als Charlie und Charlotte endlich in die lila Villa zurückkehrten, waren die Laternen bereits ausgegangen. Es war schon nach drei Uhr morgens und Jack war längst eingeschlafen.

Während Charlotte in die Einfahrt bog, huschte das Scheinwerferlicht über eine dunkle Gestalt, die in der Nähe der Haustür herumlungerte. Die Kreatur war groß und breit, ganz in Schwarz gekleidet und hatte sich eine Kapuze so tief ins Gesicht gezogen, dass sie nicht zu erkennen war.

»Hast du das gesehen?«, fragte Charlie.

»Mach dich bereit«, sagte Charlotte. Sie stellte den Motor ab und zog die Handbremse an. »Anscheinend haben wir noch einen Besucher.«

Charlie schnappte sich eine der Sprühflaschen und stieg aus. Als er sich der Person auf der Veranda näherte, starrten ihn zwei gelbe Augen an, die unter der schwarzen Kapuze hervorblitzten. Dann schoss eine klauenähnliche Hand hervor und packte eine Feldmaus, die über die Dielenbretter geflitzt war. Kurz darauf hörte Charlie das Knirschen kleiner Knochen und atmete auf. Kein Mensch konnte sich so schnell bewegen – oder so laut kauen.

»Ava?«, rief er.

»Ja«, antwortete die Harpyie mit vollem Mund.

Charlie ließ die Sprühflasche mit dem Gegenmittel sinken. Er hatte gar nicht mehr daran gedacht, dass immer noch ein Nachtmahr in der wachen Welt unterwegs war. Ava schluckte hörbar. »Tut mir leid. Ich bin von dem langen Flug ganz ausgehungert.«

»Ava!« Charlotte kam auf die Veranda geeilt, um sie zu begrüßen. »Komm rein, und erzähl uns, was du herausgefunden hast, während ich dir etwas zu essen mache.«

»Ach, das ist nicht nötig«, erwiderte Ava verlegen. »Hier läuft heute Nacht genug frisches Essen herum.«

Auch Charlie wäre lieber ins Haus gegangen, aber er wollte unbedingt hören, was die Harpyie zu berichten hatte – selbst wenn er dabei das Knacken von Mäuseknochen ertragen musste. Außerdem hatte auch er Neuigkeiten für Ava. Dank Charlottes Gegenmittel würde die Wandler-Invasion bald vorüber sein und dann verschwand hoffentlich auch das Loch in der Anderwelt wieder. Allerdings waren die Leute, die das Elixier hergestellt hatten, noch auf freiem Fuß, und wenn sie wirklich durch Portale gehen konnten, waren sie weiterhin sehr gefährlich. Sobald alle Wandler geheilt waren, musste Charlie unbedingt ICK und INK aufspüren.

»Hast du den Leuchtturm gefunden?«, fragte Charlotte und setzte sich auf das Geländer der Veranda.

»Ja«, sagte Ava. »Du hattest recht. Er steht an einem öden felsigen Strand in Maine, kilometerweit vom nächsten Ort entfernt. Es gibt da nirgendwo einen Baum, in dem man sich niederlassen, oder ein Gebäude, in dem man Unterschlupf finden kann. Da ich tagsüber kein Versteck gefunden habe, konnte ich immer nur nachts hinfliegen.«

»Hast du jemanden gesehen?«, fragte Charlie, der seine Neugier kaum zügeln konnte.

»Es hat eine Weile gedauert, aber dann schon«, berichtete Ava.

»ICK und INK«, flüsterte Charlotte.

Ava schüttelte den Kopf. »Dort war nur *ein* Mensch«, sagte sie. »In der ersten Nacht bin ich an den Fenstern vorbeigeflogen, konnte aber nichts sehen, weil es zu dunkel war. In der darauffolgenden Nacht riss die Wolkendecke kurz auf und der Mond schien. Ich flog am unteren Fenster vorbei und da sah ich sie.«

»Sie?«, fragte Charlie.

Ava nickte. »Ja«, bestätigte sie. »Es war ein kleines Mädchen. Ungefähr in deinem Alter.«

Charlotte sah aus, als könnte sie es kaum glauben, aber Charlie war aus irgendeinem Grund nicht überrascht. Es war fast, als hätte er damit gerechnet.

»ICK und INK müssen ein Kind entführt haben«, stellte Charlotte fest.

Ava wirkte verwirrt. »Nein. Das Mädchen wurde nicht bewacht. Es hat dort gelebt, ganz allein im Leuchtturm. Hätte es flüchten wollen, wäre das problemlos möglich gewesen.«

Charlotte runzelte die Stirn. »Das begreife ich nicht«, sagte sie. »Wenn die einzige Person im Leuchtturm ein kleines Mädchen war, wo sind dann die Leute, die das Elixier in die wache Welt schmuggeln?«

»Dasselbe habe ich mich auch gefragt«, berichtete Ava. »Bis letzte Nacht ein Lastwagen vorfuhr. Das Mädchen hat drei Männer in den Leuchtturm gelassen, die den Laster mit Kisten beladen haben. Offenbar wurden die im Leuchtturm gelagert. Alle Kisten waren voller kleiner blauer Flaschen.«

Sie hatten schon die ganze Zeit vermutet, dass das Elixier durch den Leuchtturm in die wache Welt gebracht wurde, und jetzt hatten sie endlich den Beweis. Aber es blieben viele Fragen offen, die Charlie keine Ruhe ließen – wo waren ICK und INK? Wer war das Mädchen, das ganz allein im Leuchtturm lebte? Und wieso half es den Schmugglern?

Charlie kam ein beunruhigender Gedanke. Er musste immer wieder an das Mädchen denken, das in Ollies und Poppys Albträumen erschienen war. Das Mädchen, das Meduso nicht aus dem Leuchtturm hatte retten können. Das Mädchen, das Curtis Swanson mit dem Ladenbesitzer gesehen hatte – und an das menschliche Wesen, dessen Anwesenheit Charlie in seinem letzten Albtraum gespürt hatte. »Ava, war das Mädchen, das du im Leuchtturm gesehen hast, brünett?«

»Tut mir leid«, antwortete die Harpyie. »Ich kenne das Wort nicht … Was heißt *brünett*?«

»Einen Moment.« Charlie rannte ins Haus und kam mit einem Blatt Papier und einer Handvoll von Charlottes Stiften zurück. Er gab beides seiner Stiefmutter. »Zeichne noch mal das Mädchen, das Ollie und Poppy beschrieben haben«, verlangte er. »Das Mädchen, das sie in ihren Albträumen gesehen haben.«

»Was?«, fragte Charlotte verwirrt.

»Das Bild, das du vorhin gezeichnet hast, ist in eine Pfütze gefallen. Kannst du sie noch mal malen? Bitte?«

Charlotte seufzte und fing an zu zeichnen. Sie hatte gerade erst eine grobe Skizze angefertigt, als Charlie ihr das Blatt auch schon wegnahm und es Ava zeigte.

»Hat das Mädchen im Leuchtturm so ausgesehen?«, fragte er.

»Ja.« Die Harpyie nickte energisch. »Das ist sie.«

Charlie drehte sich zu Charlotte um. »Ich weiß nicht, welche von ihnen das ist«, sagte er und tippte mit einem Finger auf die Zeichnung. »Aber das Mädchen, das du gerade gemalt hast, ist entweder ICK oder INK. Ich glaube, es gibt zwei von ihnen, und ich glaube, sie sind Zwillinge. Deswegen kommt es einem so vor, als wären sie überall – im Leuchtturm und in den Albträumen der Leute. Ollie glaubt sogar, dass er eine von ihnen hier in Cypress Creek gesehen hat.«

»Aber wie können ICK und INK Kinder sein?«, fragte Charlotte. »Sie haben mich und deine Mutter schon vor fünfundzwanzig Jahren verfolgt.«

Das konnte Charlie sich auch nicht erklären, aber er hatte den Verdacht, dass ICK und INK viel älter waren, als sie aussahen. Medusa zufolge gab es ihren Leuchtturm in der Anderwelt schon seit mindestens achtzig Jahren. Vielleicht waren ICK und INK vor langer Zeit einmal Kinder gewesen, aber jetzt waren die Zwillinge bestimmt nicht mehr so jung.

Außerdem hatten sie ungewöhnliche Freunde, fand Charlie. Als er von Medusas Höhle aus durchs Teleskop geschaut hatte, waren am Leuchtturm Unmengen Kobolde gewesen. Sie waren über die Grenze gewandert und hatten damit die Gesetze der Anderwelt gebrochen.

»Sind aus dem Leuchtturm in Maine irgendwelche Kobolde gekommen, während du dort warst?«, fragte er Ava.

»Kobolde?«, wiederholten Ava und Charlotte gleichzeitig.

»Das letzte Mal, als ich den Leuchtturm in der Anderwelt gesehen habe, hatten sich dort Tausende Kobolde versammelt«, erklärte Charlie. »Medusa glaubt, sie warten darauf, dass ihnen ICK und INK die Tür aufmachen, damit sie durch das Leuchtturmportal in die wache Welt gelangen können.«

»Soll das heißen, dass Maine bald von Kobolden überrannt wird?«, schnaufte Charlotte entsetzt.

»Nein«, versicherte ihr Ava. »Maine ist nicht in Gefahr.«

»Woher willst du das wissen?«, fragte Charlie. »Wie kannst du so sicher sein, dass ICK und INK sie nicht reinlassen?«

»Das können sie nicht, weil der Leuchtturm abgebrannt ist«, sagte Ava. »Letzte Nacht hat es ein Feuer gegeben. Und es ist nichts vom Turm übrig geblieben.«

Es dauerte einen Moment, bis sie begriffen hatten, was das bedeutete. Charlie sah Charlotte an, die offenbar sprachlos war. »Dann ist das Portal im Leuchtturm also weg?«, fragte er.

»Alles ist weg«, antwortete Ava.

»Was ist mit dem kleinen Mädchen?«

»Sie ist abgehauen«, sagte Ava. »Gleich, nachdem sie das Feuer gelegt hatte.«

Zu Hause ist es doch am besten

Das ergab keinen Sinn. Wieso hatte ICK oder INK den Leuchtturm niedergebrannt? Charlie lag im Bett und die Frage ging ihm ständig im Kopf herum. Er war todmüde. Eigentlich hätte er sofort einschlafen müssen, als er unter die Decke geschlüpft war, doch stattdessen musste er die ganze Zeit an die Schwestern denken.

Einen Teil der Geschichte hatte er sich bereits zusammengereimt. Die Zwillinge mussten das Elixier in die wache Welt geschmuggelt haben. Unabhängig davon, wie alt sie wirklich waren, sahen sie immer noch aus wie Kinder und konnten deshalb die Geschäfte nicht selbst eröffnen. Aus diesem Grund hatten sie sich mit dem Ladenbesitzer verbündet und ihn als Strohmann benutzt. Dann hatten sie Wochen damit zugebracht, die Nachfrage nach dem Schlaf-Gut-Elixier anzukurbeln, indem sie die Bewohner von Orville Falls in deren Träumen terrorisierten.

Und jetzt hatten es die Zwillinge auf die lila Villa abge-

sehen. Nachdem der Leuchtturm abgebrannt war, brauchten sie ein neues Portal, um von einer Welt in die andere zu wechseln. Und zweifellos wussten sie von dem Portal im Turmzimmer. Charlie war überzeugt, dass sie es bereits benutzt hatten.

Aber wieso hatten sie den Leuchtturm niedergebrannt, bevor sie die lila Villa besaßen? Und wieso durchkreuzten sie die Pläne der Kobolde, die schon darauf lauerten, in die wache Welt einzudringen? War der Brand im Leuchtturm vielleicht Teil eines größeren Plans? Aber *was* planten sie? Wieso legten es die Zwillinge darauf an, gleich drei Welten zu vernichten?

Als Charlie endlich einschlief, landete er in der Anderwelt am Rand des riesigen Lochs, das bereits einen Teil von Cypress Creek verschlungen hatte. Während er in die Tiefe starrte, dachte Charlie an die Verzweiflung, die in jedem Fläschchen Schlaf-Gut-Elixier steckte. Sie war es, die alles weggefressen und nur ein bodenloses Loch hinterlassen hatte. Charlie wurde klar, dass er genau wusste, wie es sich anfühlen würde, in dieses Loch zu fallen. In den Monaten nach dem Tod seiner Mutter hatte ihn dieselbe Mischung aus Dunkelheit und Verzweiflung erfasst. Es war ihm vorgekommen, als hätte er statt eines Herzens ein Loch aus Traurigkeit in der Brust.

Was war ICK und INK wohl zugestoßen? Um das Elixier herstellen zu können, mussten auch sie unendlichen Schmerz erfahren haben. Was bedeutete, dass Charlie eigentlich Mitleid mit ihnen haben sollte, auch wenn sie noch so böse waren. Wenn ihre Verzweiflung so groß war, dass sich deswegen ein Abgrund auftat, war sie vermutlich unerträglich gewesen.

Noch während Charlie am Loch stand, bewegte sich der Rand erneut. Er sah fasziniert zu, wie der Abgrund auf seine Zehen zukroch.

»Es wächst immer noch«, sagte eine Stimme hinter ihm. »Wir haben es noch nicht aufgehalten.«

Charlie fuhr herum und sah, wie Jack hinter einem Baum hervorkam. »Verfolgst du mich?«, fragte er.

»Nein!«, beteuerte Jack. »Ich habe mich nur …«

Charlie bemerkte die Angst im Gesicht seines kleinen Bruders und wusste, dass er die Wahrheit sagte. »Du hast dich versteckt.«

Jack nickte. »Ich will keinem von *denen* begegnen.« Als er das hörte, brach Charlie fast das Herz. Der Junge, der sich mit der halben Anderwelt angefreundet hatte, musste sich jetzt vor den Nachtmahren verstecken.

»Bist du durch das Portal gekommen?«, fragte Charlie. »Bist du leibhaftig hier?«

»Nein«, antwortete Jack. »Ich habe nur einen echt miesen Traum.«

Charlie ging zu seinem Bruder und legte den Arm um ihn. »Dann gibt es nichts, wovor du Angst haben musst«, versicherte er Jack. »Weißt du noch, was Mom mir gesagt hat? Wenn wir zusammenhalten, sind wir stärker als jeder von uns für sich allein.«

»Ich verstehe das nicht, Charlie.« Jack wurde immer leiser. »Wieso glauben die Nachtmahre, dass ich sie vernichten will?«

Charlie hatte sich noch nie so sehr gewünscht, einem Oger in den Hintern zu treten. »Sie haben Angst«, sagte er. »Und manchmal macht man blöde Sachen, wenn man Angst hat. Aber sobald wir das Loch aufgehalten haben, wird alles wieder so wie vorher.«

»Ich will nicht, dass es wieder so wird wie vorher«, murmelte Jack traurig. »Ich will nur nach Hause.«

Die Brüder schlichen durch die leeren Straßen der Anderwelt-Version von Cypress Creek auf das Haus zu, das in der Stadtmitte auf dem Hügel stand. Die Villa schien der beste Ort zu sein, um dort die Nacht zu verbringen und darauf zu warten, dass sie aufwachten. Doch Charlie bedauerte schon bald, dass sie sich auf den Weg zum Haus gemacht hatten. Wo auch immer er hinsah, starrte ihn Jacks Gesicht von einem der Steckbriefe an. Sie klebten an Fenstern, Straßenlaternen und Mauern.

Als die beiden endlich die bedrohlich wirkende schwarze Villa erreichten, war Jack ein nervöses Wrack. Charlie wollte seinen Bruder möglichst schnell im Haus verstecken, aber die Haustür war verriegelt. Auch die Hintertür ließ sich nicht öffnen und alle Fenster waren fest verschlossen.

»Was ist los?«, fragte Jack.

»Keine Ahnung«, musste Charlie gestehen. Er trat von der Veranda auf den braun verdorrten Rasen und legte den Kopf in den Nacken, um nach einem anderen Weg ins Haus zu suchen. Doch als sein Blick auf den Turm fiel, riss er vor Schreck die Augen auf. Jemand stand am Fenster. Es war ein Mädchen in einer blauen Schürze und einer weißen Bluse. Im Kragen steckte ein rotes Tuch. Ihre rotbraunen Haare waren zum Seitenscheitel frisiert, und obwohl Charlie ihre Augen nicht sehen konnte, wusste er von Charlottes Zeichnung, dass sie dunkelbraun waren.

Es war entweder ICK oder INK. Die Schwester, die den Leuchtturm angezündet hatte, war zuletzt in Maine gesehen worden und trieb sich jetzt in der wachen Welt herum. Die andere befand sich hier im Anderwelt-Haus. Welche auch immer es war, sie wollte Charlie offenbar eine Nachricht zukommen lassen. Die Lairds hatten zwar ein paar Wandler schlafen geschickt, ihr Haus aber hatten sie nicht retten können. Wenn Charlie nicht bald etwas unternahm, würde es am Ende des Monats den bösartigen Zwillingen gehören.

Und da es den Leuchtturm nicht mehr gab, brauchten die beiden es mehr denn je.

Charlie hörte Jacks Schritte. Sein Bruder stellte sich neben ihn auf den toten Rasen. »Indy!«, brüllte er. »Indy, was machst du da oben? Lass uns rein!«

Charlie lief ein Schauer über den Rücken. »Du kennst das Mädchen?«, fragte er.

»Klar«, sagte Jack. »Sie heißt India. Ich hab allerdings keine Ahnung, was sie in unserem Haus will. Sie lebt weit weg am Ende der Welt.«

Als Charlie wieder nach oben sah, hatte sich das Mädchen nach vorn gebeugt und hauchte auf die Glasscheibe. Mit einem Finger schrieb sie fünf Buchstaben auf die beschlagene Fläche. IZZIE. Wie um es zu betonen, zog sie noch einen Strich darunter. Dann verschwand sie.

»Was soll denn das heißen?«, fragte Jack.

Charlie hatte es längst verstanden. »Das heißt, es war nicht deine Freundin Indy. Es war ihre Schwester Izzie. Sie sind Zwillinge.« Er bückte sich, um Jack in die Augen zu sehen. »Wie hast du Indy eigentlich kennengelernt?«

Jack zuckte mit den Schultern. »Sie ist eines Nachts aufgetaucht, als ich hier war«, sagte er. Er hatte immer noch keine Ahnung, was los war. »Wir haben eine Weile zusammen rumgehangen. Sie meinte, sie hätte gehört, dass in Cypress Creek ein echter Junge unterwegs ist, und wollte nur mal Hallo sagen. Ich glaube, sie war auch mal ein Mensch.«

»Aber jetzt nicht mehr?«, fragte Charlie.

Wieder zuckte Jack mit den Schultern. »Ich weiß nicht, was sie ist«, sagte er. »Ich weiß gar nichts über sie, außer dass sie total einsam ist.«

Charlie sah seinen Bruder ernst an. »Du musst jetzt wirklich ehrlich sein, Jack. Hast du Indy von dem Portal in unserem Haus erzählt?«

»Nein! Ich schwöre! Indy wusste längst davon«, beteuerte Jack. »Was soll das Ganze? Wieso stellst du mir all diese Fragen?«

»Du hast wirklich interessante Freunde hier in der Anderwelt«, bemerkte Charlie. »Deine Freundin Indy und ihre Schwester sind auch unter den Namen ICK und INK bekannt.«

Unter dem Toupet

Am Morgen nach der Schlacht gegen die Wandler kam Andrew Laird auf Zehenspitzen in die Küche geschlichen. »Auf unserer Wohnzimmercouch schläft eine fremde Frau«, wisperte er.

»Ach, das ist nur meine Mom«, sagte Ollie. Er stand vor dem Herd auf einem Stuhl, hatte eine Schürze umgebunden und rührte in einer frischen Ladung des Gegenmittels, das in Charlottes größtem Topf vor sich hin brodelte.

Andrew Laird musterte Ollie und sah dann seine Frau an. Charlotte grinste verlegen und zuckte mit den Schultern.

»Als Mrs Tobias kam, um Ollie abzuholen, hatte sie schlimme Migräne«, erklärte Charlie. Sie hatten mindestens eine halbe Stunde damit verbracht, sich diese Geschichte auszudenken. »Charlotte hat ihr geraten, sich hinzulegen, und da ist sie eingeschlafen.«

»Aha«, sagte sein Dad. »Und wer hat die Fensterscheibe zerbrochen?«

»Wir haben gestern Abend etwas zu wild herumgetobt. Es war ein Versehen«, antwortete Charlie, der auch darauf vorbereitet war. »Aber keine Sorge. Wir werden schon bestraft. Charlotte zwingt uns alle zur Arbeit.«

»Und woran arbeitet ihr?«, wollte sein Dad wissen.

Die Küche hatte sich in eine Fabrik verwandelt. Alle Sprühflaschen, Wasserpistolen und Blumenduschen des Hauses waren zusammengetragen worden. In der Garage hatten sie außerdem noch eine Farbsprühpistole und eine Tüte Luftballons gefunden. Alfie, Charlie und Jack füllten die Flaschen und Ballons mit dem Gegenmittel, Poppy wusch Behälter aus und Charlotte und Ollie bereiteten die nächste Ladung zu.

»Äääähm«, murmelte Charlotte, der keine Antwort auf die Frage ihres Mannes einfiel. Sie war die ganze Nacht auf den Beinen gewesen und ihr Gehirn arbeite gerade etwas langsamer als gewohnt.

»Wir machen Pflanzendünger«, wurde sie von Jack gerettet.

»Interessante Verpackungen«, stellte Andrew Laird fest. »Ich wäre nie auf Wasserballons gekommen.« Er nahm sich eine Banane, schälte sie und biss hinein. »Sagt mal, habt ihr letzte Nacht auch merkwürdige Geräusche gehört?«, fragte er, den Mund voll Bananenmus. »Der Baldrian hat mich zwar schlafen lassen wie ein Stein, aber ich könnte schwören, dass es sich angehört hat, als würde draußen eine rauschende Party gefeiert.«

»Nein«, antwortete Charlie für alle. »Wir haben nichts gehört.«

»Okay. Umso besser.« Andrew Laird schluckte und räusperte sich. »Hör mal, Charlotte. Es wird Zeit, dass wir unsere Familienkonferenz abhalten. Wir können es nicht länger vor uns herschieben. Was hältst du von achtzehn Uhr?«

»Klingt super«, antwortete Charlotte abgelenkt. »Kann's kaum erwarten.«

»Wie bitte?« Er sah seine Frau an, als wäre sie verrückt geworden. »Also, ich muss jetzt los.« Er wartete auf ein paar liebevolle Abschiedsworte von seiner Familie, aber die Gegenmittel-Fabrik arbeitete auf Hochtouren. Immerhin musste eine ganze Stadt gerettet werden.

»Tschüs, Dad!«, rief Jack, ohne von seiner Arbeit aufzusehen.

»Ich wünsch dir einen schönen Tag, Schatz«, sagte Charlotte und warf ihm hastig eine Kusshand zu.

»Ich dir auch«, sagte Andrew Laird, doch es hörte niemand zu. Er schüttelte verwirrt den Kopf und verließ die Küche.

Um zehn Uhr war Charlottes Range Rover bis unter das Dach mit Sprühflaschen jeder Art vollgestopft. Es blieb kaum noch genug Platz für Alfie, Ollie, Jack, Poppy und Charlie. Als sie dann noch anhielten, um Rocco abzuholen, dauerte es fünf Minuten, bis sie ihn endlich ins Auto gequetscht hatten.

Auf der Straße nach Orville Falls war kein Verkehr. Es schien beinahe, als hätte der Rest der Welt das Bergstädtchen bereits abgeschrieben und den Wandlern überlassen. Sogar die Tiere hatten sich verkrochen. Auf der ganzen Fahrt sahen sie kein Reh, Kaninchen oder Stinktier.

Charlie und sein Trupp trafen schon am Stadtrand auf den ersten Einwohner. Als der Range Rover an dem rustikalen Holzschild vorbeirollte, auf dem WILLKOMMEN IN ORVILLE FALLS stand, kam ein kräftiger Wandler-Teenager im Tarnanzug aus dem Wald gestürmt. Charlotte trat auf die Bremse.

»Wer will ihn übernehmen?«, fragte sie.

Charlies Herz raste, aber Rocco grinste von einem Ohr zum anderen.

»Darf ich?«, fragte er seine Freunde. Sie nickten zustimmend und Rocco nahm sich eine Super-Soaker-Wasserpistole. Als der Teenager auf das offene Wagenfenster zustürmte, zielte Rocco und drückte ab. Ein Schwall Gegenmittel traf den Wandler an der Stirn und lief über seine

Nase und den Mund. Sofort gaben die Knie unter ihm nach, die Augen fielen ihm zu, und er sackte zu einem tarnfarbenen Haufen zusammen.

»Guter Schuss, Rocco«, lobte Charlotte. »Und jetzt müssen zwei von euch aussteigen und den Jungen ins Bett bringen.«

Alfie und Charlie sprangen aus dem Wagen und zogen den Teenager ins weiche Gras am Straßenrand. Alfie stöberte in seiner Tasche herum und holte ein winziges Schokoladentäfelchen heraus, das er dem Jungen auf die Brust legte wie eine Praline auf ein Hotelbett. Dann quetschten sich die beiden wieder ins Auto. Ihr Plan lief wie am Schnürchen.

»Jippieh! Jetzt fehlen nur noch ein paar Tausend!«, jubelte Alfie und fügte hastig »Tut mir leid« hinzu, als ihm auffiel, wie negativ das geklungen hatte.

Auf dem Weg zu Paiges Tante Josephine erwischten sie noch zwölf weitere Wandler. Poppy und Ollie zielten fast so gut wie Rocco, und so wurden die drei zu Scharfsprühern ernannt. Jack war der Meister der Wasserballons und traf so gut wie immer. Wenn die Wandler an ungefährlichen Orten umkippten, fuhren sie einfach weiter. Aber wenn sie auf die Straße fielen oder mit dem Gesicht in einer Pfütze landeten, stiegen Charlie und Alfie aus und zogen sie aus der Gefahrenzone. Das war zwar nötig, kostete aber wertvolle Zeit.

Während Charlie und Alfie wieder einen der Schläfer in Sicherheit brachten, wurden sie von einem Jungen angegriffen, der ein blaues Kometen-Trikot trug. Er tauchte aus dem Nichts auf und stürzte sich mit solchem Schwung auf Charlie, dass er förmlich zu fliegen schien. Er schaffte es, Charlie einen heftigen Kopfstoß zu verpassen, bevor ihn Poppy, Ollie, Rocco und Jack mit dem Gegenmittel durchweichten. Charlie konnte fühlen, wie sein Wangenknochen nach dem Treffer anschwoll, aber die Schmerzen störten ihn nicht. Er war voll und ganz auf ihre Mission konzentriert.

Es war schon fast Mittagszeit, als der Range Rover endlich sein Ziel erreichte – das Haus von Paiges Tante Josephine. Charlotte und Charlie stiegen aus und kämpften sich durch das hohe Unkraut in Josephines Vorgarten.

Als Charlie den Notfall-Code an die Tür klopfte, öffnete Paige sofort. Ein Blick in ihre strahlenden Gesichter genügte. »Ihr habt es geschafft!«, jubelte sie und fiel Charlie in die Arme. Auf diese Umarmung hatte sich Charlie schon den ganzen Vormittag gefreut.

»Das haben wir auch dir zu verdanken«, sagte Charlotte. »Josephines Lippenpflegemittel hat uns geholfen, das Gegengift herzustellen.«

»Welche Zutat darin hat Josephine denn kurz aufgeweckt?«, fragte Paige.

»Hoffnung«, antwortete Charlie.

»Im Ernst?«, fragte Paige und hob ungläubig eine Braue. *»Hoffnung?«*

»Und etwas Geißblatt«, fügte Charlotte hinzu.

»Komm mit«, sagte Charlie und griff nach Paiges Handgelenk. »Wenn du es nicht glaubst, sieh dir selbst an, wie gut unser Gegenmittel wirkt.«

Er ging voraus in Josephines Schlafzimmer. Paiges Tante saß genauso im Bett wie bei Charlies letztem Besuch.

Er richtete eine Sprühflasche mit dem Gegenmittel auf sie und drückte ab. Nur Sekunden später begannen ihre Augenlider zu flattern und schlossen sich dann.

Paige beugte sich über sie und betrachtete die kleinen Tropfen des Gegenmittels auf der Haut ihrer Tante. »Das sieht aus wie Wasser. Seid ihr sicher, dass es funktioniert?«, fragte sie besorgt.

»Deine Tante wird wieder gesund«, versicherte ihr Charlotte. »Aber nicht nur wegen des Gegenmittels.«

»Wie? Das verstehe ich nicht«, sagte Paige.

Charlies Stiefmutter begann zu lächeln. »Weißt du, als deine Tante in meinen Laden kam, hat sie mir erzählt, dass ihre Schwester krank ist.« Charlotte sah Paige an. »Aber rückblickend glaube ich, dass sie sich viel mehr Sorgen um ihre kleine Nichte gemacht hat.«

»Um mich?«, fragte Paige. Sie schien nicht zu wissen, worauf Charlotte hinauswollte.

»Hat Josephine denn noch andere Nichten?«, konterte Charlotte.

»Nein«, antwortete Paige.

»Josephine hat mir erzählt, wie sehr es dich belastet, wenn deine Mutter krank ist. Aber ich habe ihr gesagt, dass sie sich um dich keine Sorgen zu machen braucht. Weißt du, woher ich das wusste?« Paige schüttelte den Kopf und Charlotte fuhr fort. »Weil ich gemerkt habe, dass du das Wichtigste besitzt, das ein Mensch haben kann – jemanden, der dich liebt und der immer auf dich aufpassen wird. Und daher weiß ich auch, dass Josephine wieder in Ordnung kommt. Weil sie jemanden hat, der auf sie aufpasst, Paige. Sie hat *dich.*«

Paige schwieg, und Charlie sah, wie ihre Unterlippe zu beben begann. Er wollte sie trösten, doch dazu kam er nicht.

»Was ist passiert? Wieso bin ich so nass?« Charlie blickte zu Josephine, die herzhaft gähnte und sich das Gesicht mit dem Ärmel ihres Nachthemdes abtrocknete.

»Josephine!«, schrie Paige. Sie sprang aufs Bett und umarmte ihre verblüffte und ziemlich nasse Tante.

»Ich hole ein Handtuch!«, bot Charlie an und rannte ins Bad. Als er das Tuch vom Halter nahm, entdeckte er in einer Ecke ein Gemälde. Er erinnerte sich, dass es im Wohnzimmer gehangen hatte, als er und Paige Josephine das erste Mal besucht hatten. Damals hatte Charlie angenommen, dass es *ein* Mädchen zeigte, das sein eigenes Spiegelbild betrachtet. Jetzt wusste er jedoch, dass auf dem Bild *zwei* braunhaarige Mädchen zu sehen waren. Das Gemälde war ein Porträt von ICK und INK, die einander durch ein offenes Portal ansahen.

Er holte das Bild aus der Ecke und nahm es mit, um es den anderen zu zeigen. »Seht mal, was ich im Badezimmer gefunden habe!«, rief er.

Paige ließ ihre Tante los und warf einen Blick über die Schulter. »Ach, *das*«, sagte sie angewidert. »Ich habe es ins Badezimmer gebracht, damit ich es nicht mehr sehen muss.« Hastig drehte sie sich wieder zu ihrer Tante um. »Tut mir leid, Tante Josephine. Normalerweise mag ich deine Kunst, aber bei diesem Bild gruselt es mich.«

Der Baldrian im Gegenmittel zeigte Wirkung, Josephine fielen immer wieder die Augen zu. Doch als sie ihr Bild sah, stieß sie einen schwachen Schrei aus.

»Wer sind diese Mädchen?«, fragte Charlie hastig, bevor sie einschlafen konnte.

Josephine gähnte. »Eine von ihnen war beim Ladenbesitzer, als er in die Redaktion kam und mir eine Flasche von seinem Elixier gegeben hat«, sagte sie und rieb sich die Augen. »Ich dachte, es wäre seine Tochter, aber eigentlich hatte sie das Sagen. Und die andere …« Josephine verstummte.

»Das verstehe ich nicht«, sagte Paige zu Charlie. »Was meint ihr damit? Auf dem Bild ist doch nur ein Mädchen zu sehen.«

»Nein, es sind zwei – ICK und INK. Sie stecken hinter dem Elixier und außerdem sind sie Zwillinge«, verkündete Charlie. Er hatte erwartet, dass Paige verblüfft sein würde, aber seine Freundin verzog keine Miene. »Wieso überrascht dich das nicht? Du hast immerhin gerade erfahren, dass die Bösewichte zwei kleine Zwillingsmädchen sind!«

»Warum sollte mich das überraschen?«, fragte Paige von oben herab. »Mädchen können alles. Und würdest du jetzt bitte dieses scheußliche Bild wegbringen?«

Charlie drehte das Gemälde um und lehnte es gegen die Wand. Josephine schlief mittlerweile tief und fest.

Paige warf einen Blick auf ihre Tante und fuhr erschrocken hoch. »Wieso sind ihre Augen geschlossen?«, fragte sie hektisch.

»Sie schläft«, erklärte Charlotte. »Ich habe genügend Baldrian in das Gegenmittel gemischt, um ein Nashorn auszuschalten. Ich weiß nicht, wie lange es dauert, bis das Mittel wirkt. Deshalb hielt ich es für eine gute Idee, wenn die Wandler ihre Heilung verschlafen.«

»Wann wird meine Tante wieder aufwachen?«, fragte Paige.

»Wir haben gestern Abend ein paar von den Wandlern in

Cypress Creek damit behandelt«, berichtete Charlie. »Die Erste von ihnen hat noch geschlafen, als wir losfuhren, und da waren schon rund acht Stunden vergangen.«

»Perfekt«, sagte Paige und deckte ihre Tante liebevoll zu. »Dann müssten wir genügend Zeit haben, bevor Josephine wieder aufwacht.«

»Genügend Zeit wozu?«, fragte Charlie.

Paige zeigte auf das Gemälde, das an der Wand lehnte. »Um diesen Zicken in den Hintern zu treten.«

Draußen war der Range Rover von schlafenden Wandlern in allen Größen und Formen umgeben. Sie lagen kreuz und quer übereinander, doch eines hatten sie alle gemeinsam – sie sahen glücklich aus.

»Die kamen die Straße runter!«, rief Ollie aus dem Auto. »Wo wollten die bloß alle hin?«

»Der Goldener-Schlaf-Laden ist nur ein paar Blocks entfernt«, sagte Paige. »Sie waren wahrscheinlich auf dem Weg dorthin, um sich ihr Elixier abzuholen.«

Die Schlange. Daran hatte Charlie gar nicht gedacht. Doch jetzt kam ihm eine Idee, wie sie ganz Orville Falls kurieren konnten. Früher oder später würde jeder Bewohner am Laden auftauchen. Er und seine Freunde mussten sie nur dort abfangen. Charlie rief seine Truppe zusammen.

»Nehmt so viel von dem Gegenmittel mit, wie ihr tragen könnt«, befahl er. »Wir gehen in die Stadt. Es wird Zeit, diesen Laden ein für alle Mal zu schließen.«

Seine Ankündigung wurde mit lautem Jubel und einem weiteren Rums begrüßt, denn Poppy hatte wieder einen Wandler erwischt. Auf ihrem Weg ins Zentrum hatten sie und der Rest von Charlies kleiner Armee eine Menge zu tun. Sie beschossen einen Wandler nach dem anderen mit dem Gegenmittel.

»Das war Nummer neunundfünfzig, wenn ich mich nicht verzählt habe«, verkündete Jack, als er knapp einen Block vom Laden entfernt einen Wandler mit einem seiner Ballons durchweichte. »Was meint ihr, wie viele noch übrig sind?«

Sie bogen um die Ecke und hatten die Antwort vor sich. Hunderte und Aberhunderte von Einwohnern standen Schlange. Keiner von ihnen schien Notiz von Charlies Wasserpistolenarmee zu nehmen. Sie waren so schwach und erschöpft, dass sie zu nichts anderem in der Lage waren, als auf die nächste Flasche Elixier zu warten.

»Oje«, murmelte Charlotte. »Ich hoffe, unser Gegenmittel reicht für alle.«

»Das werden wir schon sehen«, sagte Ollie mit einem Grinsen. Er konnte es anscheinend kaum erwarten, die Wandler unter Beschuss zu nehmen.

Sprühflaschen wurden aufgedreht und Wasserpistolen in Anschlag gebracht. Jack und Ollie zielten bereits auf die beiden letzten Wandler in der Schlange, als sich ein Auto näherte.

»Schnell«, rief Charlie den anderen zu. »Stellt euch in die Schlange.« Seit seinem ersten Besuch bei Paiges Tante hatte er kein einziges fahrendes Auto in Orville Falls mehr gesehen, und er hatte keine Ahnung, wer am Steuer sitzen könnte.

Charlotte und die Kinder reihten sich in die Schlange ein und gaben ihr Bestes, möglichst weggetreten zu wirken, bis das Auto vorüber war. Der schwarze Mercedes hatte das Kennzeichen BCC1.

Charlie begriff sofort, was das Kürzel bedeutete. »Bank von Cypress Creek«, murmelte er. Der Mercedes gehörte Curtis Swanson.

»Das Auto kommt aus Cypress Creek?«, flüsterte Paige. »Was glaubst du, wo der Bankmensch hinwill?«

»Ich weiß genau, wohin er will«, sagte Charlie. Es gab nur ein mögliches Ziel – die Burg des Ladenbesitzers. Swanson besuchte seine Kunden wegen der lila Villa, und es war durchaus möglich, dass auch ICK oder INK zu dem Treffen kamen. »Hast du immer noch Lust, ein paar Leuten in den Hintern zu treten?«

Paige ließ die Fingerknöchel knacken. »Und ob.«

»Kommt ihr allein mit dem Sprühen zurecht?«, fragte Charlie Charlotte, die in der Schlange hinter ihm stand.

»Wohin wollt ihr?«, fragte sie, und Charlie fiel auf, dass er seiner Stiefmutter noch nichts von der Burg erzählt hatte.

»Es gibt da so ein unheimliches Haus außerhalb von Orville Falls …«, begann er zu erklären, doch es fiel ihm schwer, den vermutlich gruseligsten Ort der Welt treffend zu beschreiben.

»Wir nennen es Burg Kessog«, unterbrach ihn Poppy. »Irgendein verrückter Einsiedler hat den Kasten vor einer Ewigkeit gebaut. Jetzt lebt dort der Ladenbesitzer.«

»Burg *Kessog*?« Charlotte suchte Charlies Blick. Auch Charlie hörte den Namen der Burg zum ersten Mal.

Doch dann kam ihm ein Geistesblitz. »Hieß der Leuchtturm von ICK und INK in Maine nicht …«

»Kessog Rock«, bestätigte Charlotte. »Wenn ICK und INK Anfangsbuchstaben sind, muss das K für Kessog stehen.«

»Und ich wette, dass mindestens ein Mitglied der Familie Kessog heute hier in Orville Falls ist«, sagte Charlie.

Charlie und Paige ließen ihre Freunde beim Goldener-Schlaf-Laden zurück und rannten zu der Burg am Rand des Waldes. Und tatsächlich, der Mercedes von Curtis Swanson parkte in der Einfahrt. Sie kamen gerade rechtzeitig, um zu sehen, wie der Bankmanager an die Vordertür klopfte. Ein Wandler begrüßte ihn mit einem Grunzen und ließ ihn ins Haus. Eine Minute später öffneten Charlie und Paige lautlos die Tür und schlichen hinter ihnen her.

Die von Fackeln erhellte Eingangshalle war leer. Es war unmöglich festzustellen, in welche Richtung Swanson gegangen war. Charlies Angst wuchs mit jeder Sekunde und all seine Sinne arbeiteten auf Hochtouren. Er hörte das Knistern der Fackeln. Er sah eine Spinne an der Wand hochlaufen. Und dann roch er etwas. Mit hoch erhobener Nase folgte er dem Geruch.

»Was machst du da?«, wisperte Paige. »Was riechst du?«

»Curtis Swansons ekliges Rasierwasser«, sagte Charlie.

Paige folgte Charlie, der sehr vorsichtig denselben Weg entlangschlich, den sie schon bei ihrem ersten Besuch der Burg eingeschlagen hatten. Als plötzlich Schritte zu hören waren, sprangen sie in den Raum, in dem sie Poppy getroffen hatten, und rannten zum Schrank. Sie schafften es gerade noch, die Tür hinter sich zuzuziehen, als zwei Personen den Raum betraten.

»Hoffentlich sind das diese fiesen Zicken«, zischte Paige. »Sag Bescheid, wenn wir sie uns vornehmen wollen.«

Aber es waren nicht ICK und INK.

»Nehmen Sie Platz, Mr Swanson.« Die Stimme des Ladenbesitzers knarrte wie ein rostiges Türscharnier. »Hatten Sie eine angenehme Fahrt?«

»Ja, durchaus, danke«, antwortete Curtis Swanson höflich. »Allerdings sind mir auf dem Weg hierher einige merkwürdige Dinge aufgefallen.«

»Zum Beispiel?«, fragte der Ladenbesitzer und tat so, als würde es ihn überraschen, dass in Orville Falls etwas Merkwürdiges vorgehen könnte.

»Zum Beispiel, dass direkt vor der Stadt Menschen am Straßenrand liegen und schlafen.«

»Schlafen?« Der Ladenbesitzer wurde immer mürrischer.

»Ja«, bestätigte Swanson. »Und ich habe in der Schlange vor Ihrem Geschäft einige Kinder mit Wasserpistolen gesehen.«

»*Wasserpistolen?*«, wiederholte der Ladenbesitzer. Das gefiel ihm gar nicht. »Ich war heute noch nicht dort. Ich werde wohl in den Ort fahren müssen, sobald unser Gespräch beendet ist. Deshalb sollten wir jetzt zur Sache kommen. Das DeChant-Haus – ist der Handel perfekt?«

Charlie war geschockt. Paige musste sein Entsetzen gespürt haben, denn sie legte ihm eine Hand auf die Schulter.

»So gut wie perfekt«, versicherte Curtis Swanson. »Die Papiere sind in Ordnung. Und meine Quellen versichern mir, dass die Familie Laird auf keinen Fall genug Geld auftreiben kann, um das Haus zu retten. Rein rechtlich gehört es ihr allerdings bis zum Ende des Monats.«

»Das ist nicht schnell genug«, knurrte der Ladenbesitzer. »Meine Auftraggeber brauchen das Haus sofort.«

»Ich kann ihnen das Haus nicht einfach *überlassen*«, sagte Swanson mit einem nervösen Lachen. »Aber bis Ende des Monats sind es doch nur noch ein paar Tage …«

»Ein paar Tage ist zu lang! Wir bekommen unsere Belohnung erst, wenn sie das Haus haben!«

Der Ladenbesitzer schrie so laut, dass es Charlie in den Ohren wehtat.

»Sir …«, versuchte Swanson, ihn zu beruhigen.

»Ich erwarte Gäste! Sehr viele Gäste!« Die Stimme klang nicht länger menschlich. Es war das Brüllen eines wütenden Tieres. »Sie werden nicht kommen dürfen, solange die Arbeit nicht erledigt ist und wir das Haus nicht haben!«

»Es tut mir leid …«, unternahm Swanson einen neuen Versuch.

Aber der Ladenbesitzer ließ sich nicht beruhigen. »Ich habe es satt, mich zu verstellen! Ich trage dieses lächerliche Haarteil schon seit Wochen! Haben Sie eine Ahnung, wie so etwas juckt?«

»Sir, *bitte* …« Curtis Swanson verlegte sich aufs Betteln. »Warum benötigen Sie das Haus denn so dringend?«

»Warum? Die Gründe interessieren mich nicht! Ich mache nur, was meine Gebieter mir befehlen. Meine Gebieter sind weise und rachedurstig. Meine Gebieter wollen die lila Villa haben und sie wollen sie jetzt! Also besorgen Sie mir gefälligst dieses Haus!«

Charlie konnte seine Neugier nicht länger zügeln. Er musste einen Blick riskieren. Vorsichtig öffnete er die Schranktür einen Spaltbreit und sah Curtis Swanson. Doch diesmal lächelte der Banker nicht, sondern starrte nur voller Entsetzen die wütende Kreatur an, die vor ihm stand.

Der Ladenbesitzer hatte sein Toupet abgestreift und auf den Boden geworfen. Sein Jackett war an den Nähten aufgeplatzt und darunter war ein Metallkorsett zum Vorschein gekommen, das er jetzt ebenfalls auszog und quer durch den Raum schleuderte. Ohne das Korsett krümmte sich die Wirbelsäule der Kreatur zu einem auffälligen Buckel.

Die Verkleidung war so einfach und doch so genial gewesen. Charlie hätte von Anfang an merken müssen, dass der Ladenbesitzer ein Kobold war.

»Was ist denn das hier für ein Geschrei?«, fragte eine unbekannte Stimme.

»Was hat der schmierige Mensch jetzt wieder angestellt?«, wollte eine andere wissen.

»Ist das zu fassen?«, murmelte Paige kaum hörbar.

Es war nicht mehr nur *ein* Kobold im Raum. Es waren drei. Charlie erinnerte sich an den Tag, an dem sie Poppy kennengelernt hatten. Sie hatte ihnen erzählt, dass die Helfer des Ladenbesitzers jeden entführten, der sich weigerte, das Elixier zu trinken. Aber sie hatte die Entführer nie gesehen, und jetzt wusste Charlie auch, warum. Alle drei Bösewichte sahen fast vollkommen gleich aus.

»Raus hier!«, schrie der erste Kobold Curtis Swanson an. »Und kommen Sie erst wieder, wenn das Haus uns gehört!«

Hoffnung

Charlie und Paige rasten von der Burg auf dem Hügel so schnell zurück ins Stadtzentrum, als wären ihre schlimmsten Albträume hinter ihnen her. Dort waren ihre Freunde immer noch damit beschäftigt, die Schlange stehenden Wandler zu beschießen. Obwohl Charlie und Paige recht lange unterwegs gewesen waren, schlief noch nicht einmal die Hälfte von ihnen. Charlie beobachtete, wie Ollie, Jack und Rocco einen weiteren Wandler durchweichten. Der Mann fiel in sich zusammen und landete mit der Nase in der Achselhöhle eines anderen Schläfers. Während sich die Jungen den nächsten in der Reihe vornahmen, zogen Charlotte, Poppy und Alfie den Körper des Mannes in eine etwas bequemere und würdevollere Position. Mittlerweile lagen schon Hunderte von Wandlern in einer ordentlichen Reihe auf dem Boden, aber es waren auch noch Hunderte übrig.

Charlie lief sofort zu Charlotte, die vollkommen erledigt aussah.

»Charlie! Hast du ICK und INK in der Burg gesehen?«, fragte sie, als er bei ihr ankam.

»Kobolde«, keuchte Charlie. Er beugte sich nach vorn und stemmte die Hände auf die Knie, um wieder zu Atem zu kommen.

»Kobolde?« Charlotte riss die Augen auf. »Willst du damit sagen, dass ICK und INK Kobolde sind?«

»Nein.« Charlie schüttelte den Kopf. »Die Kobolde arbeiten für ICK und INK. Sie helfen den Zwillingen dabei, unser Haus zu kaufen.«

Charlotte war geschockt. »*Wobei* helfen sie ihnen?«

»Tut mir leid.« Charlie holte noch einmal tief Luft. »Ich hätte es dir früher sagen sollen, aber ich habe immer noch gehofft, dass einer der Verlage dein Buch kaufen würde und ich dir gar nichts davon erzählen müsste. ICK und INK wollen unser Haus kaufen, sobald die Bank es zwangsversteigert.«

Charlotte war wie vom Donner gerührt. »Sie haben ihr eigenes Portal zerstört und brauchen deshalb unseres!« Ihre Knie schienen unter ihr nachzugeben. Charlie streckte hastig eine Hand aus, um Charlotte zu stützen.

»Was machen wir jetzt?«, fragte er. »Wer weiß, wen ICK und INK alles durch das Portal lassen, wenn sie unser Haus in die Finger kriegen. Cypress Creek könnte zum Hauptquartier der Kobolde werden.«

»Es gibt nur eine Lösung«, antwortete Charlotte, und ihre Stimme brach. »Wir müssen das Haus niederbrennen, bevor sie es kaufen. Nur so können wir verhindern, dass sie das Portal nutzen.«

Charlotte hatte Tränen in den Augen, aber Charlie merkte, dass sie es ernst meinte. Eher würde sie ihr geliebtes Haus anzünden, als zuzulassen, dass die Stadt von Kobolden überrannt wurde.

Charlie kam ein Gedanke. Ava hatte berichtet, dass der Leuchtturm in der wachen Welt von einem der Mädchen in Brand gesteckt worden war, während die Kobolde auf der anderen Seite warteten. Ob ICK oder INK den Leuchtturm angezündet hatten, damit die Kobolde in der Anderwelt blieben? Und wenn das so war, was bedeutete es?

Das Klingeln eines Handys riss Charlie aus seinen Gedanken. Er warf einen Blick auf seine Freunde, die immer noch die Wandler beschossen, und sah, wie Ollie sein Handy aus der Tasche holte. Ollie schaute aufs Display und begann zu grinsen.

»Hey, Mom!«, meldete er sich. »Wie geht's dir?« Charlie atmete erleichtert aus. Er hatte gar nicht gemerkt, dass er den Atem angehalten hatte. Wenn Mrs Tobias ihren Sohn anrief, wussten sie, dass das Gegenmittel schon bei zweien der Wandler gewirkt hatte. »Du wirst nicht *glauben*, was für einen Spaß du letzte Nacht hattest.«

Plötzlich verwandelte sich Ollies freches Grinsen erst in Verwirrung und gleich darauf in Entsetzen. Sekunden später stürzte der Junge auf Charlotte zu.

»Mrs Laird! Mrs Laird!«, rief er. »Meine Mom ist am Telefon und etwas stimmt nicht mit ihr. Hören Sie selbst!« Ollie drückte auf die Lautsprechertaste seines Handys.

»Mmrake murumpf mwa mwampf!«, brüllte eine unverständliche Stimme am anderen Ende.

Charlie fand, dass es sich anhörte wie ein wütender Affe mit dem Mund voller Bienen, aber er wusste es natürlich besser.

»Bist du sicher, dass das deine Mom ist?«, vergewisserte er sich trotzdem. Er ahnte Schlimmes.

»Auf jeden Fall!«, beteuerte Ollie. »Was ist passiert? Ich dachte, sie wäre geheilt!«

Charlie sah Charlotte an. Sie war leichenblass geworden. »Es hört sich an, als hätte das Gegenmittel bei deiner Mutter nicht gewirkt«, sagte sie zu Ollie. »Dank des Baldrians, den ich hinzugefügt habe, hat sie eine Weile geschlafen, aber offensichtlich ist sie immer noch eine Wandlerin. Alle, die wir bisher besprüht haben, sind zwar eingeschlafen, aber das bedeutet nicht, dass sie auch geheilt sind.«

Ihr Mittel konnte doch nicht vollkommen nutzlos sein, versuchte Charlie, sich selbst zu beruhigen. Immerhin hatte er mit eigenen Augen gesehen, dass es bei Paiges Tante gewirkt hatte. »Was ist mit Josephine?«, fragte er. »Bei ihr hat es geholfen! Wieso nicht bei Mrs Tobias?«

Charlotte schüttelte den Kopf. »Ich weiß es nicht.«

Sie hörte sich deprimiert an, was Charlie gut verstehen konnte. Wie es aussah, war ihre ganze Arbeit umsonst gewesen. Aber etwas sagte ihm, dass sie noch nicht aufgeben sollten. Charlotte jedoch wirkte vollkommen entmutigt.

»Ich habe mein Bestes gegeben«, sagte sie. Ihre Stimme klang monoton und die übermüdeten Augen starrten ins Leere. »Wirklich. Und was hat es gebracht? Niemand will mein Buch, unser Haus wird zwangsversteigert und nun das. Ich gebe auf. Ich kann nichts mehr tun.«

»Komm schon, Charlotte …«, begann Charlie zu widersprechen, aber weiter kam er nicht.

»Kobolde!«, schrie Alfie. Sofort sah sich Charlie zur Burg um. Drei Kobolde kamen auf sie zugestürmt. Sie trugen noch ihre zerfetzten Ladenbesitzer-Anzüge, aber den Rest ihrer Menschen-Tarnung hatten sie abgeworfen. Alle drei waren bucklig und kahlköpfig und einer von ihnen bohrte mit dem Zeigefinger in der Nase.

»Es waren *drei* Ladenbesitzer?«, staunte Poppy. »Das hätte ich merken müssen!« Charlie konnte kleine Unterschiede zwischen ihnen erkennen, aber für alle, die noch nie einem Kobold begegnet waren, sahen sie vermutlich vollkommen gleich aus. Und gleichermaßen Furcht einflößend.

Die dickbäuchigen und borstigen Kreaturen kamen näher und Charlie und seine Freunde rückten enger zusammen.

Die Kobolde blieben erst stehen, als die Nase des Anführers Charlottes fast berührte. »Wir haben gehört, dass Besuch da ist«, knurrte er. »Was habt ihr in unserer Stadt verloren?«

Charlie und seine Freunde warteten darauf, dass Charlotte ihm antwortete. Wenn jemand einem Kobold zeigen konnte, wer der Boss war, dann sie. Aber als sie den Mund öffnete, kam nur ein erschöpfter Seufzer heraus.

»Wir heilen eure Opfer!«, schrie Jack, der nicht mitbekommen hatte, wie es Mrs Tobias ging. »Bald ist das nicht mehr *eure* Stadt.«

Der Kobold sah den Jungen herablassend an. »Sie heilen?« Er lachte. »Diese Menschen sind nicht *krank*. Sie brauchen keine *Heilung*.« Er ging auf einen der Wandler zu – einen großen, kräftigen Kerl in einer karierten Holzfällerjacke – und kniff ihm spielerisch in die Wange. »Seht ihn euch doch an. Er ist vollkommen zufrieden! Oder findet ihr, dass er leidet? Seht ihr Tränen? Niemand in dieser Stadt fühlt sich *schlecht*.«

Charlies Blick wanderte über die Leute, die immer noch Schlange standen. Der Kobold hatte recht. »Sie fühlen sich nicht schlecht, weil sie gar nichts fühlen«, widersprach er trotzdem.

»Und das haben sie unseren Auftraggebern zu verdanken!«, sagte der Kobold.

»Das Elixier ist böse«, rief Paige. »Genauso böse wie ICK und INK.«

»Dummes Kind! Das Elixier ist ein Geschenk!«, brüllte der Kobold, der allmählich wütend wurde. »Das würdest du auch begreifen, wenn man dich, so wie uns damals, gezwungen hätte, das ganze Leben unter der Erde zu verbringen – oder wenn man dich in einem Leuchtturm am Ende der Welt ausgesetzt hätte. Wenn einer von euch verwöhnten Menschen jemals echte Angst empfunden hätte, würdet ihr euch darüber freuen, dass das Elixier einen alles vergessen lässt!«

»Es zerstört die Anderwelt«, entgegnete Jack. »Alle Nachtmahre sind in Gefahr.«

»Was geht uns das an?«, fragte der Kobold. »Sie haben ICK und INK jahrelang gequält und mich und meine Koboldgefährten aus ihrem Land verbannt. Von einem Riesenloch verschluckt zu werden, ist genau das, was dieses Pack verdient hat!«

»Wissen ICK und INK, dass das Elixier nicht nur die Anderwelt zerstört, sondern auch das Traumreich?«, fragte Charlie.

Der Kobold grinste. »Natürlich wissen sie das!«, erwiderte er. »Die Hoffnung, die Menschen im Traumreich finden, ist viel schlimmer als die Angst der Anderwelt! Was kann grausamer sein als *Hoffnung*? Ihr wartet und hofft und träumt, und niemals geschieht etwas. Deswegen haben ICK und INK das Elixier hergestellt. Um die wache Welt von Hoffnung *und* Angst zu befreien. Wir Kobolde haben ihnen dabei geholfen. Wir waren als Einzige stark genug, um den Leuchtturm zu betreten. Und zur Belohnung werden wir über die wache Welt herrschen.«

Jetzt wurde Charlie alles klar. ICK und INK hatten den Kobolden versprochen, sie als Belohnung für ihre Hilfe durch das Portal gehen zu lassen. Aber die Zwillinge hatten ihren Teil der Abmachung nicht eingehalten. »Ihr seid reingelegt worden«, sagte er dem Kobold.

»Was redest du da?«, fuhr der ihn an.

»Die Kobolde, die sich am Anderwelt-Leuchtturm versammelt haben, werden niemals in die wache Welt gelangen«, sagte Charlie. »Einer der Zwillinge hat den Leuchtturm auf dieser Seite niedergebrannt. Das Portal ist verschwunden. ICK und INK hatten nie vor, euch unsere Welt zu überlassen.«

Wut blitzte in den Augen des Anführers auf und er hielt hastig Kriegsrat mit seinen Kameraden. Ihre Stimmen wurden immer lauter, als sie sich in ihrer schrecklichen Sprache unterhielten. Dann wandte sich der Oberkobold wieder an Charlie. »Der Leuchtturm ist nicht das einzige Portal«, sagte er. »Ich bin sicher, dass unsere wohlwollenden Gebieter die Party einfach woanders steigen lassen, wie ihr Menschen sagen würdet.«

Das Licht, das Charlie aufging, war so hell wie ein Leuchtturm. Als er anfing zu lachen, starrten ihn alle an, als wäre er verrückt geworden. Doch die Kobolde hatten ihm gerade den entscheidenden Hinweis gegeben. Jetzt wusste er, wie sie die Wandler heilen konnten.

»Ihr habt soeben erfahren, dass ihr reingelegt worden seid«, sagte Charlie. »Und trotzdem gebt ihr die Hoffnung nicht auf! Was auch immer geschieht, ein bisschen Hoffnung bleibt!« Er ging zu den Wandlern, die nach wie vor gehorsam Schlange standen. »Es spielt keine Rolle, was ICK und INK in ihr Elixier gemischt haben. Es kann unmöglich *alle* Hoffnung vernichten. Da ist immer noch ein kleines bisschen Hoffnung in diesen Leuten. Und sie wird schon bald wieder zum Leben erwachen.«

»Blödsinn«, schnaubte der Kobold. »Die Menschen hier trinken das Elixier seit Wochen. In einem oder zwei Tagen wird seine Wirkung dauerhaft anhalten. Es gibt nichts, was du dagegen tun könntest.«

»Da irrst du dich«, widersprach Charlie zuversichtlich. »Ich werde die Hoffnung in ihnen wecken und sie so heilen. Ich muss nur das richtige Zauberwort finden.«

»Zauberwort!« Die Kobolde kicherten.

»Charlie …« Charlotte seufzte und schüttelte den Kopf.

Charlie ignorierte die Kobolde und ging zu ihr. »Ich weiß, wie du Josephine geheilt hast«, sagte er. »Es war nicht das Gegenmittel. Es war das, was du zu Paige gesagt hast. Josephine hat es bestimmt gehört.«

Charlotte war nicht überzeugt. »Was habe ich gesagt?«

»Ich erinnere mich!«, rief Paige, und Charlie sah, dass sie verstanden hatte, worauf er hinauswollte. »Du hast mir gesagt, dass Josephine wieder in Ordnung kommt, weil ich für sie da bin. Das muss meine Tante mitgekriegt haben.«

»Siehst du?«, sagte Charlie. »Zauberworte.« Er schaute hinüber zu Ollie. »Als du wegen der Giftsumach-Salbe im Kräuterladen warst, hat Charlotte da irgendetwas Besonderes zu dir gesagt?«

Ollie nickte. »Als niemand dabei war, hat sie mir zugeflüstert, dass meine Mom so streng mit mir ist, weil sie mich liebt. Und dass ich froh sein kann, jemanden zu haben, dem ich so viel bedeute.«

»Und zu dir?«, fragte er Poppy.

Sie wurde rot. »Ein paar Kinder in der Schule haben mich wegen meiner Haare aufgezogen. Ich habe Charlotte gefragt, ob sie etwas zum Färben hat. Aber sie hat mir gesagt, dass meine roten Haare mir schon bald die Art von Aufmerksamkeit einbringen würden, die mir *gefällt*. Daran denke ich immer, wenn sie mich wieder ärgern.«

Charlie blickte seine Stiefmutter an. Er hätte wissen müssen, wozu sie fähig war. Ihr »Zauber« hatte auch ihn schon gerettet. »Deine Worte haben Ollie und Poppy vor dem Elixier geschützt, weil sie ihnen Hoffnung gegeben haben. So hast du auch Josephine geheilt. Irgendwie weißt du immer, was die Leute am meisten belastet. Und auch, was du sagen musst, damit sie es überwinden können.«

»Aber ich habe doch kaum etwas gesagt!«, widersprach Charlotte.

»Manchmal reicht ein kleiner Hoffnungsschimmer«, sagte Charlie. Offensichtlich brauchte jetzt Charlotte selbst etwas Hoffnung. »Auch wenn wir unser Haus niederbrennen müssen, um das Portal zu schützen, haben wir doch immer noch uns. Du und ich und Jack und Dad. Das ist doch das Wichtigste, findest du nicht?«

Charlotte nickte und wischte sich eine Träne aus dem Auge.

»Wir halten zu dir, Charlotte«, fügte Jack hinzu. »Stimmt's, Charlie?«

»Stimmt«, bestätigte dieser und zwinkerte seinem kleinen Bruder zu.

»Ist diese abstoßende Zurschaustellung menschlicher Gefühle bald vorbei?«, höhnte der Anführer der Kobolde. Doch ganz so selbstsicher wirkte er nicht mehr.

»Noch nicht«, verkündete Charlie. »Ihr könnt euch auf

ein richtig abstoßendes Finale freuen.« Er baute sich vor den Schlange stehenden Wandlern auf und legte die Hände an den Mund. »Einwohner von Orville Falls!«, brüllte er, so laut er konnte. »Ihr sollt wissen, dass ihr alle wieder in Ordnung kommt. Wir sind hier, um euch dabei zu helfen, wieder normal zu werden. Keiner von uns wird aufgeben, bis ihr alle geheilt seid!«

In der darauffolgenden Stille wartete Charlie gespannt auf irgendein Zeichen. Eine halbe Minute verging, ohne dass etwas passierte. Die Kobolde grinsten und Charlies Freunde wurden allmählich nervös. Aber er war überzeugt, dass es funktionieren würde.

»Lasst euch Zeit!«, rief Charlie den Bewohnern von Orville Falls zu. »Wir gehen nicht weg! Wir wissen, wieso ihr alle angefangen habt, das Elixier zu trinken. Wir wissen von euren Albträumen und dem kleinen Mädchen, das euch darin erschienen ist. Wenn sie da war, habt ihr jede Hoffnung verloren und euch ganz allein gefühlt. So als gäbe es niemanden, der euch helfen könnte. Aber das waren nur Albträume! Wenn ihr euch ihnen stellt, könnt ihr sie besiegen. Und es *gibt* Leute, die euch helfen wollen – wir sind hier! Wir lassen keinen von euch allein. Es spielt keine Rolle, wie lange es dauert, wir stehen das gemeinsam durch.«

Die einzigen Geräusche waren das Pfeifen des Windes und das Krächzen einer Krähe. Dann gähnte jemand lauthals. Ein Junge in einem schmutzigen blauen Fußballtrikot trat aus der Schlange. Er gähnte noch einmal und rieb sich die Augen. »Hey!« Langsam stolperte er auf Rocco zu. Offenbar waren seine Beine noch schwach, doch sein Grinsen verriet, dass er geheilt war. »Bist du nicht der Junge aus Cypress Creek? Erinnerst du dich an mich? Kyle von den Kometen. Ich dachte schon, du hättest uns vergessen. Aber du bist wirklich gekommen, um uns zu helfen, wie du es versprochen hast!«

Hinter dem Fußballspieler nieste eine Frau. Ein Mann räusperte sich. Jemand pupste, was einen anderen zum Lachen brachte. Die Wandler erwachten langsam wieder zum Leben.

»Was habe ich euch gesagt?« Charlie drehte sich triumphierend zu den Kobolden um. Doch die waren nicht mehr da. Er konnte gerade noch einen letzten Blick auf sie werfen, bevor sie um die nächste Ecke verschwanden.

»Die Kobolde hauen ab!«, rief Rocco, der schon lossprinten wollte.

»Du brauchst ihnen nicht nachzulaufen«, sagte Charlie.

»Wieso nicht?«, fragte Jack. »Weißt du, wohin sie wollen?«

»Das nicht«, gab Charlie zu. »Aber ich weiß, wo sie am Ende landen werden.«

Der Held

Nach ihrem Sieg trennte sich die Truppe. Paige und Rocco blieben in Orville Falls und suchten nach Wandlern, die noch kuriert werden mussten. Alle anderen fuhren zurück nach Cypress Creek, wo sich Ollie und Poppy auf die Suche nach ihren Eltern machten und Alfie zum Lokalsender raste, um seine geliebte Stormy Skies höchstpersönlich zu heilen.

Charlie, Jack und Charlotte waren sofort in die lila Villa zurückgekehrt und ins Turmzimmer geeilt.

»Seid ihr sicher, dass die Kobolde herkommen werden?«, fragte Charlotte, als die drei vor dem Portal standen.

»Sie können nicht in Orville Falls bleiben«, sagte Charlie. »Die ganze Stadt wird hinter ihnen her sein. Aber sie können auch nirgendwo anders bleiben. Sie sind auf der Flucht. Sie können nirgendwo hin. Sie haben kein Versteck mehr. Keine …«

»Schuppen voller Katzenfutter und Glühbirnen«, schlug Jack vor.

»Ganz genau«, bestätigte Charlie. »Ihnen wird schon bald klar werden, dass sie in die Anderwelt zurückkehren müssen. Und ich finde, wir sollten uns ihnen nicht in den Weg stellen, wenn sie hier auftauchen und nach dem Portal suchen.«

»Wir lassen sie durch?«, fragte Jack.

»Ja«, sagte Charlie. »Allerdings werden wir dafür sorgen, dass sie auf der anderen Seite angemessen empfangen werden.«

»Du meinst Medusa?«, fragte Charlotte.

»Sie kann die Kobolde verhaften, sobald die in der Anderwelt auftauchen«, sagte Charlie. »Dazu muss ich sie nur schnell herholen.«

»Ganz allein?«, fragte Charlotte.

»Nein, Charlie«, sagte Jack entschieden. »Das lasse ich nicht zu.«

»Ich muss allein gehen«, erklärte Charlie. »Charlotte kann nicht mehr durch das Portal hinüberwechseln und du stehst auf der Liste der meistgesuchten Verbrecher der Anderwelt immer noch an erster Stelle.«

»Genau deswegen muss ich gehen«, sagte Jack. »In die Anderwelt zurückzukehren, ist mein schlimmster Albtraum. Dem muss ich mich stellen.«

»Aber wenn du gehst, kann ich dich nicht begleiten«, warnte ihn Charlie. »Einer von uns muss hierbleiben und das Haus bewachen.«

»Das weiß ich«, sagte Jack. »Ich gehe allein.«

»Hast du keine Angst?«, fragte Charlie.

»Doch«, gestand Jack.

Charlie legte einen Arm um seinen Bruder. »Gut«, sagte er. »Denn jedes Mal, wenn du Angst hast, ist das auch eine Gelegenheit, deinen Mut zu beweisen. Glaubst du, dass du das schaffst?«

Jack nickte.

»Dann los«, sagte Charlie und trat zur Seite. »Sei unser Held.«

Er beobachtete, wie sein kleiner Bruder die Augen schloss und seinen schlimmsten Albtraum heraufbeschwor. Das Portal öffnete sich. Vom Turmzimmer aus konnte Charlie die halbe Anderwelt überblicken. Weit entfernt, oben auf einem Berg, lag Medusas Höhle.

Jack schenkte Charlie und Charlotte ein letztes verängstigtes Lächeln. Dann ging er wortlos auf die andere Seite hinüber.

Stunden vergingen, aber Jack tauchte nicht wieder auf. Charlie sah seiner Stiefmutter dabei zu, wie sie nervös im Turmzimmer auf und ab lief. Sie hatte den Weg schon so oft zurückgelegt, dass Charlie beinahe mit einem Loch in den Bodendielen rechnete. Er dagegen war anfangs sehr zuversichtlich gewesen. Doch während die Minuten verstrichen, wurde er immer unruhiger. Er wurde das beklemmende Gefühl nicht los, dass er seinen Bruder ins Verderben geschickt hatte.

Jack war immer noch verschwunden, als wie erwartet die Kobolde auftauchten. Charlotte und Charlie hörten sie zwei Stockwerke unter sich rumoren. Charlie war nur froh, dass sie die Haustür offen gelassen hatten. Sie abzuschließen, wäre ohnehin sinnlos gewesen, denn die verzweifelten Kreaturen hätte das sicher nicht abgeschreckt. Doch die Kobolde hatten sich Zeit gelassen. Wahrscheinlich hatten sie sich erst mit allem ausgerüstet, was sie brauchten, um das Haus zu stürmen – von Waffen bis zu einem Rammbock.

Charlie und seine Stiefmutter rannten hinunter in den ersten Stock und versteckten sich unter Charlottes Bett, während die Kobolde die Treppen hochstampften.

Einen Moment lang war es still, weil die Kreaturen nach dem Portal suchten. Dann ging das Krachen und Poltern los.

»Ich nehme an, sie finden das Portal nicht«, stellte Charlie grinsend fest. Geschlossen sah es aus wie eine ganz normale Wand.

»Stimmt«, bestätigte Charlotte. »Aber sie reißen den ganzen Turm ein, wenn sie es nicht bald finden. Und was ist, wenn Jack zurückkommt, während die Kobolde dort oben herumwüten?«

»Du hast recht«, sagte Charlie und kroch unter dem Bett hervor. Er hatte gehofft, den Kobolden nicht noch einmal begegnen zu müssen, aber es ließ sich nicht vermeiden. »Jack braucht uns.«

Als Charlie und Charlotte im Turmzimmer ankamen, herrschte dort das Chaos. Der Boden war übersät mit getrockneten Kräutern und den Scherben der Gläser, in denen sie aufbewahrt worden waren. In allen acht Wänden klafften Löcher. Charlie blieb an der Tür stehen und sah zu, wie die Kobolde immer hektischer wurden. Er konnte nur raten, aber die Beulen an ihren Stirnen könnten erklären, wie die Löcher in die Wände gekommen waren. Offenbar hatten sie versucht, mit Gewalt durchzubrechen.

»Du hast gesagt, dass wir ihnen vertrauen können!«, schrie ein Kobold einen anderen an.

»Sie haben uns auf dieser Seite ausgesetzt!«, wütete der zweite.

»Wie könnt ihr es wagen, an ICK und INK zu zweifeln!«, brüllte der dritte. »Wenn sie kommen, um das Portal zu öffnen, werde ich ihnen sagen, dass ihr ihnen nicht traut!«

Erst als sich Charlie räusperte, merkten die Kobolde, dass sie nicht länger unter sich waren. Er sprach den Anführer an. »Du vertraust ICK und INK immer noch? Nach allem, was passiert ist?«

»Sie sind die *Prophezeiung*«, fauchte der Kobold. »Wir haben schon sehr lange auf sie gewartet.«

Charlie schüttelte den Kopf. *Die Prophezeiung.* »Ich fürchte, ihr werdet noch ein bisschen länger warten müssen.«

»Das spielt keine Rolle«, antwortete der Kobold. »Das Schicksal lässt sich nicht aufhalten.«

Plötzlich begann die Wand hinter den Koboldeh zu verblassen und löste sich dann ganz auf. Wo gerade noch abgeplatzter Putz gewesen war, lag jetzt ein Raum eines anderen Turms.

»Es ist offen!«, jubelten zwei der Kobolde.

»Was habe ich euch gesagt?«, bemerkte der dritte Kobold triumphierend. »Auf ICK und INK ist Verlass.«

Charlie sah es vor den Kobolden und sprang aus dem Weg, als etwas Großes durch das Portal ins Turmzimmer geflogen kam. Es riss einen Kobold von den Füßen, krachte gegen Charlottes Schreibtisch und fiel zu Boden. Erst jetzt konnte man erkennen, dass das Geschoss ein Kind war. Aber es war nicht ICK oder INK. Es war Jack, ganz blass und vollkommen außer Atem.

Charlie fiel neben ihm auf die Knie. »Alles in Ordnung?«, fragte er seinen Bruder.

Jack nickte nur stumm und zeigte mit dem Finger auf das Portal. Charlie schaute sich um und sah, wie die Kobolde hindurchgingen. Sie hatten es so eilig, auf die andere Seite zu gelangen, dass sie erst merkten, was sie dort erwartete, als es zu spät war. Sie blieben abrupt stehen, sodass sie zusammenstießen. Das Portal war voller Nachtmahre, die alle so schwer atmeten, als hätten sie gerade ein Rennen hinter sich. Die halbe Anderwelt musste Jack zum Portal verfolgt haben. Ihnen war deutlich anzusehen, dass drei Kobolde das Letzte waren, was sie auf der anderen Seite erwartet hatten.

Die Kobolde machten kehrt und wollten zur Tür zurück, aber Charlotte war schneller. Sie hatte sie bereits zugeschlagen.

»Zurück, Kobolde, oder ich setze die Brille ab!«, befahl jemand. Die Nachtmahre auf der anderen Seite wichen auseinander, damit sich Medusa heranschlängeln konnte, die Hand bereits an der Sonnenbrille. Dabney der Clown und Ava die Harpyie folgten ihr durch die Menge und nahmen ihre Plätze an Medusas Seite ein. »Kobolde, euch werden Verbrechen gegen die Anderwelt, das Traumreich und die wache Welt vorgeworfen. Leg ihnen Handschellen an«, befahl Medusa Dabney.

»Mit Vergnügen, Madam Präsident«, sagte er kichernd.

Dabney schnappte sich zwei der Kobolde und Ava nahm

sich den dritten vor. Nachdem die Kreaturen aus dem Turm gebracht worden waren, schlängelte sich Medusa zu Jack.

»Du hast heute wirklich Mut bewiesen«, sagte sie. »So etwas habe ich noch nie gesehen. Durch die Anderwelt zu rennen, während dir die Hälfte aller Albtraumwesen auf den Fersen ist – nur, um mir eine Nachricht zu überbringen. Ich hätte nicht gedacht, dass du das überlebst, aber dein Plan hat funktioniert. Die drei Verbrecher sind verhaftet und das haben wir dir zu verdanken.«

Jack strahlte. »Danke«, sagte er und seine Stimme war immer noch ganz rau. »Aber ich war nicht der Einzige, der –«

»Hey«, unterbrach Charlie seinen Bruder. »Sei nicht so bescheiden. Das, was du heute geschafft hast, hätte ich mich nie getraut.«

»Nein, aber du hättest stattdessen etwas anderes gemacht, das genauso gut gewesen wäre«, sagte Jack.

»Bestimmt nicht«, widersprach Charlie.

»Schluss damit«, mischte sich Charlotte ein und tat so, als könnte sie es nicht mehr hören. »Streitet gefälligst nicht, wer von euch der größere Held ist.«

»Ich würde sagen, dass Sie *zwei* außergewöhnliche Stiefsöhne haben«, sagte Medusa zu Charlotte.

»Da kann ich Ihnen nur zustimmen«, erwiderte diese und strahlte über das ganze Gesicht.

Medusa legte die Arme um die Jungen. »Wäre es okay, wenn ich mir die beiden eine Weile ausleihe?«

»Ja, natürlich, vorausgesetzt, dass sie um sechs wieder zu Hause sind, wenn ihr Vater von der Arbeit kommt«, sagte Charlotte. Charlie sah sie verwundert an. »Hast du die Familienkonferenz vergessen?«, erinnerte sie ihn.

Charlie schüttelte den Kopf. Wie hätte er das vergessen können?

Charlie versuchte, nicht an die schlechten Nachrichten zu denken, die ihn um sechs erwarteten, als er mit seinem Bruder die Anderwelt betrat. Dabney und Ava hatten die Kobolde bereits die Treppen des Anderwelt-Hauses hinuntergeführt, und Jack und Charlie waren mit Medusa allein im Turmzimmer.

»Ich weiß, dass es aussieht, als hätten wir gewonnen, aber es ist noch nicht vorbei«, berichtete Charlie der Gorgonin. »ICK und INK sind bisher nicht gefasst worden. Eine von ihnen hat den Leuchtturm niedergebrannt, damit die Kobolde nicht in die wache Welt eindringen können. Ich weiß nicht, wieso, aber es muss Teil ihres Plans gewesen sein. Und jetzt ist eines der Mädchen hier und das andere irgendwo in der wachen Welt.«

»Ja«, sagte Medusa. »Und wir müssen sie aufspüren. Wisst ihr, ich hätte nie gedacht, dass an der Prophezeiung etwas

Wahres sein könnte. Es ist immer noch schwer zu glauben, dass ICK und INK Menschenkinder sind.«

»Sind sie wirklich Menschen?«, fragte Charlie. »Sie sehen zwar aus wie Zehnjährige, aber sie müssten doch mindestens achtzig sein.«

»Sie waren mal Menschen«, sagte Medusa. »Das weiß ich mit Sicherheit. Letzte Nacht ist der Anderwelt-Leuchtturm zusammengebrochen und meine Truppen haben in dem Schutthaufen etwas gefunden. Es stammt aus eurer Welt, nicht aus unserer.«

Medusa griff in die Tasche ihrer Kostümjacke und holte ein Foto heraus. Es war rissig und an den Rändern vergilbt, aber das schwarz-weiße Bild war noch gut zu erkennen. Es zeigte Zwillingsmädchen in den gleichen altmodischen Kleidern. Beide lächelten in die Kamera. Charlie drehte das Foto um und entdeckte eine Notiz.

Isabel Cordelia Kessog
India Nell Kessog
Orville Falls, 1939

ICK und INK. Charlie betrachtete die glücklichen Gesichter der beiden. Was hatte diese kleinen Schulmädchen in die Monster verwandelt, die beinahe drei Welten ausgelöscht hätten?

»Indy und ihre Schwester sehen so nett aus«, stellte Jack fest.

»Behaltet das Foto«, sagte Medusa zu den Jungen. »Steckt es ein. Jetzt wird erst mal gefeiert.«

Als Charlie das Foto in der hinteren Tasche seiner Jeans verstaute, hörte er draußen schon das Lärmen der Menge.

Jack fuhr erschrocken zurück. »Was war das?«, fragte er nervös.

»Die Nachtmahre warten«, sagte Medusa. »Sie haben gerade erfahren, wer beinahe unsere Welt zerstört hätte. Jetzt wollen sie natürlich auch wissen, wer uns alle gerettet hat. Geht schon«, drängte sie.

Die Jungen schafften es bis zur Haustür. Dann blieb Jack stehen.

Charlie versetzte seinem Bruder einen leichten Schubs. »Du zuerst«, sagte er.

»Ich weiß nicht, ob ich das will«, erwiderte Jack.

»Wieso nicht? Hast du etwa Angst?«

»Nein, ich habe mich meiner Angst gestellt. Aber sie haben gedacht, ich wollte die Anderwelt vernichten«, antwortete Jack mit einem Stirnrunzeln. »Ich will nicht mehr mit ihnen befreundet sein.«

»Sie haben einen Fehler gemacht, Jack. Das passiert Menschen – und Nachtmahren – manchmal. Du würdest selbst am meisten darunter leiden, wenn du weiterhin wütend auf sie wärst. Und vergiss nicht, dass du auch in der wachen Welt Freunde hast«, ermahnte ihn Charlie. »Und ich bin auch immer für dich da.«

»Aber du hast es ziemlich klargemacht, dass du nicht mein Freund bist«, sagte Jack und starrte auf seine Füße. »Du bist mein Bruder.«

»Stimmt«, sagte Charlie. »Ich bin dein Bruder. Und das bedeutet, dass es mein Job ist, für den Rest deines Lebens dein Freund zu sein.«

»Ja, dein *Job*«, murmelte Jack. »Der beste Job aller Zeiten«, versicherte ihm Charlie.

»Im Ernst?«, fragte Jack, der schon wieder zu grinsen begann.

»Na klar«, beteuerte Charlie.

Charlie öffnete seinem Bruder die Tür. In der Ferne konnte er die Überreste des Lochs sehen, das beinahe die Anderwelt verschlungen hätte. Der ehemals bodenlose Abgrund war jetzt kaum größer als ein Fischteich. Als Jack auf die Veranda hinaustrat, verstummte die Menge. Tausende Nachtmahre umringten das Haus. Sie starrten den Jungen an, und ein paar endlose Sekunden lang fragte sich Charlie, ob er die Lage womöglich falsch eingeschätzt hatte. Doch dann sprang eine winzige Kreatur auf die Veranda und kletterte auf das Geländer.

»Begrüßen wir so einen Helden?«, brüllte Bruce in die Menge. »Kommt schon, Nachtmahre! Lasst mal was hören!«

Mehr war nicht nötig. Die Nachtmahre flippten völlig aus.

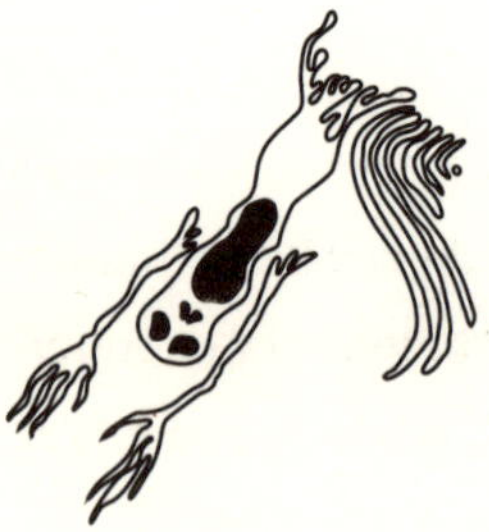

Alles wird gut

Charlie wäre lieber in der Anderwelt geblieben. Doch um sechs Uhr saß er bei der Familienkonferenz, die sein Vater einberufen hatte.

»Ich fürchte, wir haben schlechte Neuigkeiten«, begann Andrew Laird.

»Aber wenigstens bedeuten sie jetzt nicht mehr das Ende der Welt!«, fügte Charlotte munter hinzu. Charlie fand es nicht schlecht, dass sie sich um eine lockere Stimmung bemühte, doch die Lage war ernst. Er hatte zwar dabei geholfen, die *Welt* zu retten, aber jetzt musste er noch einen Weg finden, auch dieses *Haus* zu retten.

Charlies Vater wusste nicht, was er mit dem Kommentar seiner Frau anfangen sollte. Er räusperte sich. »Eure Stiefmutter und ich hatten in letzter Zeit finanzielle Probleme und es sieht so aus –«

Die Türglocke läutete und Jack sprang auf.

»Jetzt nicht«, befahl Andrew Laird ungeduldig. »Wir haben diese Konferenz schon zu lange vor uns hergeschoben. Es kann nicht länger warten.«

Nur zögernd setzte Jack sich wieder hin.

Andrew Laird holte tief Luft. »Wie ich gerade sagte –«

Wieder läutete es an der Tür. Charlies Vater verschränkte die Arme und lehnte sich zurück.

»Ich gehe«, bot Charlie an. »Wer immer das ist, ich sage ihm, dass es jetzt nicht passt.«

Er rannte zur Tür und öffnete sie. Draußen standen Ollie Tobias und seine Mutter. Beide hatten Krocketkleidung an. Als Charlie Ollies Strohhut und die Hosenträger sah, musste er schlucken.

»Wo ist deine Stiefmutter?«, fragte Mrs Tobias, bevor Charlie überhaupt Hallo sagen konnte.

»Sie ist in der Küche, aber wir …«

Mrs Tobias zwängte sich an Charlie vorbei und steuerte schnurstracks auf die Küche zu. Ollie zuckte mit den Schultern. »Was *nein* heißt, hat sie noch nie begriffen«, sagte er.

»Also hast du sie gefunden«, bemerkte Charlie.

»Ja. Mom stand in der Schlange vor dem Laden hier im Ort, als ich aus Orville Falls zurückkam. Ich habe ihr gesagt, dass ich sie liebe und dass ich nie wieder Badeperlen essen werde. Als sie aufgewacht ist, habe ich sie nach Hause gebracht. Und weißt du, was? Sie findet es toll, was ich aus dem Wohnzimmer gemacht habe!«

»Das ist super, aber wieso ist sie hier? Was will sie von Charlotte?«, fragte Charlie.

Ollie grinste frech. »Vielleicht solltest du es herausfinden«, sagte er.

Charlie rannte zurück in die Küche, wo Mrs Tobias Charlotte gerade einen dicken Kuss auf die Wange drückte. »Es tut mir *so* leid, Sie zu stören«, sagte sie zu Charlies Stiefmutter. »Aber ich wollte Ihnen unbedingt danken für … für … was immer Sie getan haben. Ollie sagt, dass Sie und Ihr Stiefsohn ein Heilmittel für meinen … Zustand gefunden haben.«

Charlotte warf ihrem Mann einen nervösen Blick zu. »Gern geschehen, Mrs Tobias«, sagte sie. »Es freut mich, dass es Ihnen besser geht.«

»Nicht nur besser«, widersprach sie. »So gut wie noch nie!« Sie öffnete ihre Handtasche, holte einen Umschlag heraus und drückte ihn Charlotte in die Hand. »Ich hoffe, das ist genug, um meine Dankbarkeit auszudrücken.«

Charlotte versuchte, den Umschlag zurückzugeben. »Oh, ich erwarte nicht, dass Sie mich bezahlen, Mrs Tobias«, wehrte sie ab.

»Wieso denn nicht?« Mrs Tobias weigerte sich, den Umschlag zu nehmen. »Wie wollen Sie ein erfolgreiches Unternehmen führen, wenn Sie sich weigern, sich für Ihre Leistungen bezahlen zu lassen?«

»*Bitte.* Legen Sie sich nicht mit ihr an, Mrs Laird«, riet Ollie.

»Ich habe noch etwas dazugelegt, weil Sie sich so gut um Ollie gekümmert haben, während ich krank war«, fügte Mrs Tobias mit einem Lächeln hinzu. »Ich hoffe, er hat sich anständig benommen.«

Charlotte zwinkerte Ollie zu. »Er war ein Engel«, beteuerte sie. »Er ist uns jederzeit willkommen.«

»*Siehst du?* Ich habe dir doch gesagt, Mom, dass ich mich geändert habe«, behauptete Ollie, aber sein Grinsen verriet ihn.

»Nun, dann hat Mrs Laird wohl noch ein weiteres Wunder vollbracht.« Sie streckte Charlotte die Hand hin. »Vielen Dank. Und bitte entschuldigen Sie, dass ich Ihre Familie gestört habe. Ich hoffe, Sie haben heute Abend keine Pläne mehr. Es dürften noch andere Gäste kommen. Ich fürchte, ich war ziemlich gesprächig, was das betrifft.«

Mit diesen Worten steuerte Mrs Tobias die Haustür an, ihren Sohn im Schlepptau.

»Worauf wartest du?«, fragte Jack, als die Familie wieder unter sich war. »Mach ihn auf!«

Zögernd öffnete Charlotte den Umschlag. Beim Anblick des Schecks, der darin steckte, machte sie große Augen.

»Wie viel ist es?«, fragte Charlie.

»Sehr viel«, antwortete Charlotte. Sie ließ ihren Mann

einen Blick auf den Scheck werfen und auch seine Augen wurden ganz groß.

»Was zum Teufel hast du mit dieser Frau angestellt?«, fragte er.

»Ihr mit einer Wasserpistole ins Gesicht geschossen«, antwortete Jack kichernd.

»Und dann ihren Sohn dazu gebracht, ihr zu sagen, dass er sie liebt«, fügte Charlie hinzu.

»Wie bitte?«, fragte ihr Vater.

Wieder klingelte es und Jack sprintete los.

»Hey, Charlotte«, brüllte er. »Alfie ist hier. Und er hat Stormy Skies mitgebracht. Sie will zu dir!«

»Seit wann kennst du die Wetterfee?«, fragte Andrew Laird fassungslos.

Charlotte gab ihrem Mann ein Küsschen auf die Wange. »Ich stecke voller Überraschungen«, sagte sie.

An diesem Abend kam noch mindestens ein Dutzend Besucher. Stormy Skies blieb über eine Stunde. Sie erzählte jedem, der es hören wollte, von dem mutigen jungen Meteorologie-Fan, der aus dem Nichts aufgetaucht war, um sie zu retten. Als Alfies Eltern schließlich kamen, um ihn abzuholen, hatten er und Rocco mehr als hundert Selfies mit der gutmütigen Wetterfrau geschossen. Poppy DuBose und ihre Familie blieben zum Grünkohlessen und gingen dann mit einem Jahresvorrat an Charlottes selbst gemischter Zahnpasta nach Hause. Im Laufe des Abends empfingen die Lairds eine Menge Leute, die sie kaum kannten, und ein paar, die ihnen vollkommen fremd waren. Aber alle kamen mit Umschlägen, und schließlich nahm Charlotte widerstrebend die Bezahlung für ihre Dienste an.

Als alle Gäste gegangen waren, räumten Jack und Charlie das Geschirr ab, während Charlotte ihre Einnahmen zählte.

»Du musst in den letzten Tagen wirklich viele Leute behandelt haben«, bemerkte Andrew Laird.

Charlotte lächelte. »Man könnte wohl sagen, dass sie sich alle etwas eingefangen hatten.«

»Was meinst du, reicht es, um den Kredit abzubezahlen?«, hörte Charlie seinen Dad leise fragen.

»Nicht ganz«, antwortete Charlotte. »Aber es hilft uns bestimmt beim Umzug.«

Am nächsten Morgen um acht läutete es schon wieder an der Tür. Als Charlie öffnete, strahlten ihn Paige und Josephine an.

Josephine beugte sich vor und küsste ihn auf die Wange. »Ich danke dir«, sagte sie. »Ich habe Paige schon immer gesagt, dass aus dir mal ein Held wird.«

»Jetzt hör auf, rot zu werden, und hol Charlotte!«, verlangte Paige. »Wir haben gerade etwas entdeckt, das sie unbedingt sehen muss.«

»Ich bin schon da.« Charlotte kam in Nachthemd und Bademantel die Treppe herunter. Das war kein gutes Zeichen. Normalerweise war sie um acht Uhr bereits im Laden. »Aber ich bin noch nicht angezogen.«

»Macht nichts.« Paige ergriff ihre Hand.

Josephine und Paige zerrten Charlotte förmlich in die Stadt, und Charlie musste beinahe rennen, um mit ihnen Schritt zu halten. Auf der Hauptstraße angekommen, sahen sie eine Menschenschlange, die sich über fast vier Häuserblocks erstreckte. Ungefähr in der Mitte stand Wandler Nummer eins, Winston Lindsay. Er hatte die gesamte Fußballmannschaft von Orville Falls mitgebracht.

»Worauf warten die?«, fragte Charlotte fassungslos. »Die Kobolde sind weg und die Wandler sind geheilt. Der Goldener-Schlaf-Laden müsste doch geschlossen sein.«

»Die warten auf *dich*«, erklärte Paige. »Siehst du, wo die Schlange endet?« Sie zeigte die Straße entlang.

Charlie krempelte die Ärmel auf. »Sieht so aus, als sei der Kräuterladen wieder im Geschäft.«

Und das bedeutete, dass ihre lila Villa gerettet war. Der Sieg wurde noch süßer, als Charlie Curtis Swanson auf der anderen Straßenseite entdeckte. Der Banker sah staunend zu, wie die Schlange vor dem Kräuterladen immer länger wurde. Über Nacht hatte sich alles verändert, und sogar Curtis Swanson schien das gemerkt zu haben. Als er zufällig in Charlies Richtung schaute, winkte der ihm zu. Swanson reagierte darauf mit einem wenig überzeugenden Lächeln, aber dann fiel sein Blick auf etwas hinter Charlie. Sofort wurde der Mann leichenblass und ergriff die Flucht. Charlie schaute sich um, doch dort gab es nichts zu sehen außer einem roten Luftballon, der gemächlich davontrieb.

Die große Frage

Charlie saß neben seiner Mutter auf den Verandastufen ihres Hauses im Traumreich. In der Ferne konnten sie immer noch die zarten, fast verwehten Überreste der Wolke aus Nichts sehen, die eine Zeit lang so bedrohlich gewirkt hatte. Charlie war gerade von einem Spaziergang durch die Traum-Version von Orville Falls zurückgekehrt. Bisher war nicht viel da, nur ein Brunnen und ein paar Bäume. Doch auch wenn es langsam voranging, Orville Falls wurde wiederaufgebaut.

Charlies Mutter hatte sich seine Geschichte angehört und ihm versichert, dass sie stolz sie auf ihn war. Auch sie freute sich, dass sie das lila Haus hatten retten können. Doch dann schwieg sie eine Weile. »Ich kann immer noch nicht glauben, dass ICK und INK kleine Mädchen waren«, sagte sie schließlich. »Sie müssen in diesem Leuchtturm wirklich einsam gewesen sein. Vielleicht hätten Charlotte und ich sie besuchen sollen.«

»ICK und INK waren in den dreißiger Jahren kleine Mädchen«, erwiderte Charlie. »Was sie jetzt sind, wissen wir nicht. Wir wissen nur, dass sie sehr gefährlich sind. Charlotte und ich tun alles, um zu verhindern, dass sie das Portal benutzen.«

»Aber das Leuchtturmportal ist wirklich verschwunden und das im lila Haus gut gesichert?«, vergewisserte sich seine Mom.

»Genau«, bestätigte Charlie. »Wir haben drei neue Riegel an der Tür des Turmzimmers angebracht und beide Turmfenster versiegelt.«

»Was bedeutet, dass ICK und INK auf der anderen Seite festsitzen.«

»Nicht ganz«, widersprach Charlie. »Eine von ihnen ist in der wachen Welt. Sie ist verschwunden, nachdem sie den Leuchtturm in Brand gesteckt hat. Zuletzt ist sie in Maine gesehen worden. Die andere Schwester ist irgendwo in der Anderwelt.«

»Dann sind sie getrennt?«

Charlie nickte. »Und so soll es auch bleiben.«

»Bist du sicher, dass das richtig ist?«, fragte seine Mom.

Das hatte Charlie nicht erwartet. »Wie meinst du das?«

»Ich denke dabei an die geheime Zutat in ihrem Elixier«, sagte sie. »Sie kam von ihnen, aber es war nicht Wut oder Hass, nicht wahr?«

»Nein«, bestätigte Charlie. »Es war Verzweiflung.«

»Und wir wissen jetzt, dass Verzweiflung heilbar ist«, sagte seine Mom. »ICK und INK sind Schwestern. Sie brauchen einander, wie du Jack brauchst. Und er dich.«

Charlie konnte nicht glauben, welche Wendung ihr Gespräch genommen hatte. Er hatte erwartet, dass seine Mutter froh sein würde, die Mädchen loszuwerden. Immerhin hatten die beiden sie in ihrer Jugend verfolgt. »Aber Mom, ICK und INK hätten beinahe drei Welten zerstört! Sie haben Tausende Menschen zu Wandlern gemacht und hätten am liebsten noch Kobolde auf die wache Welt losgelassen!«

»Aber *warum*?«, fragte seine Mutter. »Warum machen sie so etwas? Hast du darüber mal nachgedacht?«

Charlie wollte etwas Hitziges erwidern, hielt aber doch den Mund. Seine Mom hatte recht. Sie hatten ICK und INK zwar aufgehalten, aber es war ihnen nicht gelungen herauszufinden, warum die beiden das Elixier hergestellt hatten. Was war das Ziel des Ganzen gewesen?

»Sieh mal hoch«, sagte seine Mom und riss ihn aus seinen Gedanken. Sie zeigte auf die Traumreich-Version der lila Villa. Auf der Veranda stand ein gut aussehender Mann mit schwarzen Haaren, der einen altmodischen Anzug trug. »Weißt du, wer das ist?«

Charlie grinste. »Das ist Silas DeChant«, sagte er. »Er hat

das lila Haus gebaut. Ich hatte gehofft, ihn eines Tages hier zu treffen.«

»Dann erinnerst du dich an die Geschichte der DeChants?«, fragte sie.

»Natürlich!«, beteuerte Charlie. »Als Silas zuließ, dass die Dunkelheit von seinem Leben Besitz ergriff, hat er seine Familie und Freunde verlassen und ist hierhergekommen. Aber durch die Einsamkeit wurde die Dunkelheit nur schlimmer und schließlich hat er so das Portal in die Anderwelt geöffnet.«

»Weißt du, was?«, sagte seine Mutter. »Du erzählst die Geschichte, ohne ihren wahren Helden zu erwähnen.«

»Den wahren Helden?«, fragte Charlie.

»Die *Heldin* der Geschichte war Silas' Verlobte Abigail. Als er sie verließ, hätte sie ihn hassen können. Immerhin hatte sie dazu allen Grund. Sie wollten heiraten und dann ist Silas einfach verschwunden. Aber statt ihn zu hassen, fragte Abigail nach dem *Warum*. Sie versuchte zu begreifen, warum Silas fortgegangen war – und dann machte sie sich auf die Suche nach ihm. Was meinst du, was passiert wäre, wenn Abigail Silas nicht gefunden hätte?«

»Das Portal, das er geschaffen hat, wäre offen geblieben, und die Nachtmahre hätten auf die andere Seite hinüberwechseln können«, antwortete Charlie.

»Das stimmt«, sagte seine Mutter. »Also hat Abigail

DeChant möglicherweise die Welt gerettet, nur indem sie nach dem *Warum* gefragt hat. Und jetzt lass mich meine Frage wiederholen, Charlie. Warum haben zwei kleine Mädchen versucht, drei Welten zu zerstören?«

Charlie dachte eine Weile nach, bevor er antwortete. »Keine Ahnung«, sagte er. »Aber ich sollte wohl versuchen, es herauszufinden.«

Epilog

Die Sommerferien waren zu Ende und es war der erste Schultag in der achten Klasse. Als es läutete, suchte sich Charlie einen Platz im neuen Klassenraum.

»Hallo, allerseits«, sagte die Frau am Lehrerpult. »Mein Name ist Ms. Abbot. Ich unterrichte Geschichte in der siebten und achten Klasse und bin eure neue Klassenlehrerin.«

Eigentlich musste sie sich nicht vorstellen, fand Charlie. In Cypress Creek wusste man längst alles über Ms. Abbot. Sie war Mitte August in die Stadt gekommen, angezogen wie für eine Beerdigung. Charlotte war einer der wenigen Menschen im Ort, die mit ihr gesprochen hatten. Sie sagte, dass Ms. Abbot ganz normal war. Die Lehrerin kam aus New York, wo es einfach als schick galt, sich von Kopf bis Fuß in Schwarz zu kleiden. Laut Charlotte war das dort noch lange kein Hinweis auf finstere Absichten.

»Gibt es denn noch jemanden, der in diesem Schuljahr neu dazugekommen ist?«, fragte Ms. Abbot die Klasse.

Eine Hand fuhr hoch.

»Und wie ist dein Name?«, fragte Ms Abbot.

»India«, sagte das Mädchen mit britischem Akzent. »Aber Sie können mich auch Indy nennen.«